囚《とら》われの山

伊東潤
Ito Jun

中央公論新社

目次

主な登場人物

菅原誠一　歴史雑誌「歴史サーチ」編集部員。
稲田庸三　一等卒。山口鉦《しん》少佐の従卒として雪中行軍隊に参加。

桐野弥生　歴史雑誌「歴史サーチ」編集長。
佐藤慎吾　歴史雑誌「歴史サーチ」副編集長。
薄井健介　歴史雑誌「歴史サーチ」を刊行している出版社の社長。
中西五郎　退役目前の自衛官。自衛隊青森駐屯地にある防衛館の案内係。
小山田　昭　八甲田山のガイド、地元高校の体育教師。

山口　鉦　少佐。陸軍第八師団第五歩兵連隊第二大隊長。行軍に随行参観。
神成《かんなり》文吉　大尉。雪中行軍訓練の企画立案者で事実上の指揮官。
倉石　一　大尉。山口少佐とともに随行参観。
後藤房之助　伍長。救助隊に最初に発見された生存者。

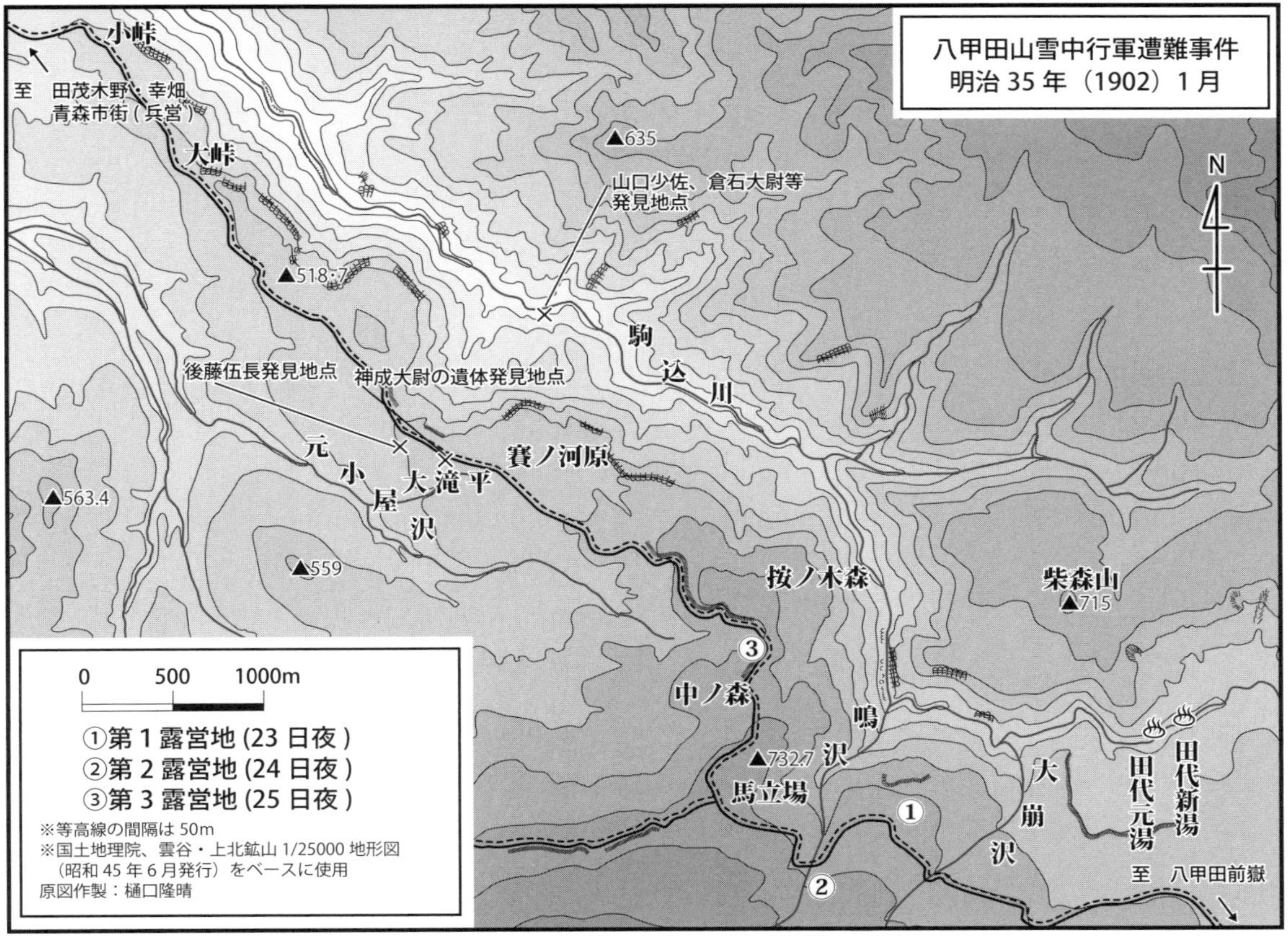
八甲田山雪中行軍遭難事件
明治 35 年（1902）1 月
N
至　田茂木野・幸畑
青森市街（兵営）
小峠
大峠
▲518.7
▲635
山口少佐、倉石大尉等
発見地点
駒込川
後藤伍長発見地点
神成大尉の遺体発見地点
元小屋沢
大滝平
賽ノ河原
▲563.4
▲559
按ノ木森
柴森山
▲715
中ノ森
鳴沢
▲732.7
馬立場
大崩沢
田代元湯
田代新湯
至　八甲田前嶽
0
500
1000m
①第 1 露営地 (23 日夜)
②第 2 露営地 (24 日夜)
③第 3 露営地 (25 日夜)
※等高線の間隔は 50m
※国土地理院、雲谷・上北鉱山 1/25000 地形図
（昭和 45 年 6 月発行）をベースに使用
原図作製：樋口隆晴

囚われの山

プロローグ

横殴りの風が稲田《いなだ》を押し倒そうとする。三十年式歩兵銃で体を支え、何とか堪《こら》えた稲田は次の一歩を踏み出した。雪は腹から胸の深さまであり、踏み出すというより雪をかき分ける、ないしは雪の中を泳ぐといった方がふさわしい。

すでに手足の感覚はなく、肘や膝から先は何も感じない。それでも稲田は、棒のようになった腕を左右に振り回すようにして雪をかき分け、にじるように進んでいった。

——ここでおっける（倒れる）わげにゃいがね。

厳しい寒気は体を動かしていれば何とかなる。だが風の強さはいかんともし難い。幾度となく倒されそうになったが、何とか踏みとどまった。一度くらい倒されても立てるとは思うが、その時に失う体力は大きい。

防寒用の外套《がいとう》は凍りつき、板のようになっている。肌衣《はだぎ》も汗が凍って皮膚に付着しており、体温が急速に下がってきているのが分かる。

それだけならまだしも、風に叩《たた》きつけられた雪片が目を傷つけているらしく、目尻から出血している。顔も痛いので、皮膚も相当傷ついているのだろう。

目を開けていられないので、左手から聞こえる川音を確かめつつ、半ば手探りで進むしかない。

それでも襦袢《じゅばん》を三枚重ね着し、袴下《こした》を二枚穿《は》き、下帯を二重に締めてきたのが功を奏したのか、ほかの者が倒れても、稲田だけは歩き続けることができた。

そうした防寒対策の中でも、靴下の中につぶした唐辛子《とうがらし》を入れ、外を新聞紙と油紙で包んでから軍靴《ぐんか》を履いたのはよかった。

行軍隊の兵卒の多くは、防水性のない足袋《たび》や靴下の上に直接ツマゴ、すなわち藁沓《わらぐつ》を履いていた。これでは、編目に入った雪が体温で解けて藁が濡《ぬ》れたままになり、すぐに凍傷になってしまう。だが稲田は、短靴《たんぐつ》の上に白麻布の甲がけ脚絆《きゃはん》を着けて藁沓を履いていたので、凍傷にならずに済んだ。しかし足の先の感覚がないことから、それも限界に達しつつある。

ここまで一緒だった者たちと別れてから、どれほど経《た》っただろう。それでも田代《たしろ》にさえ着けば、村人に手を貸してもらい、道々倒れている仲間を助けに来られる。

――皆のため、けっぱらねばなんね。

この三日、食事らしい食事を取っていないので、体力もすでに限界を超えていた。少し休もうかと思うが、休んだら最後、動けなくなるのは分かっていた。

――おらは、どうでもいいじゃ。皆ば助けねばなんね。

後方に置き去りにしてきた仲間を助けるという一事だけが、今の稲田を支えていた。

――けっぱれ、庸三《ようぞう》！

己を叱咤《しった》しつつ、無限とも思えるほど降り積もった雪を、稲田はひたすらかき分けた。

だが白一色の世界に幻惑されたのか、次第に意識がもうろうとしてきた。距離感が摑《つか》めず、雪をかき分ける腕が空振りに終わることもあった。

距離感を取り戻そうと空を仰ぐが、空も同じ色なので役に立たない。それでも樹木らしきものを彼方《かなた》に見つけたので、何とか距離感を摑み、感覚を正常に戻せた。

しかし夜が来れば、目印となる樹木も見えなくなる。灯《あか》りなど持っていないので、川音だけを頼りに、雪をかいて進まねばならない。

死の恐怖が込み上げてきた。誰しも自分だけは死なないと思っている。だが仲間たちは次々と倒れて死を迎えているのだ。稲田だけが特別のはずはない。

——死ぬごどばかり考えていではだめだ。

稲田は楽しいことを思い出そうと思った。

一番の楽しみは故郷法量《ほうりょう》の秋祭りだ。皆で大行灯《だいあんどん》を作り、山車《だし》の上に載せて太鼓を叩きながら、二里ほど南の十和田湖畔《とわだこはん》まで練り歩いたものだ。大行灯が湖畔に映り、夜でも昼のように明るかったのを覚えている。

——ありゃ、楽すがっだ。

耳朶《じだ》を震わせるような吹雪《ふぶき》の音の合間に、子どもたちの歓声や笛太鼓の音が聞こえてくるような気がする。

——ああ、帰《け》りてえな。

だが思い出を追っていると、次第に現実と想像の境目がつかなくなってくる。意識はもうろうとし、自分が今どこにいるのかさえ分からなくなってきた。それゆえ稲田は「すっかりすろ！」と声に出してみた。

すると懐かしい故郷は消え去り、眼前の雪地獄が見えてきた。

——これでええ。おらには大事な使命があるすけ、しゃんとすねばな。

そう自分に言い聞かせたが、この地獄が一時間も続けば、気持ちはしっかりしていても、体が言うことを聞かなくなる。

——何が、「手拭い一本用意して、田代の湯で酒杯を傾ける」だ。

仲間の中にはそんなことを言い、いつもより肌衣を少なくする者もいた。兵営から目的地の田代温泉までは直線距離で五里半（約二十二キロメートル）なので無理もない話だが、やはり冬の八甲田《はっこうだ》は甘くはなかった。

稲田の本籍は岩手県だったが、青森県の法量で育ったので、冬の八甲田の怖さは嫌になるほど聞かされて育った。それゆえ仲間に口を酸っぱくして「八甲田を馬鹿にすんな」と言ってきたが、皆は話半分で聞いていた。

その時、手足が熱くなってきていることに気づいた。

——ありゃ、こりゃいぐね。

少し前まで冷たくて仕方のなかった手足は、指先に火がついたように火照《ほて》ってきている。

かつて爺様《じさま》から、凍《こご》え死《じ》に（低体温症）の末期には、手足が先端部から熱くなってくると聞いたことがある。体温が変調を来し、冷たいという感覚が熱いに変わってしまうのだ。

――それでも我慢しねば。煮だった湯さ手ば突っ込《ご》むよに熱《あづ》くても、手袋さ取れば終《すま》いだ。

――ありゃ、どやすたんだべ。

続いて純白のはずの雪の色が砂の色に見えてきた。

――眼《まなぐ》さおがしぐなっだが。

視覚が色彩感覚を失い始めるのも凍え死にの症状の一つだと、爺様から聞いたことがある。

――化物見えだら、お陀仏《だぶつ》だ。庸三、すっかりすろ！

石のような手で己の頬を殴ったが、頬の感覚さえなくなってきている。

――爺様、まだ化物見《め》えでねすけだいじょぶだ。

木々が人に見えたり、何かが語り掛けたりは、まだしてこない。こうした幻覚が表れてきたら、凍え死にには間近になる。

稲田は左手にあるはずの駒込《こまごめ》川の水音に耳を澄ませた。積雪が凄《すさ》まじくて川面《かわも》は全く見えないが、川音だけはまだしている。

――田代の湯は駒込川の上流だ。

稲田はそれ以外のことを知らなかった。法量は八甲田山南麓の村で、ちょうど今いる反対側にあたる八甲田山の南側になる。今年二十《はたち》になる稲田は入営して二年に満たず、八甲田山に北側から踏み入ったのは、今回が初めてだった。

幼い頃、爺様か村の誰かが「北から八甲田さ入ったら、駒込川の上流さ行げ。へば田代の湯さ着げる」と言っていたのを小耳に挟んだことがあった。今では、それだけが命綱だ。

――腹へったな。

懐に餅《もち》はあるが、それを食べるには手袋を外さねばならない。それはあまりに危険だ。しかも肌衣が凍ってきている状態では、体温で温めているはずの餅も、カチンカチンになっているに違いない。

――も少《すこ》すけっぱるべ。

稲田はそう自分に言い聞かせて歩き出したが、視界が一段と悪くなったような気がする。

――ありゃ、日が暮れてきた。

周囲が少し暗くなったように感じられる。単に視覚機能が衰えてきただけかもしれないが、記憶をさかのぼると、午後四時を過ぎているのかもしれない。

――ちゃっちゃど（さっさと）行がねば。

その時、突風が吹いてきた。ちょうど雪が浅い場所にいたため、稲田は吹き飛ばされた。

「うわ――」

何回転かしてようやく止まったが、吹き溜《だ》まりに落ち込んだのか、雪が深くて起き上がれない。

――死にたぐね！

焦れば焦るほど吹き溜まりにはまっていく。

――誰か助けでけろ。

その時、脳裏で爺様の声がした。

「庸三、せぐな（焦るな）」

――んだ。せげば終《すま》いだ。

稲田は呼吸を整えると、銃を支えにしてゆっくりと立ち上がり、もがくようにして吹き溜まりを脱した。

――あと、どんぐらい歩けるべが。

もはや足は棒のように固くなり、先ほどまで振り回せた腕の可動範囲も狭くなっている。転倒したことで、急速に体力を失ったのだ。

ふらつく体を支えきれず、稲田は膝をついた。このまま立てなければ、それで終わりだ。

――ここで終いにするわげにはいがね！

全力で立ち上がった稲田は、怒ったように左右の腕を振り回し、雪をかき分けた。

命の灯が消えかかっているのに抗《あらが》うように、稲田は遮二無二前進した。その時、足が空をかいた。

「あっ」と思った次の瞬間、稲田は転げ落ちた。

気づくと、稲田は小さな谷に落ちていた。

どうやら小川が駒込川に流れ込んでいる場所らしい。

全身はずぶ濡れになり、忘れていた寒気が押し寄せてきた。

――ああ、すばれるな。

故郷の母の顔が目に浮かぶ。母は「庸三、寒ぐねが」と言いながら、自分の布団を掛けてくれた。「へば、母《か》っちゃが寒くなるべ」と言うと、「母っちゃはでえじょぶだ。庸三がぬぐいば、かっちゃもぬぐい」と言って笑っていた。

――かっちゃさ会いでな。

山一つ向こうの故郷にいる父も母も、稲田が生きるか死ぬかの瀬戸際にいるなどとは思いもしないだろう。

――おら、法量さけえる！

そのためには、この苦境を何とか脱せねばならない。

「よし」と気合を入れて立ち上がろうとした時だった。

――すまった。鉄砲なぐすた。

その時、手に銃がないのに気づいた。兵卒にとって天皇陛下からの預かり物の銃は、命よりも大切なものだ。

慌てて左右を探したが、すでに周囲は暗くなってきており、見つからない。

――ああ、大変なごどばやってすまった。

稲田は天を仰いだ。

――死んでお詫《わ》びするすかねえ。

絶望感が込み上げてくる。これまで銃は邪魔なだけの存在だったが、なくしたことで逆に闘志が失われてしまった。

死を覚悟した稲田は、何となく前方を眺めた。

その時だった。視線の端に雪以外の何かが捉えられた。稲田はぼやけた視点を合わせるようにして、それが何かを突き止めようとした。

——あ、ありゃ、もすかすて！

ぼやけた視線の先に、暖かそうな灯りが見えた。

稲田はもう一度凝視したが、それは間違いなく灯りだった。

——一つ、二つ、三つ、
しかもそれは一つではなく、いくつにも分かれているのだ。

——田代だ。田代さ着いだ！　父《と》っちゃ、母っちゃ、庸三は助かりました。皆のどごさ帰《け》えります！

胸底から歓喜の波が押し寄せてきた。

第一章　あてどなき行軍

一

会議室は沈滞したムードに包まれていた。

「誰か、何かいいアイデアはないの」

編集長の桐野弥生《きりのやよい》が長い足を組み直す。それが机の下から見えるのを計算しているかのような仕草だ。

——そんなもの、誰が見たい。

編集部員の一人、菅原誠一《すがわらせいいち》は視線を上に向けた。

「あなたたちには一週間の猶予を与えたはずよ。今すぐに来年の企画を立てておかないと『歴史サーチ』は廃刊になるわ」

桐野が他人事《ひとごと》のように言う。

——そういうあんたはノーアイデアかい。いや、後出しじゃんけんを狙っているんだろう。

こうした仕事に慣れていない桐野でも、さすがに腹案はあるはずだ。だが皆にアイデアを出させた後、自分の素晴らしいアイデアを語り、それで決定するつもりでいるのだ。

今年になって出版不況は深刻度を増し、菅原のいる「歴史サーチ」編集部も販売部数減に歯止めが掛からなくなってきた。それを立て直すべく、二〇二一年の四月から、自社で刊行するファッション誌「サンノゼ」にいた桐野弥生が抜擢《ばってき》されて編集長の座に就いた。しかしいかにやり手の桐野でも、衰勢に傾く雑誌を立て直すのは容易でない。

——「サンノゼ」だって販売部数は落ち込んでいたのに、なんで奴《やつ》が編集長なんだ。

菅原にも、人事では言いたいことが山ほどある。だがそれを言ったところで、どうなるものでもない。菅原のいる会社は独立系で、人事権は社長一人にあるからだ。

「『歴史サーチ』がなくなれば、あたしだって切られるかもしれないのよ。そしたら、あなたたちはどうするの」

桐野や菅原は正社員なので、雇用は守られるはずだが、この会議には契約社員の編集部員もいる。彼らにとっては雑誌の存続は死活問題だ。

「編集長」と言って副編集長の佐藤慎吾《さとうしんご》が立ち上がる。佐藤は二十九歳にもかかわらず、桐野の引きで副編に指名されていた。

——けっ、ろくなことを言えないんだからやめておけ。

こうした会議では、安易にアイデアを出しても渋い顔をされるのが常だ。自分のアイデアを実現させたいなら、編集長自身がそれに気づいたかのように徐々に持っていくテクニックが要《い》る。

「このところ新選組の人気にも陰りが見られてきたと言われていますが、さらに深く知りたがっているファンもいるはずです。そこで無名の隊士を取り上げてはいかがでしょう」

——そいつは駄目だな。

佐藤はまあまあイケメンで人当たりもよいので、桐野の覚えがめでたく、ファッション部門から連れてこられた。しかも「歴史サーチ」創刊時からいる菅原を差し置いて、副編に抜擢されたのだ。だが歴史にさして関心があるわけではなく、奇抜な発想の持ち主でもない。

「無名の隊士ね。例えば誰がいるの」

「えっ」と言って佐藤が戸惑《とまど》う。

「アイデアといったって思い付きじゃダメでしょ。アイデアの裏付けを取るとか、何かのデータを出すとか、しっかり補強してこなかったら意味がないじゃない」

桐野がうんざりしたように言う。

「すいません。これから調べようと思っていました」

——馬鹿め。

雑誌編集は無駄な仕事の方が多い。無駄な仕事ばかりだと言ってもいい。それをこつこつやれなければ向いていないことになる。

「誰か、ほかに何かないの」

致し方なく何人かがアイデアを出し合うが、「刀剣」だの「家紋」だの、さして目新しいものはない。

　そこにノックの音が聞こえた。

「同席させてもらってもいいかい」

　ドアが開くと、オーナー社長の薄井健介《うすいけんすけ》が立っていた。

「あっ、社長」

　これみよがしに組まれていた長い足を下ろし、桐野が立ち上がる。

「みんなの邪魔はしたくなかったんだが、来年の企画会議だというので、何かバックアップできることはないかと思ってね」

「そうでしたか。どうぞこちらへ」

　桐野が空席になっている自らの隣の席を示したが、薄井は首を左右に振ると言った。

「私はオブザーバーだからね。後ろで構わない」

　薄井は会議室の奥まで行くと、壁際の椅子に腰掛けた。

「続けてくれ」

「は、はい」

　桐野は明らかに動揺している。

　――女のくせに、みっともない。

　桐野は、男性社員にはできないようなあからさまなおべっかを社長や役員に使う。三十四歳にもかかわらずスカートの丈を短めにし、その美脚を見せびらかすようにしている。彼らの目がそこに行くのを知っているからだ。

「今のところ『新選組の無名隊士』『刀剣』『家紋』といったところが、来年の企画候補に挙がりましたが、ほかにありませんか」

桐野の底意地の悪そうな視線が菅原に据えられる。

「菅原さん、何かありますか」

——そうか。社長の前で恥をかかせようという魂胆だな。

曲がりなりにも創刊時からの編集部員として、何も用意してこなかったわけではない。

——まずは露払《つゆはら》いからだ。

こうした場合、最初に出す案は却下されやすい。

「昨今の歴史文化のブームを考えると、利休《りきゅう》と茶の湯ではどうでしょう」

「それは昨年やったけど、芳しくなかったんでしょう」

それは前任の編集長の企画だったが、通り一遍のものに終始し、結果は惨敗に終わった。

「入門編や初心者向けだから失敗したんです。少し高度なレベルのものを織り交ぜながら、特定のテーマに絞ったらいかがでしょう」

「例えば」

「曜変天目《ようへんてんもく》とか」

曜変天目とは唐物《からもの》（中国製）天目茶碗の最高峰のもので、見込み（内側）に星紋や光彩が浮かんだ美しい逸品のことだ。

「茶の湯は書いていただける先生も少ないし、写真なんかも高いでしょう」

茶の湯は刀剣や甲冑《かっちゅう》と並んで写真などの掲載料が高く、通常の特集よりも倍くらい経費が掛かる。

「そうですね。写真を出したがらない所有者もいますから、それを説得するのは厄介《やっかい》です」

「それだけ手間を掛けて、当たらなかったらどうするの」

そう言われてしまえば、代替案を出すしかない。

「では、絵師の特集はいかがでしょう。昨今の日本史への興味は、武士や合戦といったものから、文化的なものへと向かっています」

「絵師ね――、どんな人がいるの」

「狩野永徳《かのうえいとく》、長谷川等伯《はせがわとうはく》、伊藤若冲《いとうじゃくちゅう》、葛飾北斎《かつしかほくさい》、歌川広重《うたがわひろしげ》、そして東洲斎写楽《とうしゅうさいしゃらく》といった面々なら、一般にも広く受け入れられるんじゃないでしょうか」

菅原は切り札を投げてみた。

「少し広くなりすぎている気がするわ。誰かに絞ったらどう。例えば写楽中心とか――」

「写楽は一般誌でもやっています。大きな展覧会があるようなケースでないと難しいのでは」

「それは大切なことね」

すでに分かっていたような口ぶりで、桐野が言う。

佐藤がすかさず補足する。

「これまでのデータからすると、各社で一斉に取り上げて盛り上がるような企画に便乗した方がよいようです」

「来年はそうしたものはないの」

皆がスマホを取り出して調べ始める。

「二〇二二年は沖縄返還から五十年を迎えます」

誰かの発言を桐野が否定する。

「それを読みたがる人がいるかしら」

取り上げる意義のある企画だとは思うが、沖縄関連の特集は部数に結び付かない。

「ほかには――」

菅原がおもむろに答える。

「八甲田山遭難事件から百二十年ということもあり、大掛かりな慰霊祭も行われるようです」

「兵隊さんが冬山で大勢死んだ事件ね。でもそれは、あまり魅力的なテーマじゃないわね」

「そうかな」

声の主の方を皆が向く。

「世界最大の山岳遭難事故だと聞いているが」

薄井が穏やかな声音で言う。

「ああ、はい。そうです」

桐野が慌てて答えるが、どうやらそこまでは知らなかったようだ。

「山岳遭難事件にはミステリーが多い。何か新しい謎が見つけられたら面白いんじゃないか」

「しかし――」と、佐藤が発言する。

「あの事件は暴風雪に巻き込まれた兵隊さんたちが、道に迷った挙句、低体温症で亡くなったというだけで、謎らしい謎なんてなかったのでは」

「それを探すのが君たちの仕事だろう！」

皆の間に緊張が走る。

「はい。仰せの通りです」と言って、桐野が背筋を伸ばした。

――やはり、そういうことだったのか。

薄井は皆をバックアップしたいと言っていたが、実は採算の取れなくなっている「歴史サーチ」のテコ入れに乗り出したのだ。

薄井がドイツ製の金縁眼鏡《きんぶちめがね》を拭きながら言う。

「この前の織田信長《おだのぶなが》特集号は、新しい謎を見出《みいだ》せずに総花的なものとなったから散々だったな」

薄井の苛立《いらだ》ちがあからさまになる。

「ああ、はい。その通りです」

「もう信長や新選組といった出がらしのようなテーマでは、いくら絞っても新たな謎は出てこない。八甲田山遭難事件なら、珍しいテーマの上、過去に映画が大ヒットしたという実績もある。面白い企画じゃないかな」

この事件の正式名称は「八甲田雪中行軍遭難事件」といい、明治三十五（一九〇二）年一月二十三日、青森歩兵第五連隊第二大隊が雪中行軍演習を実施すべく、八甲田山中にある田代を目指して兵営を出発したが、折からの天候悪化により、道に迷って百九十九人の犠牲者を出した事件のことだ。

薄井が菅原の方を見て言う。

「それで菅原君、新事実みたいなものは出てきそうかね」

この事件に関しては、すべての事実関係が明白で、新たなネタなど出てきそうにない。

「難しいかもしれません」

それを聞いた桐野が「待ってました」とばかりに答える。

「新事実を発見できるか、新たな謎が出てこないと、この特集の実現は難しいですね」

薄井が首をかしげる。

「本当にそうなのかい。何かあるんじゃないか」

会議室が重い沈黙に包まれる。

薄井がため息をつきつつ言う。

「君らは、ディアトロフ峠《とうげ》事件というのを知っているかい」

桐野らが顔を見合わせる。それを見計らい、菅原が答えた。

「ある程度は知っています」

「ということは、あの本を読んだのかね」

「はい。『死に山』ですね」

「そうだ。君は読んでいるんだね」

「ええ、まあ」

菅原がうなずくと、薄井が桐野に向かって言う。

「菅原君に調査させたらどうだろう」

「賛成です。菅原さんは優秀な方ですから、きっと新たな謎を見つけてくれるでしょう」

追従《ついしょう》笑いを浮かべながら、桐野が菅原に挑戦的な視線を据える。

――そうか。見つけられないと思っているな。

「よし、来年の第一弾は『八甲田山遭難事件の謎』でいこう」

そう言い残すと、薄井は出ていった。

――そうか。社長は大学時代、登山部だったな。

それが『死に山』に大きな関心を抱いた理由だと、すぐに分かった。

――登山部か。社長は体力に自信があるらしいからな。

菅原は小学生から中三まで柔道をやっていたくらいで、ほかにスポーツらしいスポーツをしたことがない。そのため過酷な部活を経験してきた薄井には、引け目を感じる。

額を寄せるようにして何やら佐藤と話していた桐野が、咳払《せきばら》いすると言った。

「では、特集の柱を三つに分けましょう。『生き残った者たちの人生』『新たに分かった事実』『解明されていない謎』ではどうですか」

桐野が早速、自分の提案したネタのように整理した。桐野には創造性の欠片《かけら》もないが、こうした仕切り仕事だけはうまい。

——まあ、それだけが取り柄といえば取り柄だな。

とくに異論もなかったので、役割分担がなされて会議はお開きとなった。

菅原が部屋を出ようとすると、桐野に呼び止められた。

「菅原さん、これは社長案件なので責任は重大よ」

科《しな》を作るように桐野が近づいてくる。その目鼻立ちのはっきりした顔が目の前に来ると、さすがの菅原もたじろぐ。

「分かっていますよ」

ディオールの「ジャドール」の匂いが鼻をつく。さすがにファッション誌が柱の出版社なので、菅原でもそれくらいは知っている。

「とにかく些細《ささい》なことでもいいから見つけて、大きな謎として書いてね」

——針小棒大《しんしょうぼうだい》か。

こうした雑誌の常で、大きなネタが見つからなければ、小さなネタでも大きなものとして記事にしなければならない。

「青森へ出張の必要があるわね」

「多分、そうなるでしょうね」

「出張費は厳しいけど、特別な枠をもらうからよろしくね」

「ありがとうございます」

そう言うと桐野は、「ジャドール」の香りをふりまきながら去っていった。

確かに桐野は女としては魅力的だ。だが女性管理職を増やしていこうという社長の方針によって出世したのも事実で、実力が伴っているとは思えない。

編集部に戻ると、すでに桐野が佐藤を呼んで何やら指示している。

――あの席には、俺が座るはずじゃなかったのか。

菅原は口惜しさを噛《か》み締めつつ、自分の小さな机に向かった。

二

行きつけのバーでしたたか飲んでからアパートの部屋に帰った菅原は、数年前に読んだ『死に山』を本棚から引っ張り出した。

――ここに何かのヒントがあるかもしれない。

何日もシーツを取り替えていないベッドに横たわると、菅原はページをめくり始めた。

ディアトロフ峠事件とは一九五九年の二月、旧ソ連のウラル山脈北部をトレッキングしていた大学生と卒業生の計九人が、不可解な遭難死を遂げた事件として世界的に有名なものだ。

『死に山』は、極めて真摯《しんし》な姿勢でこの事件を追った一流のノンフィクション・ノベルで、欧米でもベストセラーとなった。

――ディアトロフ峠事件か。

この事件が単なる遭難事件でないのは、そこに矛盾《むじゅん》に満ちた謎がいくつも横たわり、生存者がいないことから、それらの謎の解明が全く進んでいないことに起因する。

まず何が起こったかだが、それは突然やってきた。

ウラル山脈の北方にそびえるオトルテン山登頂前夜の二月一日、一行九人はオトルテン山の支脈にあたるホラチャフリ（「死の山」）と呼ばれる山の東斜面にキャンプを設営した。

ところがその夜、予期せぬ出来事が起こり、九人全員が厳寒の暗闇の中へ飛び出していった。しかもよほど慌てていたのか、テントは内側からナイフで切り裂かれ、そこから七人が逃げ出していた。三重に閉じられたテントの出入口からは、チャックを開けて二人が飛び出していった。

――そして九人全員が死んだ。

後に現場に向かった捜索隊により、遺骸はテントから一キロ半ほど離れた場所で見つかった。

不思議なのは、氷点下三十度以下の場所にもかかわらず、遺骸のどれもが、ろくに防寒着を着《つ》けていなかったことだ。しかもほぼ全員が靴を履いておらず、靴下のまま岩石の露出する一キロ半の下り坂を走り抜けたのだ。

九人中六人の死因は低体温症だったが、残る三人は、頭蓋骨やあばら骨が折れていた。また女性メンバー一人の舌や眼球がなくなっており、二人の衣服からは高濃度の放射能が検出された。

謎は山積していたが、『死に山』の著者は、丹念にこれらの謎を解明していった。

まず怪我《けが》をした者たちは崖下で発見されており、転落により岩に当たって重傷を負ったと考えられた。また舌や眼球の喪失については、その遺骸が春になってから発見されたことから、腐敗による自然現象だと推定できる。放射能に関しても、最新研究によって高濃度ではなかったことが明らかにされた。

謎は、テントの中で何が起こったかに集約された。

旧ソ連当局は、ホラチャフリ山を三年間にわたって入山禁止として綿密な調査を行ったが、最終報告書では「未知の不可抗力により死亡」と結論付けるしかなかった。つまり「原因不明」ということだ。それから六十年余が経っても、謎はいっこうに解明されていない。

世界の識者たちは「未知の不可抗力」とは何かを推測し、侃々諤々《かんかんがくがく》の議論を続けてきた。

まず考えられるのは雪崩《なだれ》だが、ホラチャフリ山は傾斜が十五度の緩斜面で、過去に雪崩が起こった痕跡はない。当時の調査官たちも現場に雪崩の痕跡を認めていない。しかもテントは、立ったままの状態で発見されているのだ。

風の音を雪崩と勘違いしたとも考えられるが、トレッキングのエキスパートの彼らは、雪崩の絶対にない場所にテントを張っており、たとえ誰かが雪崩だと勘違いしてパニックを起こしても、それが瞬時に全員に伝染するとは考え難い。

また、近くに住む先住民のマンシ族による襲撃も可能性として考えられたが、その証拠は皆無な上、内側からテントが破られている事実がある限り、襲撃はあり得ない。

また、現場近くで光の玉が目撃されたことから、兵器実験の犠牲になったという説や、エイリアンや怪物による襲撃説など様々な珍説も出てきたが、それらには何の根拠もないことから、取るに足りないものとされてきた。

何か奇妙なもの、例えば幽霊でも何でもいいが、それがテント内を飛び回っていたとしても、仲間を起こせば事足りるわけで、命綱に等しいテントを切り裂いてまで酷寒の中を軽装で飛び出すわけがない。

さらに最近、地形と風が作り出す自然現象として、ヘアピン渦《うず》が生み出した超低周波音によるパニック説が唱えられた。この時の風速は十五メートル程度だったが、ホラチャフリ山のなだらかな山容によってヘアピン渦というものが生み出され、それが推定四十五メートルの強風、轟音《ごうおん》、地鳴り、超低周波音などを生み出し、それがパニックを誘発したというのだ。

しかしヘアピン渦は、理論的に起こり得るという机上の現象であり、それが実際に起こった事例はないという。しかもホラチャフリ山がそれを生み出す理想的な地形であったとしても、観測も検証もなされていない。

仮にそれが起こったとしても、超低周波音によって引き起こされる耳鳴りや悪寒には個人差があり、またそうした感覚器系の障害は徐々にやってくるので、九人全員が突如としてパニックに陥るようなものではない。

結論として、彼らが何に襲われたかは謎としか言えないのだ。

とにかく何らかの恐ろしい事態がテント内で起こり、九人全員がパニックを起こし、靴も履かず軽装のまま氷点下三十度の酷寒の中に飛び出し、暗闇の中、一キロ半も疾走したことになる。

しかも漆黒の闇の中、懐中電灯も持たずに飛び出したので、テントに戻ることは困難を通り越して不可能となった。

それでも途中で冷静さを取り戻したのか、九人のうち三人はテントを探して元来た道を引き返そうとしたが、途中で力尽きて凍死《とうし》していた。

経験の少ない素人ならともかく、彼らはトレッキングのエキスパートであり、この状態で外に飛び出せば死が待っていることくらい、十分に分かっていたはずだ。

――やはり雪崩か。ないしは雪崩の予兆におびえたのか。

だとしても、靴も履かずに飛び出すのはおかしい。しかも一キロ半ほど走っても、まだ走り続けようとして、崖下に転落した者が三人もいたのだ。

――いったいテントの中で、何が起こったんだ。

菅原は『死に山』を閉じ、ため息をついた。

六十年以上、これだけ多くの人が謎の究明に挑んでも、解明の糸口さえ見つからない。

――それにひきかえ、八甲田山には謎がない。

ディアトロフ峠事件の犠牲者は九人、八甲田山は百九十九人だが、全く謎のない遭難事件に、世間の関心は向けられない。しかもその後、日本は日露戦争、そして太平洋戦争へと突入し、想像を絶するほどの犠牲者を出してきた。八甲田山遭難事件も一九七七年に映画化されて大ヒットしなければ、歴史の中に埋もれてしまう事件の一つとなっただろう。

――この事件の謎を、どうやって見つけたらいいんだ。

『死に山』を読んでいて気づいたのだが、多くの謎はじっくり検討していけば、すべて解明できる。だが「なぜ九人全員がテント内でパニックを起こし、命綱に等しいテントを破って外に飛び出し、軽装で一キロ半も走ったのか」という謎だけが解明できないのだ。

菅原は八甲田山遭難事件について書かれた手持ちの本をひっくり返し、ネットも検索した。しかし謎らしい謎は出てこない。どの資料も「遭難の原因は、冬の八甲田山を侮っていた」ことに尽きるという。

——やはり俺には無理だ。

菅原は、なぜこんな話を引き受けてしまったのか後悔した。結局、取るに足りない謎を、さも大きな謎のように取り上げることになるのだ。

桐野の蔑むような視線と、薄井の落胆ぶりが目に浮かぶ。

——会社を辞めるか。

一瞬、そんな考えが脳裏をよぎる。

——そもそも俺はこんな仕事をしたくて、今の会社に入ったわけじゃない。

菅原は、一流と呼んでもいい私立大学を出て新聞記者を目指した。だが入社試験を受けた全国紙は軒並み不合格となり、唯一合格した「北洋《ほくよう》出版」に入社せざるを得なかった。

——最初の挫折はそこからだ。

五大紙の一つで華々しく政治経済分野の記者となるはずだった菅原の夢は挫《くじ》かれ、業界三位の夕刊紙で芸能ネタや風俗ネタを拾うことから始めねばならなかった。

それでも最初の配属が「夕刊太陽」だったのは幸いだった。先輩記者から怒鳴られながらも、記者としての仕事を覚えることができたからだ。ところが折からの歴史ブームもあり、社長の発案で歴史雑誌を創刊することになった。それが「歴史サーチ」である。その創刊メンバーに菅原も選ばれたのだ。

歴史は嫌いではない菅原だが、司馬遼太郎の歴史小説を読むくらいが関の山で、趣味でも歴史を深く勉強したことはない。

それでも菅原は懸命に働いた。その点で悔いはないが、売り上げ部数がついてこない。結局、一年で編集長は更迭され、菅原は罰を受けるかのように編集部員の座にとどめ置かれた。

――やはり、素志《そし》を貫徹すべきだったのか。

茨城県の水戸《みと》が故郷の菅原は、幕末に全滅した尊皇攘夷《そんのうじょうい》志士たちの軍団・水戸天狗党《てんぐとう》が旗印に掲げた「素志貫徹」という言葉が好きだった。

――それとも、もう手遅れなのか。

三十七歳の菅原にとって、キャリアチェンジを図るなら早いに越したことはない。政治経済分野の記者は、コネクション作りに時間が掛かる。今から将来性のありそうな若手議員、政治経済学者、評論家たちと懇意にしておかないと、先に行ってから苦しくなる。

――だが、会社を辞めたところで行き場はない。

どうしても政治経済専門の記者になりたければ、その手の専門誌の記者や編集者という道もある。しかしどこも経営は厳しく、今いる会社の三分の二から半分の給与に甘んじねばならない。

――だが、会社にしがみついて一生を棒に振ってしまってもいいのか。

菅原は妻と別居生活を始めたばかりで、このまま行けば離婚という流れになる。

――そうなれば、好き勝手なことをして生きられる身分だが、その先に待っているのは、孤独な老後かもしれない。

菅原とて、新しいパートナーを見つけて人並みに幸せな生活を送りたいと思っている。そのためには、名の通った会社で恥ずかしくない年収を得ている方が有利だ。

――このまま、どっちつかずの人生を続けるしかないのか。

社会に出てから十五年、知らずしらず身動きの取れない状態に陥ってしまっていたことを、菅原は認めざるを得なかった。

――シャワーでも浴びるか。

そう思ってタオルを出そうとタンスを探ると、引き出しの中がスカスカになっているのに気づいた。

――まさか、来たのか！

菅原は衝動的に携帯電話を手にすると、妻に電話した。

「ああ、あなたね。何の用」

「こんな遅くにすまないね」

菅原は皮肉を言ったつもりだったが、妻は疲れたような声で問うてきた。

「用件は何なの」

「今日、こっちに来たのか」

一瞬、沈黙した後、妻が答えた。

「行ったわ」

「何のために」

「分かっているでしょう。先週慌てて飛び出したから、あまり荷物を持ち出せなかったのよ」

「それなら、まず俺に電話すべきだろう」

「そんなことしたら、あなたは忙しいから、立ち会うのがいつになるか分からないでしょう」

そんな電話が掛かってきたら、「必要なものがあったら、取りに来ないで買え！」と怒鳴りつけるに違いない。

「不便を承知で実家に帰ったんだろう」

「持ってきたのは、すべて私のものだけよ」

「そういうことを言ってるんじゃない。俺のいない間にここに来て、タンスを探られるのが嫌なんだ」

「どうしてよ。私の所有物もあるのよ」

相変わらず妻との会話は嚙み合わない。

「君は、もう出ていったんだろう」

「じゃ、離婚してもいいの。『やり直すために冷却期間を置こう』と言ったのは、あなたの方でしょう」

唐突に別居を言い出された菅原は、こうした場合の常套句《じょうとうく》を言っただけだ。

——俺に未練《みれん》があるっていうのか。

それが全くないのは、菅原自身がよく知っている。

「じゃ、離婚するか」

「本気なの」

「ああ、本気だ。だからもう、ここには来ないでくれ」

そこまで言ったところで、電話は切れた。

――これでおしまいか。

妻とは学生時代に知り合って付き合いが始まり、五年ほど前に結婚した。当初は気心が知れているので、うまくやっていけると思った。

ところが妻には浪費癖があり、そのことで何度もぶつかった。妻は実家が裕福だったことから、専業主婦にもかかわらず、金があれば使った。貯金などは一切考えない。金は常にあるものと思っているのだ。

それを知ったのは、結婚して半年ほど過ぎた頃だった。それを菅原が指摘しても、妻は「分かったわ」と言いながら、いっこうに生活態度を変えなかった。

それだけならまだしも、妻は家事が嫌いで料理を作ることもない。スーパーで買った総菜を並べるならましな方で、店屋物やピザを取ることを好んだ。

そうしたことが重なり、何度もぶつかった。

そこから分かったのは、妻の常識は菅原にとって非常識ということだ。これればかりは子どもの頃から染み付いているので、折り合いをつけていくのは難しい。

それでも菅原は堪えていたが、二カ月ほど前、結婚した時に始めた菅原名義の定期預金を、妻が菅原に無断で解約していたことを知った。それを問い詰めると、「生活費が足りない」と返してきた。それでつい手が出た。それがきっかけとなって妻は実家に帰っていった。

——もはや関係の修復などあり得ない。

妻が去ってから、菅原は離婚に傾斜していく自分を感じていた。

——とにかく俺は、この状況から抜け出したいんだ。

大学を卒業してから十五年が経ち、あらゆるものをリセットして再出発を図りたいという強い思いに、菅原は囚《とら》われていた。

その時、携帯が鳴った。

三

「あたしよ」

電話は編集長の桐野からだった。

「こんな時間にどうしたんですか」

時計を見ると十一時を回っている。

「今、何してるの」

「何してるって——、自分の時間を楽しんでいますよ」

「別居したんですってね」

――なぜそれを。

桐野と妻には、共通の友人がいることを思い出した。

「そうですよ」

「いろいろたいへんね」

――余計なお世話だ！

そうは思いつつ、菅原は皮肉交じりに答えた。

「編集長こそ、遅くまでたいへんですね」

「まあね。これも仕事だから」

――酔っているのか。

その時になって、桐野の呂律《ろれつ》がおかしいのに気づいた。

「それで、何かご用ですか」

「今、社長に呼ばれて取引先の方々と飲んでいるんだけど、八甲田山の話題を社長が持ち出したら盛り上がったのよ。それで社長もさらに大乗り気になって、『菅原に電話して、明日から当分、会社に出てこなくていいから、調査を急げ』って伝えるように言われたの」

――そういうことか。

だが、特集のネタを取引先に漏らすことは好ましくない。

「分かりました。お言葉に甘えて、そうさせてもらいます。しかし取引先ってどこですか」

桐野は黙ったままだ。

「特集ネタが漏れると、他の雑誌に先を越される恐れがあります。明日にでも、私から取引先に電話して口止めします」

「心配しないで。それは私の方でやっておくわ」

「そうですか。それなら頼みますよ」

「分かったわ。それじゃ、よろしくね」

そう言うと電話は切れた。

その時、ふと閃《ひらめ》くものがあった。

――まさか、社長と二人で飲んでいたのか。

だとしたら、取引先の名を告げなかったことも理解できる。

――女の武器か。

肉体関係のあるなしまでは分からないが、薄井とて美人の部下と二人で飲むのは楽しいだろう。だが菅原は、そんなことを理由に桐野が編集長に抜擢されたとは思いたくなかった。それでは、あまりに自分がみじめだからだ。

菅原は夕刊から歴史雑誌に回された時、初代編集長から「将来、自分が編集長になったらどうするかを念頭に置いて仕事をしてほしい」と言われた。つまり「含み」である。だが初代編集長は実績を上げられずに更迭となり、ファッション誌の副編だった桐野が編集長に抜擢された。しかも編集長は副編を選ぶ権利を持っているので、同じファッション誌から、どう見ても役に立ちそうにない佐藤を連れてきた。

――まるで茶番だな。

万が一、奇跡が起こって雑誌が売れても、薄井から評価されるのは桐野と佐藤になる。

――ふん、馬鹿馬鹿しい。

嫌なことを忘れるべく、菅原はシャワーを浴びることにした。

翌朝、ゆっくり朝寝した菅原は、午後から国会図書館に出向いた。会社に出てこなくていいと言われたので、堂々たるものだ。

そこで分かったのは、八甲田山遭難事件関連で残されている正式な報告書は、遭難事件直後の一月三十日に陸軍大臣に提出された「第二大隊雪中行軍に関する報告」（以下「大臣報告」）、三月十五日に同じく陸軍大臣に提出された「歩兵第五聯隊第二大隊雪中行軍遭難顚末書」（以下「顚末書」）、七月二十三日に陸軍関係者に配布された「歩兵第五聯隊遭難始末」（以下「遭難始末」）があり、事件後、現代に至るまでの研究本は、この三つの報告書を元ネタとしていることだ。

「大臣報告」は最初に救出された後藤《ごとう》伍長の証言から成っており、急いでとりまとめられたものらしく錯誤が多い。

「顚末書」は後に救出された倉石《くらいし》大尉以下、数十名の証言から成っている。また雪中行軍の指揮官の地位にあった神成文吉《かんなりぶんきち》大尉の「計画原稿」なるものも、そのまま掲載している。

「遭難始末」は、遭難状況の記述は「顚末書」とさして変わらないが、捜索計画、生存者のその後の治療状況、そして遺族への対応などに主眼が置かれている。

これらに加え、最新研究の成果を反映した研究本を補足として読むことで、雪中行軍の全貌が摑めてくる。

菅原は行軍計画から始めて、実施状況と遭難状況、そして捜索状況まで念入りに調べていった。中でも大切なのは、どのような防寒対策をしていったかだ。これは「顚末書」に「将校以下着用被服調査票」といった項目があり、そこに詳細に書かれている。

それを見ていくと、冬の八甲田山を侮っているとしか思えない防寒対策しかなされていなかったことが分かってきた。

しかも組織的な問題もあった。行軍の指揮官は神成大尉であるにもかかわらず、その上官の山《やま》口鋠《ぐちしん》少佐が随行しているという事実も知った。あくまで指揮官は神成大尉だが、教育委員主座として山口少佐が「随行参観《ずいこうさんかん》」するという奇妙な編成となっていた。つまり何かあった時、指揮系統に混乱が生じる可能性があった。

それだけならまだしも、平民出身の神成を大尉に昇進させたのは、山口の引きがあってのことらしく、神成は山口に頭が上がらない関係だった。

当時、士族と平民には隔絶した身分差があり、平民出身で士官学校を出ていない神成が大尉になるのは、普通ではなかった。神成は極めて優秀な頭脳の持ち主であったらしく、もしも山口がいなかったら、もっと多くの者が助かるような、的確な命令を下せていたかもしれない。

雪中行軍隊の総員は二百十名で、山口麾下《きか》の第二大隊から百八十四名、残りは第一・第三大隊に所属する長期服役伍長（兵役終了後、下士官に志願任用された者）十七名を同行させ、さらに山口少佐の随員のような編成外の九名を随行させるという特殊な編成だった。さらに事前に立てられた計画もずさんで、冬山を知らないとしか思えないものだった。

――これでは遭難する。

行軍部隊は、出発前から「計画」「装備（防寒対策）」「組織」の三点で大きな欠陥を抱えていたのだ。

こうした事実を三つの報告書で把握しつつ、菅原は違和感を抱いていた。

――何かおかしい。

三つの報告書で一致しない点が多々あるのだ。むろん時間経過が異なるので、早い時期に出した報告書が間違っていることもあるだろう。だが「大臣報告」→「顚末書」→「遭難始末」と読み進むに従い、辻褄《つじつま》合わせのようなことが多くなっていくのだ。

中でもひどいのは、「遭難始末」には、これまで五連隊では八甲田越え、すなわち青森の兵営から前嶽《まえだけ》中腹を回って田代を経由し、八戸《はちのへ》方面（三本木平野《さんぼんぎ》）に抜ける演習を数度やっていると書かれていたことだ。しかし実際にはやっていないことが、生存者の証言から明らかだった。

また神成大尉の「計画原稿」も、事件後に作られたかのような作為が感じられる。

しかも行軍隊は詳細な地図を持っておらず、また嚮導《きょうどう》役を付けなかったので、地形を詳しく知る者はいなかった。

――地図がなければ夏でも迷うな。

このルートは一本調子の上りではない。馬立場《うまたてば》という最高所までは上りだが、そこを越えた後、田代に行き着くまでの途次に何カ所か大きく切れ込んだ渓谷があり、それを迂回《うかい》しながら進まなければならない。正確な地図を持っていない状態でホワイトアウト（白一色で何も見えない状態）に陥れば、地元の案内役がいても迷ってしまうだろう。

現に事件の何年か前、田茂木野《たもぎの》という田代の途次にある集落の若者八人が、古老が止めるのも聞かず、「温泉に行ってくる」と言って田代に向かって出発し、遭難死していた。すなわち田代までの道は、地元の若者でさえ迷うほど複雑な行程なのだ。

しかも三つの報告書に書かれた行軍準備に関する事項には、計画は予備行軍を踏まえているので万全で、防寒対策や食料も十分だったことになっている。だが防寒対策一つ取っても不十分だったからこそ、これだけの犠牲者を出したのであり、助かった者も凍傷がひどく、手足を切断する者を八名も出すという事態に立ち至ったのだ。

——何と欺瞞《ぎまん》に満ちているのか。

いかに昔のこととはいえ、菅原は呆《あき》れて言葉もなかった。だが読み進めるうちに、その理由が明らかになった。

事件後、陸軍大臣によって取調委員が任命され、「行軍計画の当否を審査し、責任の帰するところを明らかにすること」という訓示が出ていたのだ。

——つまり責任逃れのための隠蔽《いんぺい》工作をしていたのか。

その黒幕が、津川謙光《つがわかねみつ》という連隊長なのは明らかだった。結局、津川は何ら罰を受けず、事件後も連隊長の座にとどめ置かれた。

――何というなれあいだ。

遭難事件の謎を探そうと勇んで取り組んだものの、そこから出てきたのは、軍人の隠蔽工作というおぞましい事実だった。確かに参考文献にもその指摘がなされており、事実を歪曲《わいきょく》して責任を逃れようとした人々がいたことは明らかだ。

それでも何かないかと史料を渉猟《しょうりょう》していると、同じ頃に弘前《ひろさき》を出発し、逆ルートで八甲田山の踏破に成功した弘前第三十一連隊の福島泰蔵《ふくしまたいぞう》大尉の詠《よ》んだ漢詩が目に入った。それは「八甲山《はっこうさん》頭風四起《とうかぜよもにおこる》」で始まる七言絶句だが、その中に「昨朝忠死《さくちょうちゅうし》す 二百余人」という一節があった。

――これを書いた時点では、遭難死は二百人以上と思われていたわけか。最終的には、百九十九人が山中で命を落としたと記憶しているが。

この詩が載った『東奥日報』の日付が一月二十九日なので、まだ被害状況の全貌が明らかになっていなかったのだろう。

――ん、ちょっと待てよ。

菅原は「遭難死二百」という文字をどこかで見た記憶があり、「顚末書」のページをめくってみた。そこにも「遭難死二百」という文字が躍っていた。

――三月十五日でも、まだ分かっていなかったのか。それとも概数で書いていたのか。

しかし軍隊というところは、記録だけは厳密に残す。三月十五日の時点で、遭難死者数を概数で書くのはおかしい。しかも「二百余」や「二百前後」ではなく「二百」と書かれているのだ。

福島大尉の漢詩や「大臣報告」の時点なら分かるが、「顚末書」の段階で、まだ捜索は終わっていなかったことになる。

その後、調べていくと五月一日時点で、未発見の遺骸は十とある。その後、ほぼ白骨化した遺骸が川などで発見され、同月二十八日にすべての遺骸が発見され、人物も特定された。

遭難死者数と生存者数を整理すると、総員二百十名のうち救出された者が十七名で、うち六名はその後に死亡したので、生存者は十一名だった。つまり八甲田山にあるはずの凍死者の遺骸は百九十三体になる。これに救出後に死亡した山口少佐ら六名を含めると、遭難死者数は百九十九名となる。

それまで二百と言っていた遭難死者数が、いつの間にか百九十九になっていた。しかも、五月二十八日以降も捜索は続けられたのだ。その目的が、二挺《ちょう》の歩兵銃と遺留品を見つけるためだったと「遭難始末」には書いてあるが、そのためだけに、七月二十三日まで捜索を続けるというのも不可解だ。

銃は天皇陛下からの預かり物であり、それを探すのは分からなくもない。だが五連隊の中の一中隊もが、継続して夏まで捜索に当たるのは尋常ではない。

ちなみに雪中行軍は演習の一環なので、将兵全員が実戦と同じ武装で臨まねばならない。すなわち兵卒は銃を、士官は帯刀の上、拳銃を携帯していた。

――だが、七月下旬まで銃を探す必要があったのか。

銃二挺と遺留品のために第五連隊の精鋭を何日間も捜索に当たらせるなど、常識では考えられない。ロシアとの緊張が高まっている折でもあり、軍事訓練を優先すべきなのは素人にも分かる。

——では、別の何かを探していたのか。別の何かと言えば、遺骸のほかあり得ない。

菅原は資料をひっくり返してみたが、遺骸捜索は五月二十八日ですべて終了し、残るは銃二挺と遺留品の捜索だという。

——何かおかしい。

菅原の直感が違和感を訴えてきた。

その時だった。誰かが横にいるのに気づいた。ぎくりとして顔を上げると、痩せぎすの女性が立っていた。その女性は図書館職員の名札をつけている。

「あの、閉館時間なんですが」

「あっ、すいません。すぐに片付けます」

周囲を見回すと誰もいない。時計を見ると十九時十分を指している。

借りた資料や本を返却し、すでに取っていたコピーを抱えた菅原は、国会図書館を後にした。

——よし、現地に入ろう。

永田町のビル風を正面から受けながら、菅原は八甲田の風の冷たさを想像した。

四

八甲田山とは、青森市の南にそびえるカルデラ火山群の総称だ。標高千五百八十五メートルの大岳《おおだけ》を最高峰とし、十六の高峰が南北二群に分かれて分立している。

八甲田という名の由来は、兜《かぶと》のような八つの峰々の間に、田と呼ばれる湿原が点在していることから来ているというが、兜と言われるわりには、どの山もなだらかな稜線《りょうせん》を描き、登攀《とうはん》はさほど困難ではない。そのため豪雪に見舞われる冬場を除く季節には、絶好のトレッキング地帯となっている。

ところが冬場は、その様相を一変させる。女性的な山容の八甲田の峰々が、隠していた牙を剝《む》き出しにしたかのように荒れ狂い、山に踏み入った者たちに襲い掛かる。それゆえ冬の間、地元の人々は家の中で身を縮めながら、山の神の怒りが収まるのを待つしかなかった。

この厳寒の八甲田に挑もうとしたのが雪中行軍隊である。だが雪中行軍隊は、いずれかの山の頂ではなく前嶽中腹の山峡、標高五百二十メートルにある田代温泉を目指していた。というのもこの雪中行軍は、特定の目的のために実施されたからだ。

この頃の日本は、南下政策を取る大陸国家ロシアとの関係が日増しに悪化していた。状況によっては、ロシア艦隊が津軽海峡を制圧する作戦に出てくることも十分に考えられた。

すなわち青森湾にロシア艦隊が進出してきた場合、湾沿いに走る陸羽《りくう》街道や東北本線が艦砲射撃に晒《さら》される可能性が高い。そのため太平洋に面した八戸方面から、青森に物資を補給するために、内陸部の八甲田山中を通る経路を踏査しておく必要があったのだ。

遭難事件の時は田代までの一泊二日の訓練だったが、翌年の冬には、八戸までの行軍が計画されていた。

当時の田代には元湯《もとゆ》と新湯《しんゆ》という二つの温泉場があった。双方は五百メートルほどしか離れていないが、その間に駒込川が流れているので、別の集落とされていた。

この時、行軍隊が目指したのは、規模の大きい田代新湯の方だった。

新湯には家屋が五軒ほどあり、温泉場の保守を行う家族三人と、炭焼きを仕事とする人々の合計十五人ほどが住んでいた。また暴風雪がひどい時などは、別の村に住む猟師が避難することもあり、多い時で二十人前後の人々がいた。むろん冬場は、外部との連絡が途絶している。

令和《れいわ》の今、青森市内から田代に向かうには、青森湾に注ぐ駒込川と横内川《よこうち》に挟まれた県道40号線を進むことになる。この道は舗装されたほぼ一直線の道で、途中から尾根《おね》道になっており、八甲田山系北端の前嶽へと続いている。当時、行軍隊が進んだ田代街道とは、途中から別のルートになる。

青森市内筒井《つつい》村にあった兵営から田代新湯までの距離、すなわち行軍隊が踏破しようとした全行程は約二十二キロメートルだが、道が険しくなるのは十四キロメートル地点の賽《さい》ノ河原《かわら》から十七キロメートル地点の馬立場までで、そこから田代までは下り坂になる。

こうしたことから、行軍隊がこの演習を甘く見ていたのは、否めない事実だった。

ところが冬の八甲田山は、北西のシベリア方面から吹き込む強烈な季節風と、青森湾から吹いてくる海風が北麓でぶつかり合い、さらに標高差が二百五十メートル前後もある駒込川の峡谷から吹き上がる風によって、荒れ狂う暴風雪を生む「局地気象」の地として知られていた。

風速は平均で二十〜三十メートルに達し、山に降り積もった雪が根方に吹き寄せられるので、ひどいところでは五〜六メートルの深さの雪溜まりができる。そうなると眼前の白い壁を崩すようにして進まねばならない。

しかも遭難が明らかとなった明治三十五（一九〇二）年一月二十五日は、北海道の旭川《あさひかわ》で氷点下四十一度という日本最低気温を記録した日であり、八甲田山周辺は凄まじい暴風雪に見舞われていた。

――あらゆることが、悪い方、悪い方へと転がっていったんだな。

不運が不運を呼び、抜き差しならないところまで行ってしまった雪中行軍隊の悲劇は、まさに転落し始めた人生のようなものだった。

――流れが悪くなると簡単には変えられない。何事も悪くなる前に手を打たなければならないのだ。

たとえ頭でそれが分かっていても、その場になると悪い方に決断してしまうのが人だということを、菅原は痛いほど知っていた。

青森空港でレンタカーを借りた菅原は、第五普通科連隊のある自衛隊青森駐屯地にカーナビをセットし、その指示に従って走り出した。

青森といえば「ねぶた祭」が有名だが、それも八月の第一週で終わり、菅原が訪れた八月下旬は、すでに市街に秋風が吹き始めていた。

――やけに人が少ないな。

ここ最近、日本の地方都市の衰弱は目を覆うばかりだ。ここ青森も例外ではなく、駅前の一等地でもシャッターを下ろしたままの店舗や空き地が目立ち、大通りでさえ歩く人はまばらだ。

やがて自衛隊青森駐屯地が見えてきた。

正門で案内を請うと、すでに電話で訪問を伝えていたためか、すぐに案内役がやってきた。

案内役は自己紹介すると、まず防衛館と呼ばれる展示物の並ぶ一角に連れていってくれた。このルネッサンス様式の建物は、かつて歩兵第五連隊の兵営があった旧筒井村（厳密には集落）から今の場所に移したもので、当時は兵舎として使われていたという。

案内役は中西五郎《なかにしごろう》と書かれたネームプレートを胸に付けた初老の人物で、定年退職まで残すところ一年半だという。小柄だががっしりした体格で、物腰は丁重だが、自衛隊員らしく口調は簡潔明瞭だ。

菅原は中西の案内で展示物を見て回った。展示物は八甲田山遭難事件に関するものだけではなく、歩兵第五連隊時代から現代の自衛隊第五普通科連隊に至るまでの足跡が、時系列に沿って並べられていた。

中西は慣れているのか、口調も滑らかに説明を始めた。

明治九年に創設された歩兵第五連隊は、日清戦争以来、赫々《かっかく》たる戦果を挙げ続け、日本最強の連隊とまで謳《うた》われるようになる。しかし昭和二十（一九四五）年五月二十六日、フィリピンのレイテ島で終戦を迎え、その長い栄光の歴史に幕を閉じた（四千五百五十二人中、生存者五十人）。そして戦後、自衛隊の第五普通科連隊がその伝統を受け継ぐかのように創設され、今日に至る。

中西の説明が終わったところで、菅原は思い切って尋ねてみた。

「現地に入りたいのですが、ガイドをしてくれる方をご紹介いただけませんか」

「ああ、それなら問い合わせてみます」

早速、中西が連絡を取ってくれた。電話の相手とは津軽弁丸出しなので、何を言っているのか分からない。

「分がりますた。そう伝えでおぎます」

中西は電話を切ると言った。

「明後日《あさって》の土曜なら空いているそうです」

「ああ、それはよかった。で、おいくらくらいかかるのでしょうか」

「気持ちですよ、気持ち」

中西が陽気に笑う。

――その方が困るんだが。

経費として会社に申請できるのに、領収書を切ってくれないと自腹になってしまう。「気持ち」となると、領収書を要求することはできない。

「待ち合わせはどうしましょう」

「土曜日の朝八時、ここに迎えに来てくれるそうです」

「つまり、そのガイドさんのクルマと運転で案内していただけるんですね」

「そういうことになります。ですからガソリン代などを勘案すると、数万は――」

「分かっています」

菅原にも、そのくらいの常識はある。おそらく雑誌の取材でなければ、中西はガイドを紹介することもなかったに違いない。

「それと、もう一つ質問があるのですが」

「なんなりと」

菅原が「遭難死二百名」が「遭難死百九十九名」に変化していったことについて問うと、中西は全く気にとめる様子はなく、「当時のことですから」と言って取り合わない。それでも資料のコピーを見せながら食い下がると、困惑したように「よく分かりません」と答えた。

菅原が残念そうにしていると、中西は「何なら資料庫にご案内しましょうか」と言い、黴臭《かびくさ》い部屋に案内してくれた。そこにはラックが整然と並べられ、段ボール箱が所狭しと積まれている。

そこで中西と共に「大臣報告」「顚末書」「遭難始末」と、それに付随する諸資料をあたった。しかし人数の齟齬《そご》は、いっこうに解明できない。

中西も「おかしいな」と言いつつ、様々な資料を出してきては調べている。

菅原は思い切って尋ねてみた。

「遺骸の捜索が終わったとされる五月二十八日から七月二十三日までの遺留品捜索で、何か見つかったものはありますか」

「遺留品は遺族に渡してそれっきりです。所有者が分からないものは連隊に一定期間保管されていたようですが、展示物として使うものを除いて処分されました」

「やはり、そうだったんですか」

菅原がため息をつくと、中西が老眼鏡を拭きながら呟《つぶや》いた。

「おかしいな」

「何がおかしいんですか」

「これです」と言って中西は帳簿を開き、その中の一つを指差した。

「捜索には犬を使ったんですが、こうした仕事に日本犬は役に立たないということで、青森市内にいるセントバーナードとシェパードを借りたんですよ。借りたからには礼金と感謝状を出すのが礼儀です。その礼金の出納《すいとう》が、七月二十九日になっているんですよ」

それは、遺骸や遺留品の捜索に関する出納帳のようだった。

「どういうことですか」

「おそらく七月二十三日まで、犬を借りていたんでしょう」

「何を探していたんですか」

「私が知る限り、銃が二挺見つからず、探していたと聞いています」

「銃二挺を犬で探していたんですか」

「うーん」と言って中西がうなる。

「銃に人の匂いが染み付いているからですか」

「いや、いくら犬の嗅覚《きゅうかく》でも、夏草の中をそこまでは探し当てられませんよ。夏草の匂いが犬の嗅覚を邪魔しますからね。腐食した人体のように、強烈な汚臭を発していれば別ですが――」

何かを思い出したのか、中西が顔をしかめる。

――犬を返していないということは、遺骸の回収が終わっていなかったことの状況証拠になる。

菅原は色めき立ったが、それを抑えて尋ねた。

「では、何のために犬を残したのでしょうか」

「何か匂いの染み付いているものを、少しでも回収しようとしたんでしょうね」

「例えば――」

「酷寒の中で低体温症に罹患《りかん》した兵隊さんたちは、服を脱いじゃうんですよ」

「えっ、寒いのにどうしてですか」

「矛盾脱衣《むじゅんだつい》と言いましてね。死に至るほど体温が下がってくると、脳はそれ以上の体温低下を防ぐべく、熱の生産量を高めて体内から温めようとするんです。その結果、極寒でも暑くて我慢できなくなり、着衣を脱いでしまうそうです」

――矛盾脱衣か。何と皮肉なことなのか。

菅原は人の脳の危機管理能力に驚くと同時に、そうした配慮を脱衣という行為で無にしてしまう人間の愚かさを知った。

「つまり犬なら、矛盾脱衣によって兵卒たちが脱いだ衣類を探り当てられるわけですね」

「それでも簡単にはいかないでしょう。なにせ雪の中に埋もれていたものですからね。夏になる頃には、体臭も抜けちゃっているんじゃないかな」

中西が首をひねる。

「では、見つからない遺骸を探していたんでしょうかね」

「それはないでしょう。すべての遺骸は発見されたと、すでに発表されているんですから」

「しかし――」

「短絡的に考えん方がよいと思いますよ。この事件に関しては、軍が絡んでいることですから情報も開示されず、当初、新聞各紙は誤報に次ぐ誤報でした。遭難死者数を概数で二百としたのは、無理からぬことです」

　中西は自らを納得させるように断言した。

「分かりました」

　この場は、そう答えるしかない。

　中西がファイルを閉じた。それが「そろそろ終わりにしていいか」という合図だと感じた菅原は、「ありがとうございました」と言って資料庫を出た。

「では、明後日の八時に門の前に来て下さい。私は来なくてもいいですね」

「大丈夫です。お世話になりました」

　菅原は中西に何度も礼を言い、駐屯地を後にした。

五

　その日の夜、一人で飯を食った後、ホテルに戻ろうとした菅原だったが、ロックバーを見つけたので入ってみた。

「アヴァロン」という名のその店は、入口に英国旗が掲げられていることから、ブリティッシュロックを主に流しているバーらしい。

「いらっしゃいませ」

白髪の好々爺《こうこうや》然としたマスターが迎えてくれた。まだ時間が早いからか、ほかに客はいない。店内には菅原の知らない古い曲が流れている。

「ジム ビームのデビルズカットを。ロックで」

「はい」と答えたマスターは、アイスピックで手際よく氷を割っている。

「どちらからですか」

「東京です」

「そうだと思った」

「どうして」

「そりゃ、お客さんの姿形から分かりますよ」

とりとめのない会話をしながら、菅原は居心地のよさに浸っていた。

「マスターはこちらの人——」

「そうですよ。出身は弘前です。東京で定年まで勤め上げた後、こちらに戻り、青森に店を出したんですけどね」

「ああ、だから標準語がうまいんだ」

「大学から会社を定年退職するまで、ずっと東京でしたからね」

菅原は杯を重ねながら、自分の出身地や仕事のことなどを語った。

「歴史雑誌ですか。面白そうですね」

「まあ、歴史が好きならね」

桐野弥生の顔が脳裏に浮かぶ。

「お客さんは、歴史がお好きじゃないんですか」

「嫌いじゃないですよ。でも仕事だからね。マスターは」

「私らの世代は司馬遼太郎を読むくらいですよ」

「新田次郎は」

マスターが笑み崩れる。

「もちろん読んでますよ。『八甲田山死の彷徨《ほうこう》』でしょう」

「ああ、やっぱりね。映画にもなりましたね」

「そうそう。でも、小説も映画も史実とは少し違うそうですよ。常連さんの一人がそう言っていました」

「そうですね。私も資料本をいろいろ読みましたが、やはり映画や小説ですから、史実の通りとはいかないようですね」

「そうそう。とくに映画の三國連太郎《みくにれんたろう》ね。あの将校さんは、あれほど悪くなかったようです」

「ああ、山田少佐ですね」

「そうです。実際の名字は山口というらしいです」

この雪中行軍隊の変則性は、指揮官の神成大尉の上官にあたる山口少佐が随行していることだった。山口少佐は教育委員主座として「随行参観」していたが、様々な証言からすると、途中から指揮権を握っていたように思える。

「山口少佐も可哀想な人ですね」

「そうなんですよ。あの人は救出されてすぐ死んじゃったから、すべての責任を負わされた感がありますよ」

山口少佐は二月一日に収容されて意識もあったが、その後、様態が急変し、二日の午後九時頃に収容先の青森衛戍《えいじゅ》病院で死亡した。死因は心臓麻痺《しんぞうまひ》だという。「顚末書」に「手足甚だしく腫張《しゅちょう》」とあるように、収容直後から凍傷が重く（両手両足第三度凍傷）、四肢《しし》の切断は免れ難いものだったが、脈や呼吸に異常はなく、精神も錯乱していなかった。二日の午前には、明治天皇から慰問の目的で派遣された侍従武官の訓話《くんわ》を、ほかの収容者と一緒に聞いている。

「何事も死人に口なしですからね」

「そこなんですよ。不思議なのは——」

マスターがグラスを磨きながら何かを言い掛ける。

「何か謎でもあるんですか」

「映画では、三國さんが拳銃自殺するんですけど、実際は拳銃が持てないほどの凍傷だったでしょう。自殺なんてあり得ないって常連さんが言うんですよ」

確かに、手足を切断せねばならないような重度の凍傷を負った者が、拳銃自殺するのは困難を通り越して不可能だろう。

衛戍病院に収容された時の部屋割りは、山口少佐、倉石一《はじめ》大尉、伊藤格明《かくあき》中尉の三人の将校は個室、下士官と兵卒は、それぞれ大部屋に入れられていた。

——個室内のこととはいえ、拳銃自殺は難しい。

凍傷でなかったとしても、誰かが拳銃を病室内に運び込み、それを山口に渡したことになる。また拳銃自殺だとしたら、銃声が病院内に響き渡ったはずだが、隣室の倉石ら将校はもとより、長命を保った小原忠三郎《おばらちゅうさぶろう》伍長ら証言者は、それには一切触れていない。

「確かに自殺は難しい状況ですね」

「昔から地元では、山口少佐は軍に殺されたって噂《うわさ》されているんですよ」

「えっ、それは本当ですか」

「私はよく知らないけど、昔の軍部はひどかったと言いますからね。詰め腹を切らされたのか、何か知っていて殺されたのかは分かりませんがね」

「何かって」

「私には分かりませんよ」

マスターが笑みを浮かべる。

——山口を殺す必要が軍にあったのか。

だが、どう考えてもその理由は見つからない。

「あっ、いらっしゃい」

その時、数人の客が来たため、マスターとの話はそこまでになった。

深夜になって店を出た菅原は、涼しい風が吹き始めた道を歩いてホテルに戻った。


その翌日、再び自衛隊青森駐屯地に向かった菅原は、中西に面会を求めた。中西は「また来られると思っていましたよ」などと言いながら、再び資料庫に案内してくれた。

そこで山口の死の状況について調べてみると、おかしな点がいくつか見つかった。

まずこの事件の研究家として名高い小笠原孤酒《おがさわらこしゅ》は、拳銃自殺説を唱えている。というのも山口少佐の実兄の成澤《なるさわ》という後備役の中佐が小笠原に語ったところによると、収容された山口と面会した折、山口が「武人らしく身の始末をする」と言ったというのだ。

ちなみに山口は成澤家から山口家に養子に入っていたので、実兄とは別姓になっている。

いったん東京に戻った後、山口の死を聞いて再び青森を訪れた成澤が（成澤は東京在住）、津川連隊長から「心臓麻痺」という死因を聞かされ、「弟は責任を取って自殺したはずだ」と問い詰めると、連隊長は「確かに自殺した。だがそれが公表されると、倉石大尉と伊藤中尉も後追い自殺する恐れがある」と言って口止めされたという。

だがおかしいのは、別の資料では「山口少佐は重篤《じゅうとく》のため面接が許されなかった」とされている点だ。現に山口少佐の妻は夫に会えていない。

――一月三十一日の夕方に発見され、生存という電報がその日のうちに成澤に届いたとして、当時の交通事情で、二月二日に青森に着くことができるのか。

たまたま当時、東京にいた立見尚文《たつみなおふみ》師団長が青森に向かったのが一日の十八時に上野を出て、翌二日の十五時五十分に青森に着く夜行列車だった。それに成澤も乗れたとすれば、ぎりぎりで面会できる。

菅原は当時の時刻表を調べてみた。すると一日午前の汽車があることに気づいた。すなわち一日の午前九時二十分上野発の汽車に乗れば、二日の午前中には青森に着ける。

――それなら無理ではないが、二日の午後に成澤は青森を離れたことになる。

山口が死去した時、成澤は病院ないしは青森にはおらず、東京に戻ったら「山口死す」の電報が先に届いていたというのだ。つまり成澤は山口から自殺の意思を聞き、そのまま青森を後にしたことになる。

――だが弟が自殺するという確信があれば、東京には戻らないはずだ。

成澤は一昼夜かけて青森に行き、また一昼夜かけて東京に戻り、死の知らせを聞いて三度《みたび》、一昼夜かけて青森に向かったことになる。当時の交通事情からすると、極めて過酷なスケジュールに思える。

仮に成澤が山口に拳銃を渡したとしたら、青森で山口の自殺を確認するに違いない。拳銃を渡して逃げるように東京に戻り、山口の死を聞いて再び青森に向かうというのは、あまりに合理性に欠ける。

――だが待てよ。拳銃にこだわる必要はない。逆に拳銃という道具に注目を集めさせ、「自殺はあり得ない」と思わせようとしているのではないか。つまり本当に心臓発作を起こしたか、誰かが首を絞めて窒息死させたのではないか。

——だが山口に罪をかぶせたいだけで、連隊長が殺人まで行わせるだろうか。

さらに資料をひっくり返していると、『東京日日新聞』のある記事が目に留まった。

——山口少佐だけが翌三日、茶毘《だび》に付されている。

最初に遺骸が発見された神成大尉と鈴木《すずき》少尉は、二月六日に茶毘に付されているにもかかわらずだ。しかしその横にスクラップされた同紙の記事では、「訂正」として山口の火葬は五日になっている。

——これはおかしい。

こうした場合、軍部すなわち陸軍省から訂正の申し入れがあったと考えるのが自然だろう。

——誰が何のために火葬日の訂正を行ったのか。

まさにそれは、火葬が二月三日に行われたことを裏付けている気がした。

「失礼します」という声がしてドアが開くと、中西がお盆を持って立っていた。そこからは湯気が上がっている。

「精が出ますね」

中西がコーヒーカップを置く。古紙の匂いに包まれていた資料庫に、芳醇《ほうじゅん》なコーヒーの香りが漂う。

「お気を遣わせてしまい、申し訳ありません」

「この事件に熱心な方を見ていると、私も力になりたいと思うんですよ」

「ありがとうございます」

「長くここにいて退役した方で、この事件の研究に没頭している方が何人もいらっしゃいます」

この事件の研究家の中には、複数の退役自衛官がいる。彼らは皆、第五普通科連隊の出だった。

「そうした方々に、私など及びもつきません」

「そんなことはありません。さすがに菅原さんはプロだけあって、謎の見つけ方も資料の探し方も効率がいい」

褒められたことで自信を持った菅原は、山口少佐の死にまつわる謎について尋ねてみた。

「ああ、そのことね」

中西は老眼鏡を外して磨きながら語った。

「生き残った者たちの証言によると、山口少佐は当初、編成外の教育委員主座として『随行参観』の立場を守り、指揮官の神成大尉に判断を任せていたらしいのですが、行軍初日の露営《ろえい》あたりから意見を求められることが多くなり、以降は二人ですべてを決めていったようです。それに責任を感じていたのかもしれませんが、実際の指揮官ではないので自殺することもないでしょうし、意見を言い始めたのは遭難が確実になった後のことなので、遭難自体に山口少佐の責任はないんです。それで責任を取ったというのは、どうにも納得できませんね」

遭難以前に意見を求められたことはあっても、山口が判断を下していったのは初日の夜の露営以後だという。つまり判断に関与したのは遭難が確実になった後なのだ。しかし軍隊において、いかなる場合も責任を取るのは最も地位の高い者という原則からすれば、山口が傍観者で済まされるわけがないのも事実だ。

「確かに責任ということにおいては、グレーゾーンですね」

「そうなんです。山口少佐は遭難に至るまで、いかなる判断も下していないはずです。遭難後に『致し方なく』乗り出してきたという形なんです」

「でも当時の軍人のメンタリティからすれば、責任を取っての自殺もあり得ますよね」

「まあ、確かにね」

「まさか手足を切断されると聞かされ、絶望して自殺したのでは」

「それはないでしょう。今と違い、当時の人々は肝《きも》が据わっています。ましてや少佐ともなれば、個人的な絶望などで命を絶つとは考えられません」

しかも医師をはじめとして誰も、手術前に四肢を切断するとは告げていないはずで、山口自ら凍傷の程度を診断することはできない。現に生き残った者たちは、麻酔をかけられて手術され、終わってみて初めて、自分の四肢がないことに気づいたという始末だった。

「コーヒーはどうですか」

「あっ、おいしいです」

「海外に派遣された者もいるんでね。そこで土産《みやげ》にコーヒー豆を大量に持ち帰るんですよ」

「ああ、なるほど」

青森駐屯地の第五普通科連隊からもＰＫＯ（国連平和維持活動）に派遣されているのを、防衛館に飾ってある写真で、菅原は知っていた。

コーヒーのおかげで、資料庫内にリラックスした雰囲気が漂い始めていた。

「では、もう一つお尋ねしますが、他殺の疑いはありますか」

「他殺なんてあり得ませんよ」

「どうしてですか」

「誰が何のために山口少佐を殺すんですか。津川連隊長が責任を部下に押し付けようとしたことは確かですが、それは死後のことです。そのために人を殺すなんて考えられません」

津川連隊長が誰かに山口を殺すことを命じたとしても、誰もが拒否するに違いない。

「ほかに仕事もあるので、そろそろ失礼します」

中西が立ち上がったので、菅原は頭を下げた。

「お時間をお取りしてしまい、申し訳ありませんでした」

「気にしないで下さい。私のようなポンコツは、ここにおいでいただく方々のためにいるんですから」

「ありがとうございます」

中西と一緒に資料庫を出ると、外は暗くなっていた。同時に廊下の寒さに、菅原はぶるっと身震いした。

「兵隊さんたちは、ここに帰ってきたかったでしょうね」

闇に没しつつある八甲田山の方を見ながら、菅原が言う。

「はい。どれだけ帰ってきたかったか。不思議なことに八甲田山中で幽霊を見たという話はとんと聞かないのですが、事件後、この兵舎では度々、死んだ者たちが目撃されています」

「えっ、どういうことですか。まさか本当の話じゃないですよね」

菅原は超常現象の類に無関心で、これまでの人生でも意識的に避けてきた。

「私だって見たわけじゃないですよ。でもここには、そういった言い伝えも残っています」

「そうなんですか。いったいどんな話なんですか」

雑誌記者という立場を思い出した菅原が問う。

「様々な話が伝わっていますが、とくに有名なのは――」

少し逡巡《しゅんじゅん》しつつも、思い切るように中西が語る。

「当時、兵営の門衛は持ち回りでやっていたのですが、雪中行軍隊が隊列を組んで戻ってくる姿を、衛兵の多くが見たというのです」

「えっ、隊列を組んでですか」

思わず菅原が聞き返す。

「そうなんです。それが毎夜のように繰り返されるので、ある夜、津川連隊長が一人で待つことにしたそうです」

――連隊長の武勇伝か。

菅原はうんざりしつつも先を促した。

「それで、やってきたのですか」

「はい。やってきました。それで連隊長が、営門の前に整列した行軍隊に『雪中行軍隊の任務はこれにて完了。回れ右。前へ進め！』と号令を掛けると、行軍隊は隊列を組んだまま山に戻っていったそうです。それ以来、幽霊話はなくなったといいます」

あまりにできすぎた話に、菅原は辟易《へきえき》した。

礼を言おうと中西の方を向くと、中西は目頭を押さえていた。その姿に、菅原は言葉を失った。

「みんな、よほど帰ってきたかったんですよ」

中西は口に手を当て嗚咽《おえつ》を堪えていた。

「中西さん、大丈夫ですか」

「す、すいません。つい泣けてきてしまって」

「こちらこそ、お気持ちを察することができず申し訳ありませんでした」

「いいんです。お気になさらず。ただ彼らとわれわれは、兄弟も同然なんです。私の仲間の中には、『たとえ亡霊でも、雪中行軍で死んでいった先輩たちに会いたい。もしも会えたら、黙って抱き締めてあげたい』と言う者がいます。それは、われわれ全員の気持ちなんです」

菅原は厳粛な気持ちになって頭《こうべ》を垂れた。

六

その夜、ホテルに戻ると、桐野から「連絡してほしい」という伝言が入っていた。菅原はスマホをサイレントモードにしていたことを思い出した。

慌ててスマホを見ると案の定、伝言が二つ入っていた。

——両方とも女か。

もう一つは妻からだった。

部屋に入ってベッドに横たわると、まず桐野に連絡してみた。呼び出し音がしばらく続いた後、独特の鼻にかかった声が電話に出た。

「菅原さん、いったいどうしたの」

「サイレントモードにしていたのを忘れていたんです。すいませんでした」

「どうして」

「自衛隊の資料庫にいたので、携帯の使用が憚《はばか》られたのです」

「それなら仕方ないわね。で、その後、どう」

菅原は何と答えようか迷ったが、まだ桐野に介入されたくないので、そっけなく答えた。

「まだ何も摑めていません」

「ということは、何か摑めたのね」

桐野の嗅覚は一流だ。菅原は苦笑しながら答えた。

「まあ、新人じゃありませんから、出張までして空振りはないですよ」

「そうだと思ったわ。あなたの嗅覚は一流だから」

菅原は「それはお互い様だ」という言葉をのみ込んだ。

新聞記者時代、新人の菅原は、先輩記者のために全国紙の朝刊を整理するという仕事をやらされた。その時、記事の読み込みをしていたことで、史料や研究本の記述におかしな点や矛盾点があれば、すぐに気づくようになった。

「で、それは使えそうなの」

「まだ分かりません」

「どんなことなの」

菅原は内心、ため息を漏らした。

桐野がこの件をどれだけ勉強しているのか知らないが、一から説明しなければならないとなると厄介だ。

「戻ってから説明しますよ」

「いつ、戻るの」

「明日から二日間、ガイドさんの案内で行軍ルートを回ります」

菅原は、山中にある八甲田温泉の予約を取っていた。本来なら雪中行軍隊が目指した田代温泉にしたいところだが、すでに田代温泉の宿泊施設は廃業していた。

「じゃ、戻りは月曜ね」

「ええ、月曜の朝一の便で戻りますから、午後には会社に顔を出します」

「分かったわ。話はその時ね」

「ええ、期待せずに待っていて下さい」

電話を切ろうとすると、桐野の「待って」という声が聞こえた。

「プライベートなことで申し訳ないけど、離婚するんだって」

「ええ、まあ」

桐野と妻に共通の友人がいるので、菅原のプライベートは桐野に筒抜けだった。

「そうなの。独身の私が口を挟むのも何だけど、離婚はたいへんだから、じっくり考えた方がいいわよ」

「ありがとうございます。じっくりと考えた末の結論です」

桐野の言葉を遮《さえぎ》り、菅原は電話を切った。

桐野が、興味本位で言っているわけではないのは分かる。部下のことを心配する気持ちも少しはあるだろう。だが菅原は、昭和の頃の上司のように、プライベートなエリアにずかずかと踏み込んできてほしくなかった。

——まあ、俺のプライベートなんて、どうでもいいことだがな。

自嘲すると、菅原は妻に電話を掛けた。

「やっと電話してきたのね」

「ああ、仕事だったんでね。悪かったな」

「何よ、その言い方」

——もう、うんざりだ！

怒りを抑えて菅原は問うた。

「で、何の用」

「慰謝料のことなんだけど」

「何だって」

　菅原は耳を疑った。

「弁護士さんに相談したら取れると言うの。でも裁判などで大げさなことにはしたくないので、まず、あなたの誠意として払える示談金を提示してもらえと――」

「何を寝ぼけたことを言っているんだ。慰謝料というのは、夫婦どちらかが一方的な離婚の原因を作り、相手に精神的な苦痛を与えた時に請求できるんだぞ。われわれの場合は『性格の不一致』なんだから、慰謝料など請求できるはずないだろう」

　かつて夕刊紙の編集部にいたので、そのくらいの常識は身に付けている。

「待ってよ。あなたは暴力を振るったでしょう」

「暴力と言っても――」

　菅原が口ごもる。一度だけ平手ではたいたのは事実だ。

「それに口汚く罵ったわ。これはモラル・ハラスメントにあたるはずよね」

「待てよ。それは君も同じだろう」

「そんなことないわ」

「もうよそう。水掛け論になるだけだ」

「じゃ、示談金を払ってくれるのね」

「払うも何も、貯金なんてほとんどないのは、君が一番よく知っているだろう」

「弁護士さんは分割でもいいと言っているわ」

さすがの菅原も頭に血が上った。

「離婚して『ハイ、さよなら』とせずに、将来にわたって君に金を払い続けろと言うのか」

「それが日本の法律でしょ」

「そうじゃない」

菅原は即座に反撃態勢を整えた。

「離婚慰謝料を請求できるケースの一つに、『悪意の遺棄』というのがあるのを知っているか」

菅原は「専業主婦なのに家事をしない」ことが悪意の遺棄にあたると指摘し、さらに「俺名義の定期預金を解約したのも、それに当てはまる」と告げた。

「家事をしなかったことは、どうやって証明するの。定期預金の解約も『あなたから印鑑を預かった』と言えば済む話でしょ」

「その通りだ。それでは俺も、君を平手ではたいた記憶はない」

夫婦間のことなので、何もかも証明できないことばかりなのだ。

「人を殴っておいて、なんて人なの」

「先に言い出したのは君の方だろう。だから弁護士も裁判などにする気はなく、示談金を搾り取れなどと言っているんだ」

電話の向こうで嗚咽が聞こえる。

「こんなひどい人だとは思わなかったわ」

――そのセリフを、そのまま返してやる。

それを口にしようと思ったが、収拾がつかなくなりそうなのでやめにした。

「なあ、離婚というのは、あとくされなくすぱっとするのがいいんだ。尾を引けば引くほど互いに憎しみが増し、不快な日々を送ることになる」

鼻をすすりながら妻が言う。

「弁護士さんに相談するわ」

「それがいい。だが俺は夕刊紙にいたんだ。弁護士は事をこじらせて金を搾り取る商売だってことくらい知っている」

次の瞬間、電話が切られた。

菅原はスマホを放り出すと、手枕で横になった。ビジネスホテルの天井のシミが目に入る。それがだんだん広がっていくような気がする。心の中が毒液で満たされていくように。

――独りよがりの人間というのは、常に自分が正しく相手が悪いと思い込む。少しでも相手の立場になって物事を考えることをしない。

それは、夫婦生活を通して菅原が学んだことの一つだった。

――仕事も家庭もデッドエンドか。

見事に人生の迷路に閉じ込められてしまった自分を、菅原は笑うしかなかった。

七

翌朝、少し早めに駐屯地の門前で待っていると、黒いトヨタのランドクルーザーが目の前に停まった。

「菅原さんですね」

運転席から出てきたのは、四十歳前後の精悍《せいかん》な男性だった。

「あっ、そうです。初めまして。小山田《おやまだ》さんですね」

「はい。そうです。中西さんから紹介いただいた小山田昭《あきら》です」

「今回はお世話になります」

「とんでもない。取材の方をご案内するのは、地元民の義務ですから」

小山田が白い歯を見せて笑う。

菅原が名刺を差し出すと、小山田も名刺を出してきた。

「あっ、先生なんですね」

名刺には某高校の名前と連絡先が入っていた。

「はい。体育の教師をしています」

——どうりで引き締まった体をしているわけだ。

菅原は、少し出始めている腹を引っ込めるようにして笑った。

「よろしくお願いします」

「じゃ、行きましょうか」

小山田の開けてくれたドアから乗り込むと早速、小山田が最初の行き先を説明してくれた。

「まず第五連隊のあった筒井に行き、その後、幸畑《こうはた》にある八甲田山雪中行軍遭難資料館と陸軍墓地に行きましょう」

小山田が地図を指し示す。

「はい。お願いします」

ランクルは心地よいエンジン音を上げながら動き出した。

「小山田さんは、ここの生まれなんですか」

「はい。実は田代新湯の出身なんです。親父《おやじ》の代で宿は閉めたので、私は教師になりましたが、今でもトレッキングの人が温泉に入れるように、たまに行ってメンテナンスしているんですよ」

「そうだったんですか」

「ええ、秋口でも寒い日はありますからね。トレッキングしている人が迷い込んだ時、温泉が使えれば生き長らえることもできます。だから緊急時の食べ物なども置いています」

菅原は頭の下がる思いだった。

「つまり小山田さんは、あの事件にも特別な思い入れがあるんですね」

「もちろんです。故郷の山で、あれだけ多くの人が亡くなったんですから」

しばらく走ると、小山田はクルマを路肩に停めた。

「ここが旧歩兵連隊跡地です」

そこには学校があり、生徒たちが登校していた。

「今は高校になっています。この中に兵舎も衛戍病院もありました」

「もう何も残っていないんですか」

「はい。旧兵舎の一部は現在の駐屯地に移し、防衛館となっています。唯一残っているのが、あそこに見える左右対の門柱だけです」

その門柱のある出入口は閉鎖されており、高校生が菅原たちに目もくれず通り過ぎていく。

クルマを降りた菅原が門柱を撮影していると、小山田もやってきた。

「この門柱の間から、雪中行軍隊は元気よく出発していったんですね」

「はい。明治三十五年一月二十三日、午前六時五十五分、雪中行軍隊は、この門柱の間を出ていきました」

記録によると、行軍開始当初の天気は薄曇り、風はほとんどなく、気温はマイナス六〜七度で、青森市内の積雪は二尺九寸七分（約九十センチメートル）だったという。

「一行は小隊ずつひとかたまりとなり、少し距離を空け、あの山を目指しました」

小山田が示す直線に近い道の先には、八甲田山らしき山嶺《さんれい》が見える。

ランクルが再び軽快に走り出す。

「ここを出る時、すでに雪は降っていたんですか」

「粉雪がまばらに降ってきていたようですね。ただ零下六〜七度だったので、当地としてはごく一般的な冬の気候です。だから行軍隊は、雪も風も軽視していたに違いありません」

小山田が零下六度で「一般的」と言い切ったので、菅原は驚いた。

「田代温泉に着けば、ゆっくり温泉に浸かれると思い、隊員の多くが軽装だったと聞きますが」

「そうです。白手袋に藁沓ですから、冬の八甲田の恐ろしさを知らなかったとしか言えません」

菅原はそこに強い疑問を抱いた。

「どうして軽装にしたんですか。確かに第五連隊は岩手と山形の出身者が多くを占めていましたが、古参もいるので、冬の八甲田の厳しさは知っているはずですが」

「不思議ですよね。温泉を目指しているからって、軽装で行く必要はありません。着いてから脱げばいいんですから」

そんなことを話している間も、ランクルは直線道路を南へと進んでいく。

筒井から三・二キロメートルほどの距離にある幸畑までは平坦な道だ。

「この道を二列縦隊で、軍歌を歌いながら行進したそうです」

「軍歌ですか」

「はい。歌いましょうか」

小山田は恥ずかしそうな様子を微塵《みじん》も見せず、高らかに歌った。

前を望めば雪の山　右も左も皆な深雪《みゆき》
吹雪に屍《かばね》を埋《うず》むとも　撓《と》ふことなく進み行け

死《しす》とも退くこと勿《なか》れ　御国《みくに》の為《ため》なり君の為《た》め

「随分と勇壮な歌ですが、行軍隊の先々を暗示しているようでもありますね」

「そうなんです。とくに『吹雪に屍を埋むとも』という一節があるので、事件後に作られた歌だと勘違いされることもあるほどです」

「これほど勇壮な歌を歌いながら行進すれば、どんな寒気に見舞われても、引くに引けない気持ちになりますよね」

「ええ。兵卒の末端まで英気に溢《あふ》れていたと思います」

——英気に溢れていた、か。

それは日清戦争に勝ち、ロシアとの戦いが不可避となりつつある当時の日本の姿でもあった。

「戦争準備の一環だったんですね」

「そうです。満州も寒いところらしいですからね」

そんな話をしていると、幸畑に着いた。ここは八甲田山の裾野の縁《へり》にあたっており、いわば八甲田山と青森平野の境界となる。

「当時の幸畑には四十二軒も家屋があり、農業と炭焼きを生業《なりわい》としていました。今でも炭焼きや猟師の老人がいて、冬でも山に入ることがあります」

「まだ、こちらに住んでいる人がいるんですか」

「いや、青森市内から車で来るので、今は誰も住んでいません」

小山田が時計を見る。

「行軍隊がここに着いたのは、七時四十分頃です」

「随分と早いですね」

「当時の軍隊の行軍速度は異常ですよ。しかも十分の小休止の間に大小便を済ませ、服装や装備の不具合などを正さねばなりません」

菅原は、あらためて軍隊の過酷さを思い知った。

「それでは、遭難資料館から行きましょう」

遭難資料館の中に入ると、後藤房之助《ふさのすけ》伍長の銅像のレプリカが迎えてくれた。

後藤伍長とは遭難後も神成大尉に最後まで従い、神成が動けなくなった後も一人で田茂木野近くまで進み、立ったまま雪に埋もれているところを発見された下士官のことだ。

「この像の本物は馬立場にあります」

むろん馬立場も今日の行程に入っている。

館内には、この事件に関する詳しい説明が、模型やパネルを使って展示されていた。そのレベルはひじょうに高く、この事件を後世に伝えていこうという熱意に溢れていた。

兵卒が着ていた外套のレプリカも飾ってあったが、その薄さには驚かされた。また藁沓のみすぼらしさには憤りさえ覚えた。

――こんな装備では体が持たない。

それらは、東京の冬でさえ凍え死ぬようなものだった。

展示場の出口付近まで来た時、突然、肩に手が掛かった。驚いて振り向くと、小山田の笑顔があった。

「どうぞこちらへ」

続いて小山田は陸軍墓地へと案内してくれた。そこには、あたかも行軍隊形そのままに墓碑が整然と並べられていた。

正面には士官たちのやや大きめの墓標が、両翼には下士官と兵卒たちのものが並んでいる。

――冥土《めいど》に行ってからも、現世の軍隊の序列を押し付けられるのか。

何事にも平等を旨とする民主主義が刷り込まれている菅原の世代にとって、軍隊の序列が死後まで適用されるのは、何とも不条理に感じられる。

「雪中行軍隊はここに寄り、戦死者に祈りを捧げてから再び出発したそうです」

「えっ、その時、すでに第五連隊の戦死者が、ここに埋葬されていたんですか」

「はい。第五連隊は日清戦争で戦死者を出していますから」

日清戦争の「威海衛《いかいえい》の戦い」で、第五連隊は四名の戦死者と多数の負傷者を出していた。

――何と皮肉な運命か。

戦死者に祈りを捧げた時、自分たちの大半が数日後にはここに眠ることになるなど、彼らは露ほども考えていなかったに違いない。

「お疲れ様でした。ゆっくりとお休み下さい」

小山田が頭を下げて手を合わせたので、菅原もそれに倣った。

「ここには、雪中行軍隊全員が眠っているのですか」

「もちろんです」

「つまり生存者も含め、二百十人分ですか」

「そうです。昭和四十五年に最後の生存者だった小原忠三郎伍長が九十一歳で逝去し、ここに埋葬されました。それにより雪中行軍隊全員が再びそろったのです」

「全員ですか」

「そうですが、何か疑問でもおありですか」

「実は――」

菅原は、人数が合わない疑問を小山田にぶつけてみた。

「なるほど。つまり菅原さんは、もう一人遭難者がいて、軍はその一人を、いつまでも探していたというのですね」

「はい。犬まで使って八甲田山中をくまなく探したようですが、見つけられなかったようです」

「でも、もしそうだとしたら、軍は一人の遺骸がどうしても見つからないと発表するはずですし、遺族も騒ぐに違いありません」

「そうですね。確かに、ご遺族が騒いだという形跡はありません」

「ということは、二百と発表されたのは概数だったのではないでしょうか」

小山田にそう指摘され、菅原もそんな気がしてきた。

「やはり、そうなんでしょうね」

「当時は今と違って情報の伝達が極端に遅い上、新聞社などは誤報でも何でも掲載していましたからね」

だが小山田は、ここで一つのヒントを与えてくれた。

――遺族か。

これまで菅原は軍関係の書類ばかり調べていたので、遺族という観点が抜け落ちていた。

――戻ったら調べてみよう。

「そろそろよろしいですか」

「そうですね。行きましょう」

幸畑から目標の田代までは十六・六キロの行程となる。

ランクルは心地よいエンジン音をうならせつつ、緩傾斜の道を登っていく。

地図によると県道は、駒込川と横内川に挟まれた尾根道で、ほぼ直線で八甲田山の前嶽中腹へと向かっている。だが行軍隊が通った田代街道は、馬立場を過ぎた辺りから違うルートに入るので、県道が田代街道そのものではない。

小山田によると、ここから約二十五名がカンジキ隊となり、木製の輪カンジキを履いて雪を固めながら歩いていったという。この時の積雪は五尺（約一・五メートル）から六尺（約一・八メートル）にすぎず、幸畑で大休止を取ったためか、行軍隊はすこぶる元気だったらしい。

幸畑を出てからしばらくして、小山田が再び車を停めた。

八

「ここが田茂木野です」

小山田がランクルを路肩の空き地に停車した。

「事件当時、北から八甲田山へアプローチする際、ここが人の住む最後の集落でした」

当時の田茂木野集落の家屋数は十一で、すでに村落ではなく集落と呼ばれていた。住人たちは炭焼きと狩猟を専らとし、冬でも山に入る者がいた。山中で風雪が激しくなると田代に避難滞在し、春まで戻らないこともあったという。

戦後は住む人がいなくなった時期もあったが、今は街道の左右に家屋や商店もあり、近くには観光りんご園もあるらしい。

「行軍隊が田茂木野に着いた時、住人の一人が『ここから先に行ってはだめだ』と言ったという逸話がありますが、あれは本当ですか」

「ああ、『萬朝報《よろずちょうほう》』の記事ですね。それを聞いた兵卒の誰かが、『道案内の礼金がほしいから、そんなことを言っているんだろう』と罵倒したと書いてありましたね」

「そうなんです。兵隊さんたちだって、故郷に帰れば似たり寄ったりの生活環境でしょう。自分の親のような年齢の人に対して、そんなことを言うなんて信じられません」

「そうですね。証言を残した小原さんは、『そんな話は全く知らない』と言っています」

田茂木野集落の住民が行軍隊を押しとどめようとしたが、行軍隊は聞き入れずに進んでいったという逸話は、八甲田山の物語の中でも有名なものだが、真偽は定かでないらしい。

晩年に詳細な証言をテープに残した小原忠三郎伍長は、この話を否定しているが、行軍長径（隊列）は長く延びていたので、小原の耳に入らなかったことも考えられる。一方、軍を恐れてか、田茂木野の人々からは何の証言も得られていない。

「いずれにせよ遭難後の田茂木野の方々のご尽力には、頭が下がる思いです」

小山田によると、事件後、田茂木野の家々は軍関係者や役場の人々の宿泊所兼事務所、そして遺骸安置所に使われ、村人たちは寝食を忘れて奉仕したという。

集落の男たちは救出隊の案内役となり、女たちは炊き出しや洗濯で昼夜を分かたず働き、中には倒れて寝込んだ者もいたという。

「田茂木野までの行軍は順調といえば順調だったんです。問題はその後ですね」

ランクルに乗り込みながら小山田が続ける。

「ここから傾斜が急になるので、橇《そり》隊（正式名は行李《こうり》輸送隊）が遅れ始めます」

隊列の最後尾に付いていた十四台の橇は、ここからの急傾斜に四苦八苦し始める。

行軍隊の橇は荷台の長さが三メートル、脚部の高さは三十センチメートルで、底部にはスキーと同じような滑走板が取り付けられていた。この上に米などの食糧、木炭や薪《まき》といった暖を取るための材料、鍋や釜といった調理道具、円匙《えんぴ》（スコップ）や十字鍬《じゅうじしゅう》といった除雪道具が載せられていた。

「最後尾の橇隊は、歩兵が踏みならした後の道を行くことになりますが、逆に歩兵が道を踏みならしたことで、橇が谷側に片流れしてしまうようになったのです」

「橇というのは、平地用に作られたものですからね」

「そうなんです。舵《かじ》がないので、横方向の傾斜にはすこぶる弱いと聞きます」

行軍隊は、そうした橇の特性を把握していなかったことになる。

「さて、そろそろ小峠《ことうげ》です」

しばらく走ると、「小峠」と書かれた看板が現れた。小山田は道脇にランクルを停車させた。

「先頭の小隊が小峠に達したのは、十一時半頃でした。つまり兵営を出てから約四時間半が経過していたことになります。橇隊の最後尾は十二時半頃に小峠に到着していますので、この時点で先頭と最後尾の時間差は一時間も開いていました」

「最初に着いた小隊は、どうしていたのですか」

「元気な連中は橇隊を助けに行きましたが、大部分はここで待機ですね」

「こんな吹き晒しの場所で、立ったまま後続を待っていたんですか」

「座ることは許されていましたが、足踏みしていないと寒さに耐えられないので立っていたようです。とくにこの頃から風雪が激しくなり、それに寒気も加わり、携帯していた握り飯や餅は、凍りついて食べられなかったといいます」

「それほど寒気が厳しかったんですね」

菅原は今更ながら、八甲田の自然の猛威に驚かされた。

「小峠から田代までは二里半（約十キロメートル）ほどで、中間地点のやや手前になりますが、困難はここから始まります」

「行軍は一里に二時間ほど掛かりますから、田代に着くのは、予定通りでも夕方五時前後ですね。すでに日没時刻であり、ぎりぎりの行程になっていたんですね」

「そうなんです。それもあり、ここで進むか戻るかの議論が戦わされました」

小山田によると、行軍に随行していた永井源吾《ながいげんご》軍医から「これほどの軽装では、ここからの気温低下に耐えられない。引き返すべし」という意見具申があった。そのため神成は下士官以上を集めて協議した。だが血気に逸《はや》る下士官たちは行軍続行を主張し、神成もそれに押しきられる形で続行の断を下したという。

「その時、山口少佐は何と言ったんですか」

「協議には参加していたようですが、とくに続行に反対した形跡はないようです。というか続行は当然と考えていたので、何も言わなかったのかもしれません」

「えっ、そうなんですか」

「神成大尉の『計画原稿』にも『若《も》し途中不慮の障碍《しょうがい》を受け、田代に達する能《あた》わざる時は、途中に露営を為すべきのみ』とあり、兵営に引き返すことなど初めから念頭になかったようです」

「それでも協議を行い、意見具申を受けたということは、神成大尉に迷いがあったのでは」

「皆の意見を聞いておきたかったのでしょうね。しかし聞いたところで、何も変わらなかったはずです」

小山田がため息をつく。

「ここで引き返すという決断を下す可能性は、全くなかったんですか」

「おそらくね」

「ここからの決断一つひとつが生死を決めていきます。神成大尉の精神状態はどうだったんでしょうか」

「実は、神成大尉は責任者としての重圧によるものか、この頃から精彩を欠くようになります」

「どういうことですか」

「いや、言い方を間違えました。様々な証言に出てこなくなるので、精彩を欠くというより、次第に影が薄くなっていくのです」

菅原には引っ掛かるものがあったが、証言というものは証言者の視点から語られるので定かなことは言えない。だが指揮官の神成が「精彩を欠く」というのは、にわかには信じられないことだった。

「結局、小峠の頂上にとどまる時間が長くなり、兵卒たちの体力を奪っていきました。それでも無理して昼飯を食べ、十二時半から十三時の間に出発したようです」

「結局、永井軍医の意見具申は無視されたんですね」

「そういうことになります」

「その永井という軍医は偉いんですか」

「いいえ、軍医たちの最下級にあたる三等軍医です。直前になって上位の軍医たちに別の命令が下され、最も若い永井三等軍医が行軍隊の責任軍医に任命されたようです」

――それでは、神成たちに反論できない。

軍隊という組織において超然的立場にあるのは軍医たちだが、それでも位が低ければ、何かを強く主張することはできず、したとしても認められないことが多い。

――どうして、これだけ危険な行軍に三等軍医しか付けなかったんだ。しかも軍医が一人というのは、あまりに少ない。

菅原は何か腑《ふ》に落ちないものを感じた。

「まあ、軍人というのは退却という言葉を極度に嫌いますからね。小峠の段階では前進の決断を下すことも致し方なかったと思います」

「ということは、これから先も、生死を分けるポイントがあったんですか」

「はい。ここからが勝負どころです」

小山田の声に力が籠もった。

九

小山田のランクルは、心地よいエンジン音を響かせて力強く坂を上っていった。左右の窓外に溢れる緑が、どんどん背後へと流れていく。

――この坂を上っていったのか。

自分たちの前途に待つ苦難を想像もせず、声を限りに軍歌を歌いながら、行軍隊はこの道を進んでいったのだ。

当時の道路は舗装されていなかったので、その光景は相当様変わりしているはずだが、カーブの先に行軍隊の後ろ姿が見えてくるような気がした。

――行くな。戻れ。もういいんだ。

彼らに、そう声を掛けたい衝動に駆られる。

――いや、俺は一緒に行きたいんじゃないのか。

小走りになって行軍隊を追い掛ける自分の後ろ姿が見えてくる。

「どうかしましたか」

「いえ、何でもありません。ただ行軍隊も、この坂を上っていったかと思うと感慨深いものがありますね」

「そういえばそうですね。軍歌を歌いながらこの坂道を上っていったと思うと可哀想になってきます」

サングラスを掛けた小山田は、なだらかな稜線を見せる前嶽を目指して運転している。

「それにしても、この事件には謎が多いですね」

菅原は話題を変えた。

「まあ、謎のすべては当時の軍部と軍隊組織のなせる業なんですがね」

明治維新から三十五年が経ち、欧米に立ち遅れつつも近代化の道をひた走っていた当時の日本にとって、富国と強兵は車の両輪だった。ロシアの南下政策にナーバスになっている政府も強兵、すなわち軍事力の強化に乗り出しており、軍事予算は大幅に増額された。

こうした事態に、野党はもとより国民からも不平不満の声が上がってきており、政府は国民と軍部の板挟みになっていた。そんな時、判断ミスや準備不足によって百九十九人もの命が失われる事故を起こしたとなれば、いくら大人しい国民とて黙ってはいない。

師団長や連隊長からの指示がなくても、皆で事実を糊塗《こと》すべく、記録を改竄《かいざん》するのも無理もないことだった。

——忖度《そんたく》か。

日本人は「空気を読んで忖度する」ことにかけて、ほかのどの民族よりも優れていると、菅原は思ってきた。軍隊組織とてそれは変わらず、失態を隠蔽することを平然と行っていた。その最たるものが、太平洋戦争における欺瞞に満ちた大本営発表だろう。

——しかし面目のためだけに、これほど記録を改竄するだろうか。

その裏には、さらに大きな何かが隠されている気がする。

「何をお考えですか」

「いや、まだ具体的な像を結んでいないのです」

「そうですか。その像とやらが結んだら、何なりとお聞き下さい」

「すみません」

——心の中に何かが引っ掛かっている。

若い頃、主要新聞を毎日読み比べていたおかげか、記事の裏に何かが隠されていると、それを見抜ける嗅覚を菅原は養えた。政府高官の談話であろうと、諸外国の声明であろうと、少しでも矛盾があれば、すぐにそれを指摘できた。菅原の指摘により、論説委員がその裏にある事情を見抜いたことも一度や二度ではない。

論説委員の一人が、若かりし日の菅原に掛けた言葉が思い出される。

「君は何年も新聞各紙を熟読しているから、われわれには見えないものが見えている」

その言葉を聞いた時、どれほどうれしかったかは言うまでもない。

――だが今となっては、夕刊紙に戻ることはできない。

すでに異動から一年余が過ぎ、夕刊紙の編集部に菅原の居場所はない。希望を出して戻ったところで、「出戻り」として冷や飯を食わされるのがオチだろう。それが、この世界の仕来《しきた》りなのだ。

カーブの少ない県道を快適に飛ばしながら、小山田が言う。

「もうすぐ大峠ですが、天候の悪化に伴い、このあたりから橇隊の遅れが目立ち始めます。降雪が本格的になり、風も強くなったため、温度もマイナス七度から九度くらいに下がっていたはずです。体感温度となると、さらに五度くらい低かったと思います」

小山田によると、大峠に達する辺りから隊列が長く延び始めた。それでも先頭はペースを落とすわけにはいかない。こうした時にわざとペースを落とすことは極めて難しく、必要以上に休憩を多くしても体力の消耗を招くだけになる。

風はいっそう強くなり、汗で濡れた下着は凍りつき、さらなる体温の低下をもたらした。水筒の水どころか握り飯や餅も凍っているので、休憩時間に何かを口に入れられた者は少なく、それがいっそう疲労の色を濃くした。

しかも凍っていたのは握り飯だけではない。いくつか持ってきた磁石の針の動きが悪くなり始めた。当時の時計や磁石は密閉性が低いので、氷点下三十度を下回ってくると、針が凍って役に立たなくなる。

「証言テープを残した小原忠三郎伍長によると、どんなに吹雪が激しくなっても、将校たちは皆、目的地の田代温泉に一直線に向かうつもりだったとのことです」

「後退は一切考えなかったんですか」

「多分、そうでしょうね。軍隊というのはそういうものです」

軍隊という組織の馬鹿馬鹿しさに、菅原は啞然《あぜん》とした。

「行軍隊は火打山を左手に見つつ大滝平《おおたきだいら》、賽ノ河原、按《やす》ノ木森《ぎもり》、中ノ森と進んでいきました。しかし大峠を越えてからは、いったん傾斜が緩やかになるものの、すぐに急勾配になり、橇隊の遅れがさらに顕著になっていきます」

小山田によると、按ノ木森と中ノ森は馬立場よりやや低い標高六百メートルから七百メートルの小丘だが、少し北に行くだけで、駒込川の深い渓谷を望む断崖に出るので極めて危険だという。

「その時、兵隊さんたちは、どんな気持ちだったんでしょう」

「将校たちの判断に疑問を感じる人もいたでしょうね。しかし軍隊というのは上官の命令に逆らえないので、進めと言われたら、ひたすら進むだけです」

　下位の者から上位の者への意思伝達方法として、軍隊には意見の具申が認められている。しかし上下関係に厳しい日本の軍隊で、それは容易なことではない。

「すべての原因は、そういう軍隊の体質に起因するんですかね」

「すべてと言っていいでしょうね。退却することも勇気だと誰も言わなかったところに、逆に軍隊の弱さがあるんです」

　――軍隊の弱さか。

　勇壮であろうとすればするほど判断の目が曇り、貴重な勇士たちを、あたら無駄に死なせてしまったのだ。その原因が、軍隊特有の弱さにあるのは明らかだった。

　小山田のランクルは、ブナやダケカンバの森の中を軽快に走り抜けていく。

「そろそろ馬立場です」

　小山田は減速すると、広い駐車場に車を入れた。馬立場は行軍隊の予定行路における最高所で、標高は七百三十二・七メートルになる。

　ここには「銅像茶屋《ちゃや》」というドライヴインがあり、観光客らしき人影もちらほら見える。

「紅葉の季節には、ここが満車状態になります」

「えっ、こんなに広いところが――」

　そこは広大と言ってもいい平地だった。この辺りから田代街道を挟んで流れる駒込川と横内川が離れていくので、台地が広がるからだという。

「はい。秋は、ここが車でいっぱいになります。四方が紅葉の海ですから」

小山田は銅像茶屋の中に入り、売店のおばさんや立ち話をしている人たちに挨拶している。どうやら皆、知人のようだ。

菅原が多種多様な土産物を見ていると、小山田が「ここにも『鹿鳴庵《ろくめいあん》』という小さな展示施設があります」と言って案内してくれた。

鹿鳴庵は小さいながらも幸畑の遭難資料館同様、展示物によって事件の全貌が詳しく説明されていた。とくに遭難者の名前が列挙されている展示物には、感慨深いものがあった。というのは兵卒の多くが、名前だけで写真がないのだ。そこにはSNSなどでプロフィール画像のない人のように、どれも同じ兵卒のシルエット画像が並べられていた。

おそらく故郷などに問い合わせても、写真を入手することができなかったのだろう。その短い生涯において、たった一枚の写真さえ残されていない者もいるのかもしれない。

——安らかにお眠り下さい。

名前だけを記号のように残して歴史の中に消えていった兵卒たちの冥福を、菅原は心から祈った。

鹿鳴庵を出た小山田に導かれ、裏手にある丘を上り始めると、しばらくして馬立場の最高所に出た。そこには、後藤房之助伍長をモデルにした大きな銅像がある。

彼の発見によって生存者がいると分かり、その後の救助活動が活気を帯びていった。

救出後、後藤は凍傷で四肢を切断されたが、後に出身地である宮城《みやぎ》県栗原《くりはら》郡姫松《ひめまつ》村の村会議員を二期務め、四十四歳で病没した。

勇壮この上ない後藤の銅像を、菅原は様々な角度から撮影した。幸いにして空が晴れていたので、銅像の勇壮さがいっそう際立つ。

「随分と大きな像ですね」

「ええ、台座から頭の先まで七メートルもあります。殉難者慰霊のため、全国の将校たちの募金で造られたそうです」

小山田は菅原を誘い、眺めのいい場所に出た。

「あの辺りが田代になります」

小山田が指差す先は、さほど遠くない気がする。現に馬立場からは三キロメートルほどしか離れていない。

――ここからは下りなので、いかに雪中でも、一時間から二時間あれば田代に着けたはずだ。

「行軍隊の先頭がここに着いた頃、風雪が弱まったらしく、田代が見えていたという証言があります」

「では、なぜすぐに向かわなかったのですか」

「橇隊を待つことにしたからです。この時、橇隊の最後尾は按ノ木森にも差し掛かっていなかったといいます。そこで援助隊を編成して派遣したので、日没寸前の午後五時頃、ようやく橇隊が馬立場に着きました」

按ノ木森から馬立場までは二キロメートルほどだが、急傾斜が続き、とても一時間やそこらでは追いつかない。それでも援助隊の手を借り、夜になる前に到着できたらしい。

――なぜもっと早く援助隊を出さなかったのか。

おそらく神成には、「橇隊遅延」の報告が入っていたはずだ。だが神成は何もしなかった。その理由を推測すると、そうした事態を招いてしまったことを、山口少佐に知られたくなかったとしか考えられない。成績優秀な男にとって、不測の事態などという言葉は辞書にないのだ。

「つまり橇隊を除いた行軍隊が、田代が見えているうちに出発すれば、日没前に田代に着くことも可能だったんですね」

「そうです。視界が開けるという、天が与えてくれた千載一遇の機会を逃したのです。せめてここに着いてすぐに先遣隊を出していれば、田代へのルートを確保できたはずです」

橇隊の遅れにばかり気を取られ、一時間ほど無為に時を過ごした後、ようやく神成は藤本《ふじもと》曹長以下十五名の先遣隊を編成し、田代に向けて派遣した。だが藤本らが出発した時には、もう田代は視認できず、風雪も再び激しくなってきていた。

藤本らを送り出した後、神成を中心として会議が行われた。将校の中には帰路が明らかな田茂木野まで後退することを進言する者もいたが、最終的には田代まで行くことになった。もしもこの時に引き返していれば、行軍隊の大半は死なずに済んだはずだが、今度は藤本たちを置いていくことになる。結局、藤本らもルートを見つけられず、後に本隊に合流するので、すべては後手に回っていたとしか言えない。

――もしかすると、誰かの助言を聞いてから判断していたのか。

その助言者が山口なのは、言うまでもない。

こうした判断と行動には、行軍隊の組織的な欠陥が大いに関係していた。すなわち神成は山口の意図を探ろうとし、一方の山口は指揮官の神成に遠慮があり、明確な発言を避けていた。その結果、あらゆる判断は後手に回り、悪い方悪い方へと転がっていったのだ。

菅原が八甲田の山々を眺めていると、小山田が沈痛な面持ちで言った。

「日没が近づくに従い、天候は次第に悪化していったようです」

結果的に行軍隊は、日没後の猛吹雪の中を田代目指して進んでいったことになる。

――せめて馬立場の窪地《くぼち》で野営すれば、無駄に体力を使わずに済んだのに。

馬立場の窪地とは、現在の銅像茶屋や駐車場の辺りになる。ここは標高が高いので、寒さや積雪も尋常ではなかっただろうが、少なくとも体力の温存は図れたはずだ。

「そろそろ行きますか」

小山田がクルマのリア・ハッチを開けながら言う。

「確か、ここからは歩きでしたね」

すでに前日、中西から馬立場の先は歩きになると告げられていたので、菅原はトレッキングの支度《したく》を整えてきていた。

「そうです。二時間から二時間半ほどのトレッキングになります」

二人はリュックサックを背負い、駐車場の端にわずかに付けられた小道に入っていった。

十

小山田にとっては慣れた道なのか、雑木林の中を無造作に歩いていく。確かに道があるといえばあるが、左右から灌木《かんぼく》が枝を伸ばす中、人一人がやっと通れるくらいの狭い場所もあり、道に迷わないか心配になる。

「この辺りは私の庭のようなもんですから、心配はご無用ですよ」

菅原の心中を察したかのように小山田が笑う。

しばらく歩くと突然、視界が開けた。

「ここは有名な田代《たしろ》平湿原の北端部にあたりますが、この季節には湿原の中央部同様、梅鉢草《うめばちそう》、沢桔梗《さわぎきょう》、立薊《たちあざみ》といった花々が咲きます」

そう言いながら小山田は、「これが梅鉢草です。前田利家の梅鉢紋の元になった花です」と教えてくれた。草花には疎い菅原だが、前田利家と聞いて、なぜかその花が身近に感じられた。

——いつの間にか、俺も歴オタになっていたんだな。

菅原は内心苦笑した。

「あの先は駒込川に落ち込んでいます。馬立場から田代に向かうには、平沢《ひらさわ》と鳴沢《なるさわ》という二つの複雑な地形の沢を越えなければならないのですが、そのルートは限られており、ホワイトアウトした中を行くのは不可能です」

「小山田さんでも迷いますか」

「いや、地形が頭に入っている地元民なら雪の中でも迷いませんが、他所《よそ》から来た人は確実に迷います。今も何年かに一度くらい、スノーシューイングなどで冬の八甲田に迷い込む人がいるので困っています」

「スノーシューイング──」

「はい。別名、西洋カンジキと呼ばれているスノーシューを履いて、森や雪原といった、傾斜が少なく圧雪されていない地を散策するスポーツのことです」

「クロスカントリー・スキーのようなものですか」

「いや、あれは競技ですから、板は長くてスピードが出るように作ってあります。スノーシューは板が短く、左右の動きもはるかに楽です。まあ、風景を眺めたり、野生動物を観察したりしながら雪山を楽しむというレジャーの一種ですね」

「小山田さんもおやりになるんですか」

「ええ。必要に迫られて始めました。最近は、スノーシューイングで行軍隊の行程をたどる観光客が多いんですよ」

「行程と言っても、迷走の跡ですよね」

「そうです。だから、わざわざ雪が積もってから来るんです」

「遭難しないのですか」

「今のところ事故はありませんが、危険な行為だと思います。だから救出に備えて、私もスノーシューイングを始めたんです」

「この辺りは、携帯電話が使えるんですか」

「使える場所と使えない場所があります。最近は電波も随分とよくなったので、使える場所も多くなりましたね」

そんなことを語り合いながら、二人は崖沿いを東に向かってしばらく歩き、比較的なだらかな傾斜地に出た。

「この下が鳴沢です」

小山田によると、一行は先遣隊の足跡をたどるように下っていったが、それもすぐに見失い、吹き溜まりとなった鳴沢にはまり込んだという。

「当時の鳴沢の雪の深さは、腹から胸まであったと言われています。到底、進むことはできない深さですが、それでも兵隊さんたちはタフなものです。雪をかき分けかき分け、にじるように田代に向かいました。ここで一人でも『田代は駒込川の上流にある』と知っていれば、何とかなったんですが」

小山田が無念をあらわにする。

「そんな大事なことを、誰も知らなかったんですか」

「いや、兵隊さんの中には、知っていた人がいたかもしれません。しかし全員を集めて会議をするわけにはいかないので、山口少佐や神成大尉以下、数人でルートを決めていたんでしょうね」

互いの話し声さえ聞こえない暴風雪の中、末端の兵卒にまで道を尋ねるわけにはいかなかったのだろう。

――神成には、指揮官としてのメンツもあったはずだ。

神成大尉は二十五万分の一の地勢図を持ってきており、「誰か道を教えてくれ」というわけにはいかなかったのかもしれない。だが等高線の描かれた地形図ではなく地勢図だと、高低差が分からず、複雑な谷地形などで迷った時、役に立たないのだ。

――それを知っていたのか。

当時から地形図は流布されており、八甲田周辺のものもあったらしい。だが今の時代の常識が、当時の常識とは限らない。

「しかも鳴沢の谷地形を橇隊が進むのは困難でした。そのため橇を五台に絞り、残る橇はここで捨てました」

「で、荷物は――」

「兵卒たちが分担して背負ったのです」

――それでは、すぐに体力が尽きてしまう。

当時の軍隊がいかに厳しいところとはいえ、二斗《と》炊《だ》きの銅平釜《どうひらがま》のような重量物を背負わされた兵卒の体力は、急速に失われていったことだろう。

「せめて橇を捨てた時点で露営の支度に入っていれば、無駄な体力を使わずに済んだのです。しかし周囲が漆黒の闇となっても、行軍隊は田代を目指しました。悪いことに夜になってから天候はさらに悪化し、吹雪で視界は閉ざされ、横殴りの強風で会話もままならず、雪片は容赦なく兵たちの頬や目に刺さりました。生存者の中には、息ができなかったと証言している者もいます」

「それでも前進をやめなかったんですね」

「もはやどうすることもできなかったんでしょうね。しかもこの辺りで先遣隊と遭遇したのです」

「遭遇とは、どういうことです」

小山田によると、鳴沢東方の高地に達した時、藤本曹長率いる先遣隊が行軍隊の後尾に追いついたという。

「どうして、そんなことになるんですか」

「環状彷徨《リングワンダリング》という現象です。ホワイトアウトした中で方向感覚を失い、真直《まっす》ぐに進んでいると思っても、実際には左右どちらかに偏ってしまい、結局は円を描くように回ってしまう現象のことです。先頭を行く者の歩き方の癖や骨格の微細な歪《ゆが》みが進む方向に偏りを生むようですが、詳しい原因は分かっていません」

この時点で行軍隊は馬立場の東南一キロメートル、田代まで二キロメートルの位置に達していたが、進むべき方角を完全に見失っていた。

「それで慌てたのか、山口少佐は行軍隊の中で最も元気だった水野《みずの》忠宜《ただよし》少尉と田中稔《みのる》・今泉三太郎《いまいずみさんたろう》両見習士官の三人を偵察に出したのです」

「待って下さい。今、山口少佐とおっしゃいましたか」

「はい。そうです」

「神成大尉は――」

「前にも申し上げたとおり、記録や証言に出てこないんです」

「つまり馬立場以降は、山口少佐が指揮を執っていたんですか」

「そうとしか考えられないいんですよ」

――生真面目《きまじめ》な神成大尉のことだ。責任を感じて正常な判断を下せなくなっていたのかもしれない。

最悪の場合、全員が遭難死することも頭をかすめたのだろう。神成はプレッシャーから判断力を失い、それを見かねた山口が指揮を代わったことは、十分に考えられる。

「行軍隊は鳴沢の地で完全に道に迷い、立ち往生してしまいました。そこに水野らが戻り、『進路は峻険《しゅんけん》で進むことは叶《かな》わず』と報告してきたのです」

「それは、どの辺りですか」

「この辺ですね」

小山田が左から右へと人差し指で示したが、その一帯は灌木に覆われており、多くの兵がそこに立ち止まっていたというイメージは、なかなかわかない。

「今は植林されたので雑木林になっていますが、当時は何もありませんでした」

菅原はカメラを構えると、その辺りの写真を何枚も撮った。

「当時の様子は想像もつきませんね」

「そうなんです。せめて積雪があれば、多少はイメージしやすいと思われますが」

季節性を考慮しない現地取材の難しさを、菅原は痛感した。

「そこで今度は神成大尉が、偵察に出たんです」

「えっ、指揮官自らですか――」

「そうです。自ら名乗り出たのか、山口少佐から命じられたのかは分かりませんが、とにかく田代への道を探しに行きました」

「なぜ、そんなことをしたんですか」

「神成大尉は責任を感じており、居ても立ってもいられなかったんでしょうね。あっ、ここから平沢方面になりますが、第一露営地は平沢の端になります」

しばらく歩くと、小山田が「この辺りが第一露営地になりますが、正確な位置は分かっていません」と言った。

「そうだ。ここで少し休みましょう」

行軍隊が第一露営地としたらしき場所で、二人は小休止することにした。

「いかがですか。二人分ありますからどうぞ」

菅原が、コンビニで買ってきたお茶と握り飯を差し出す。

「なんだ、私も二人分、用意してきたんですよ」

期せずして二人から笑いが漏れた。

小山田が腰掛けながら言う。

「せっかくだから交換して二人分食べましょう。その方が荷物も減ります」

「遭難した時のために取っておく必要はないですか」

「やめて下さいよ。私はここで育ったんですよ。たとえ冬場だろうと絶対に迷いません」

「それを聞いて安心しました」

　握り飯を頬張りながら小山田が問う。

「実は、行軍隊と同時期に、弘前の第三十一連隊が逆回りで八甲田を抜けて青森に向かっていたのをご存じでしょう」

「ええ、映画で高倉健《たかくらけん》さんが指揮官の徳島（実在は福島）大尉を演じた部隊ですね」

「はい。実は彼らも遭難しそうになりました。案内役の地元民が中継地に予定していた田代への道を見失い、田代にたどり着けなかったんです。田代は街道から少し外れた場所にありますから、ホワイトアウトして見つけられなかったんでしょうね」

「でもその部隊は、青森に全員無事にたどり着けたんですよね」

「そうです。田代を経由せず、鳴沢から馬立場まで抜けられたからです。案内役を付けていたことが勝因でしたね」

「その案内役は、どこの方ですか」

「八甲田の東の増沢《ますざわ》という集落の住人たちです。増沢から田代までは二十五キロメートルも離れており、しかも案内役の面々は猟師ではなかったようなので、田代への道が分からなくなるのも無理のないことです。でも田代を見つけられずとも、鳴沢から馬立場への道を知っていたのが不幸中の幸いでした」

結局、温泉に入れず不機嫌になった三十一連隊の指揮官・福島大尉は、案内役に厳しく当たるようになり、双方の関係は気まずいものになったという。

「弘前の部隊のことはともかく、青森の第五連隊はここで露営となったんですね」

「そうです」

小山田によると午後八時十五分、山口は露営を決断した。露営地は風をわずかに防げるだけの窪地だったが、これ以上歩いても迷走するだけなので、山口は決断せざるを得なかったのだろう。

馬立場を出てからすでに三時間以上が経過し、体力も気力も限界に達しつつあった。それゆえ露営の決断は間違ってはいないが、暴風雪がさほど防げない場所で露営しても、体温の低下を招くだけだった。

この頃、神成が戻り、道が発見できなかったことを山口に報告していた。それが露営という決断を後押ししたのかもしれない。

「ところが露営するとなると、またたいへんなんです」

「どうしてですか」

「行軍隊は露営を想定していなかったためか、十丁の円匙といくつかの十字鍬しか持ってきておらず、雪壕《せつごう》を掘る作業の効率は著しく低いものでした。そのため道具のない者は火種となる枯れ枝を探しに行きました。しかし雪の深さが最大五〜六メートルもある場所で、枯れ枝なんて簡単には見つけられません。この一帯は木の伐採が進んでいたので、なおさらでした」

小山田がお茶をごくごく飲む。その咽喉《いんこう》の動きは力強く、野獣のような生命力を感じさせる。

「それでも小隊ごとに懸命に雪壕を掘りました。大きさは幅二メートル、長さ五メートル、深さ二・五メートルと言われていますが、上を覆うシートは持ってきていなかったので、風を防ぐことはできなかったようです」

行軍隊は、五つの小隊（四つの小隊と山口少佐の随行隊）から成るので雪壕を五つも掘らねばならなかった。つまり雪壕一つあたりスコップは二つになる。これで二×五×二・五メートルの雪壕を掘るとなると、頻繁に交代しながらやっても、夜明けまでにできるものではない。

証言でも「浅き凹窪《とつくぼ》を造りて、露営の準備をなし」とあるので、極めて浅いものしか造れなかったようだ。

「一つの雪壕に四十人も入れたんですか」

「狭い方が暖かくてよかったとも言われますが、全身がすっぽり収まる状態ではなかったようです。しかし雪壕の下をいくら掘っても地面が出てこない方が、問題だったんです」

「ということは、火をつけられなかったんですか」

「そうなんです。地面に積もった雪が氷と化しており、いくら掘っても土に至ることができなかったようです。それでも一時間ほど掛け、ようやく炉のようなものが作れました。でも一つの雪壕に炉一つでは寒さをしのげません」

「食事はどうしたんですか」

「まず薪炭《しんたん》に火をつけるまでがたいへんでした。中には一時間ほど掛かった雪壕もありました。雪上でじかに火を熾《おこ》すなど無理なんですが、それでも寒さと空腹に耐えきれず、無理して米を炊いたようです。午前一時頃、ようやく炊き上がり、飯盒《はんごう》に入った生米のような飯が分配されました。とても食べられる代物ではなかったようですが――」

「それでも、何とか胃に収めたわけですね」

「何も食べないよりはましですからね」

小山田が清々《すがすが》しい笑みを浮かべる。それはどこから見ても、高校の体育教師そのものだった。

その時、小山田の靴に蜘蛛《くも》のような生物が這《は》い上がろうとしているのが見えた。

「小山田さん、それ、それ――」

「あっ」と言って立ち上がった小山田が靴を払う。蜘蛛は慌てて逃げ出そうとしたが、その上に小山田の靴が下ろされた。

「こいつめ。危ないところでした」

小山田が靴を上げると、蜘蛛は見事につぶれていた。それを一瞬見てしまった菅原は、思わず顔をそむけた。

「これは『セアカゴケグモ』と言って強い毒を持っています。外来種ですがこの辺りで繁殖し、異常な数になっているんです。せめてこいつの血をここに染みこませ、こいつに殺された日本の昆虫たちの弔いにします」

「あ、はい」

虫一匹のことにもかかわらず、小山田が随分と大げさな言い回しをしたので、菅原は違和感を抱いた。

小山田は憎々しげに蜘蛛をにらみつけると、もう一度踏みつけた。

——大人気ない。

菅原は、さわやかな体育教師の別の一面を見た思いがした。

「では、そろそろ行きましょうか。行軍隊がどうしても着けなかった田代に向かいましょう」

小山田は立ち上がると、従前と変わらず力強く藪《やぶ》をかき分けていった。

十一

未舗装の林道を歩いていくと突然視界が開け、小さな渓谷のようなところに出た。

「ここが田代元湯です」

そこには崩れ掛かった古い建物が一棟見えるだけで、河畔には石で囲った湯舟の痕跡が、いくつか残っている。

「戦前は元湯も栄えていたようですが、私が子どもの頃には、すべての宿が廃業していました。新湯はこの先になります」

小山田が渓谷沿いの道を弾むように歩いていく。やがて吊《つ》り橋を渡ると、新湯とおぼしき廃墟群に出た。

「小山田さんは、ここで生まれたんですね」

「はい。こんな田舎《いなか》に生まれたんで、菅原さんのような都会の方に接すると気後れします」

「そんなことはありません。いいところじゃないですか」

そうは言いつつも、草ぼうぼうの中に朽ち果てた建物群がひっそりと立つ様は、お世辞にも「麗《うるわ》しの故郷」とは言い難い。

「まあ、ここも住めば都でした。冬は雪に閉ざされましたが、そのほかの季節は大自然に抱かれて伸び伸びと育ちました。私は一人っ子でしたが、別の宿の子どもが数人いたので、遊び相手にも不自由しなかったですね」

「この大自然の中で育ったんですか。うらやましいですね」

菅原は水戸の郊外にあった実家を思い浮かべた。そこは団地と呼ばれる集合住宅で、自分の部屋もないほど手狭だったことを思い出す。しかも水戸は中途半端に都会化していたので、自然に囲まれていたとは言い難かった。

「それで小学校に上がる時、青森市街の親戚の家に預けられました」

「ご家族と離れて——」

「そうなんです。でも、すぐに友達もできたので寂しくはなかったです。冬場は両親共に旅館を閉めて青森に来ますしね」

小山田によると、両親は冬場から春先にかけて市街に住んでいたという。

「では、ここは春夏秋の三シーズン開けていたんですね」

「それでも食べていくのがやっとという感じでしたね。冬場は誰も来ませんが、施設は維持しなければなりませんから、その手間がたいへんでした。だから旅館をやっている人たちは結束が固く、皆で力を合わせて雪かきを行い、金を出し合って温泉のメンテナンスをしていました」

「ということは、小山田家は先祖代々ここにいらしたんですね」

一瞬、小山田の顔に複雑な色が浮かんだ。しかし次の瞬間には、白い歯を見せて笑った。

「そうなんです。私の先祖は江戸時代の末期、ここに移り住み、その後、五代にわたって続いていました。ほかの人たちも似たりよったりです」

「そんなに昔からいらしたんですね。でも小山田さんのお父様の代で廃業というのは寂しい限りですね」

「これも時代の流れなので仕方ありません。食べていけないんですから。しかも私は独身なので、とても旅館はやっていけません」

小山田が快活に笑う。

——俺も、もうすぐ同じ独身だ。

それを言っても仕方ないので、菅原は話題を変えた。

「でも、二百十人の兵隊さんたちが無事に着いたら着いたで、たいへんなことでしたね」

「そうなんです。軍隊は秘密行動が基本ですから、父の話では、あの時も事前連絡などなかったようです」

「そうだったんですか。分かっていたら、ご先祖様たちは迎えに出たかもしれませんね」

なぜか小山田の眼光が鋭くなる。前々から軍隊組織に対して否定的な小山田だが、この時は憎しみを抱いているように感じられた。

「どうですかね。いくら相手が軍隊でも、凄まじい吹雪の中を迎えに出ることなどしませんよ」

小山田が強く否定する。

――冬の八甲田の過酷さを知っているからこそ、そうなのだろう。

菅原は地元の人々の冬に対する恐怖心を知った。

「あの時、ご先祖様はどうしていたんですか」

「うちの先祖は庄屋をしていたと聞いていますが、軍からは何の知らせもないんで、村人や避難してきた猟師と一緒に、家の中で寒さを凌《しの》いでいたそうです」

「そうですか。知らせがなかったんでは仕方ないですよ」

「そう言っていただけると、少し気が楽になります」

小山田の顔に苦笑いが浮かぶ。

田代の人々に全く過失はないとはいえ、近くで起こっていた壮絶な遭難事件は、田代の人々の心に重くのしかかったことだろう。それゆえ遭難事件の後、田代の人々は市長から感謝状をもらうほど、懸命に遺骸を探したという。

「つかぬことをお聞きしますが、子どもの頃、何か奇妙な現象はありませんでしたか」

歴史雑誌なので心霊現象を大きく取り上げることはないが、地元の伝承として小さなコラムにはできる。

「ああ、心霊現象ってやつですね」

菅原がうなずくと、小山田が少し反発するように答えた。

「皆さん、よく聞いてこられるのですが、そのようなことは全くありません。当時の仲間たちからも、そんな話は一切聞きませんでした」

「全く、ですか」

「はい。兵隊さんたちの霊を見たなんてことはありませんね」

小山田が断言する。その否定の仕方がやけに引っ掛かったが、本人が話したくないものを無理に聞き出すわけにはいかない。

――コラムはなしだな。

藪をかき分けつつ先を行っていた小山田が立ち止まる。

「ここが『小山田館』のあった場所です。懐かしのわが家です」

小山田の示した敷地には、腰くらいの高さの雑草が群生しているだけだが、屋根のある湯小屋が一棟ある。

「祖父の代には六軒あった旅館も、親の代では三軒に減りました。それが平成になる頃には、うちだけになりました。そのうち両親も老いたので、うちも十年ほど前に閉めました。閉めたら閉めたで張り合いをなくしたのか、両親は相次いで亡くなりました」

「それはお気の毒に。では廃業して以降は、ここには誰も住まなくなったんですね」

小山田が精悍な顔に笑みを浮かべてうなずく。

「母屋や旅館部分は取り壊しましたが、湯小屋だけは残しています。遭難した登山客のために、中に多少の缶詰も保管しています。どうぞこちらへ」

小山田が建て付けの悪そうな引き戸を開ける。まず脱衣所があり、その奥に湯舟があった。中はきれいに清掃されていて、すぐにでも入れそうだ。

「秘湯ブームなんでね。誰でも自由に入れるようにしてあります。メンテ費用が必要なんで、ここに募金箱を置いていますが——、やはり入っていないか」

小山田が募金箱を確かめる。

「ここに寄った人に募金してもらっているんですね」

「そうです。しかし使用した跡はあるのに、なかなか募金はしてくれません。秘湯ファンというのは世知辛《せちがら》いものです」

小山田が苦笑する。

「内湯はここだけなんですか」

「以前は何カ所かに内湯を残していたんですが、小屋の老朽化に伴い、雪の重みで次々と崩れ、外湯になっていきました。ですから内湯はここだけです。まあ、ここもいつまで持つかは分かりませんが」

次に小山田が案内してくれたのは、立派な岩風呂のある外湯だった。

「外湯はメンテナンスがたいへんなので、二カ所だけにしています。入ることが可能な湯舟には、こうして立札を立ててあります」

そこには「四分六分入湯可」と書かれていた。

「四分六分って何ですか」

「源泉の熱さを十として、だいたいの熱さを表しています。つまり四分六分とは少しぬるい感じですね」

「内湯は――」

「六分四分くらいですね。今、入ろうと思えば入れますが、どうしますか」

「今夜、温泉宿でゆっくり入りますので結構です」

「そうでしたね。あえてここで入ることもありませんね」

「申し訳ありません」

「気にしないで下さい。ここは秘湯マニア専用ですから」

そんなことを話しながら、二人は田代を出て第二露営地に向かった。

「近道しましょう」

「えっ、大丈夫なんですか」

「はい。第二露営地は、この河原を下っていくだけですから」

倒れた枝をくぐり、大岩を乗り越えつつ、二人は鳴沢に入った。

「ここが岐路でした」

大岩の上で小山田が少し先を指差す。

「あの辺りが第一露営地です。午前一時頃に食事を取った後、おそらく午前二時頃ですが、気温が急速に低下しました。そこで山口少佐は、中隊長以上と軍医に意見を求めました」

「何に対する意見ですか」

「あまりの寒さに兵たちが耐えられなくなり、『動かないと凍え死ぬ』と訴えてきたんです。立ったまま仮眠する兵卒も出てきたようです。眠ってしまえば体温が低下して凍死します。つまり凍死や凍傷覚悟で出発予定の朝の五時まで待つか、夜の闇の中、一か八か田代を目指すかで議論したわけです。永井軍医も『このままでは凍死者が出る恐れがある』と言ったと言われています。それで結局、出発の断が下されました」

「しかし外は真っ暗で、凄まじい暴風雪ですよね」

「その通りです。しかし軍隊というのは――」

小山田が呆れ顔で言う。

「それがいかに馬鹿げた判断だろうと、勇壮な方を選ぶものです。そういった軍隊の空気が、勝ち目のない太平洋戦争を起こしたんでしょう」

民主主義教育が刷り込まれているのは、小山田も菅原と変わらないが、菅原以上に軍隊を憎んでいるのには驚いた。

「それで山口少佐は、田代と田茂木野のどちらを目指していたんですか」

「『兵営に戻ろう』という決定を下したという証言がありますから、当初は元来た道を戻ろうとしたようです。しかし田代への道が明らかになればそちらに向かうという、何とも中途半端な方針でいたようです」

――それじゃ、出たとこ勝負じゃないか。

もはや山口少佐も、まともな判断力を失っていたのだろう。

「ここから一・五キロメートルほどで田代ですが、田茂木野までは十八キロメートルもあります。胸まで埋まる積雪の中、その距離を戻るとなると脱落者が出るのは明らかです。しかし田茂木野方面、すなわち馬立場へと戻る道は田代への道よりも見つけやすい。どっちもどっちなので、判断がつかなかったんでしょうね」

「そんな状態で、出発の断だけ下したんですか」

「そうです。しかし危惧した通り、午前二時半に露営地を出発した直後から迷走が始まります」

小山田が大岩を下りて再び歩きながら続ける。

「外に出てみると、漆黒の闇の中、凄まじい暴風雪が吹き荒れており、進むべき方角など分かるはずがありません。それでも感覚だけを頼りにして進み始め、最も地形が複雑な鳴沢の北辺に出てしまったのです」

磁石の針も凍っているので、感覚に頼るしかない。だが冷静になれば、それがあまりに無謀な行為だということくらい分かるはずだ。

「この頃になると、兵たちにも命の危険が迫ってきているということが分かってきたんでしょうね。皆で『こっちだと思います』と口々に意見具申を始めます。しかしそれが、さらなる混乱を招きます」

「神成大尉はどうしていたんですか」

「全く証言に出てきません。もはや山口少佐に丸投げしている感じですね」

二人の間に何らかの話し合いが持たれたわけではなく、自然な形で指揮を代わったのだろう。

それゆえ混乱に拍車を掛けまいと、神成は黙っていたとも考えられる。

「この時のことを生き残った伊藤中尉は、『右に行けば高山に突き当たり、左に行けば谷が立ちはだかるという有様で、私は神成大尉と相談して『回れ右前』を号令してもらい、昨夜の露営地に戻ろうとしました』と証言しています」

伊藤は神成同様、平民出身の叩き上げで、行軍中も終始元気だった。

後に伊藤は生存者となっただけでなく、倉石大尉同様、四肢切断手術を受けずに済んだ。その後、倉石は日露戦争の黒溝台《こっこうだい》の戦いで戦死したが、伊藤は生き残り、行軍隊の中で四肢健全なまま天寿を全うした二人のうちの一人となる。

「つまり伊藤中尉の意見具申を山口少佐に伝えず、神成大尉は勝手に号令したんですね」

「そのあたりの経緯は分かりませんが、行軍隊の指揮系統は混乱していたんでしょうね」

神成がまともな判断力を失っていたのは、ここからも分かる。

この頃になると、周囲は明るくなり、わずかながら地形も摑めてきたという。

「ところが、ここで事態が急変します」

小山田によると、第一露営地を目前にした時、佐藤勝輝《さとうかつてる》特務曹長という者がやってきて、「自分は田代に行ったことがあり、この道に見覚えがあるので案内します」と確信を持って言ったというのだ。

「そこで山口少佐は、田代に行くことにしたんです」

「そんな――」

いかに混乱迷走しているとはいえ、一人の意見に二百十人の命を預けたことになる。

「最初は佐藤も正しい方向に進んでいたのですが、次第に駒込川の河畔に下ってしまい、駒込川の本流に突き当たってしまったんです」

「話を整理すると、第一露営地を出て鳴沢の北辺に出たため、道を引き返そうとしたところ、佐藤の言に従って、再び北に向かい、今度は駒込川に突き当たってしまったというわけですね」

「その通りです。先ほど岐路と言ったのはそのことです。そこで上流すなわち東に向かえば、一キロメートルで田代元湯、さらに五百メートルも進めば田代新湯に着いた可能性が高いんです。しかしここで佐藤は下流、すなわち北西から西へと反時計回りに回ってしまい、最後は駒込川の本流、すなわち鳴沢の南端に達したのです。そこがこの辺りです」

小山田は、駒込川が激流と化している場所の傍らを指差した。

そこには「第二露営地」と書かれた案内板が立てられていた。菅原はカメラを構えると、ファインダーの中に案内板を入れつつ周囲の風景を撮影した。

「正午頃、あまりの風雪に進むことができなくなり、一行は少しでも風雪を防げる窪地を探します。ところがこの日は昼間でも最低気温が氷点下十二・三度、最高気温が氷点下八・〇度という異常なまでの低さで、凍傷になる者が続出しました。しかもこれまで最も元気だった水野少尉が、真っ先におかしくなったんです」

伊藤中尉によると、水野少尉の歩行が怪しくなったので声を掛けたが、反応はなく、そのまましばらく歩くと、倒れて動かなくなったという。

——体力を使い切ったのだ。

これまで偵察をしばしば行っていた水野少尉の運動量は人一倍多かった。それが災いしたのだ。

水野忠宜少尉は元紀伊新宮《きいしんぐう》藩三万五千石の藩主・水野忠幹《ただもと》の嫡男で、本来なら殿様となるべき人物だった。だが水野は特別視されることを嫌い、休みになるとしばしば八甲田山に登り、体力強化に努めていたという。つまり身体頑健で体力に自信があることが、裏目に出たのだ。

十六名いる将校の中で最も元気だと思われていた水野少尉が真っ先に倒れたので、山口少佐も動揺した。水野少尉の死を確認した山口少佐は、自分も含めた行軍隊全員が限界に達していることを察し、少しでも風が防げるこの場所で露営することにした。

ちなみに兵は第一露営地を出た後、何人か消息不明になったらしい。だが誰もその死を確認できていないので、兵も含めると、誰が真っ先に死んだかは定かでない。

「水野少尉の死因は低体温症だったんですか」

「そうでしょうね。水野少尉は人一倍動いていましたから、汗も相当かいていたはずです。体力だけでなく体温も奪われていたんでしょうね」

凍傷患者は、最低気温が低い時よりも最高気温が上がらない時の方が多くなる。最高気温が上がらないと日中でも汗が凍りつき、急速に体温が奪われるからだ。それが低体温症へとつながっていく。

「八甲田の悲劇は、ここから始まりました。先頭が第二露営地に着いた頃、後方では脱落者が続出していました。最後尾にいた伊藤中尉や永井軍医は、彼らを助けるために四苦八苦していました。この時、最も可哀想だったのは永井軍医です。彼は素手で兵卒の凍傷の治療をしていたので、ほどなくして彼の両指も動かなくなりました」

倉石大尉によると、その頃、後方では倒れた者を左右から支え、大声で軍歌を歌いながら進み、人事不省に陥った者が出れば、その名を呼びながら胴上げし、何とか覚醒させて歩かせた。しかし午後三時頃になると、誰もが自分のことだけで精いっぱいになり、倒れた者は見捨てられていったという。

行李を担いだ者たちも、上官の許可を得ずにその場に鍋釜などを放り出し、それを見た士官も見て見ぬふりをしていたらしい。

また低体温症によって正常な判断を下せなくなる者が出てきたのも、この頃からだ。突然、何事か叫びながら隊列を離れて走り出すと、雪だまりにはまって動かなくなる者が続出した。中には矛盾脱衣を始める者もいたが、それを止めようとする者は、もはやいなかった。

この頃、先頭では、山口少佐の命に応じて露営の支度が始まった。ところが最初の夜とは違い、雪を掘削する道具がないので遅々として進まない。円匙や十字鍬も、どこかに捨ててきてしまったからだ。

「しかも、ほぼ全員が手指の自由を失っていました。これにより雪壕の掘削どころか排尿も排便もできなくなり、そのまま垂れ流したので、ズボンの中が凍り付き——」

小山田が言葉を濁す。

「つまり、あそこも凍傷になってしまったんですね」

「はい。手足と同じく体温が下がりやすい場所ですから」

「ということは――」

「生存者の多くは、後に切断手術を受けねばなりませんでした」

菅原はあまりの悲惨さに声を失った。

一月二十四日の午後四時半頃、点呼《てんこ》を取ってみると、すでに五十人余がいなかった。同日の午前二時半から始まった行軍は、あたら鳴沢をさまよった挙句、五十人余の脱落者を出した末、約十四時間後に停止したことになる。結局、第一露営地からは約七百メートルしか離れていない地で、行軍隊は再び露営することになった。

小山田が続ける。

「ところが、ここで雪壕を掘ろうにも円匙や十字鍬がないので掘れず、火を熾そうにも燃料がないので火も熾せず、そうなると飯も作れないので、その場に突っ立って足踏みしながら、夜明けを待つしかなかったんです」

――俺だったらどうする。

そう思ったところで、皆と同じように足踏みするしかないのは分かっている。

菅原は絶望的な気持ちになった。

「その頃、兵営から救助隊は派遣されていなかったんですか」

「そのことですか」

小山田がため息をつきつつ答える。

「兵営の津川連隊長以下、この時点で心配している者はいませんでした。皆、『山口少佐らは、田代の湯に浸かりながら一杯やっているだろう。うらやましいな』などと言いながら、転勤していく者の送別の宴《うたげ》を開いていたのです」

——何という連中だ。いかに連絡手段がないとはいえ、これだけ山が荒れているのだから、翌朝に捜索隊を出す準備をしておくべきだろう。

菅原には、こんな時に楽天的になってしまう軍隊という組織が理解できない。

「つまり、そこまで信頼されていたということですか」

「というよりも、誰も捜索なんかに行きたくないんですよ。皆で楽観論を唱え、それを信じ込もうとしていたわけです」

菅原は暗澹《あんたん》たる気持ちになった。

「それで、食事はどうしたんですか」

「飯が炊けないとなると、各自が携行してきた握り飯や餅だけが頼りです。しかしそれらは石のように固くなっており、とても食べられません。缶詰もあったんですが、誰も指先が動かない状態では、缶を開けることさえできませんでした。そのため第二露営地の跡には、凍りついた食べ物や開けていない缶詰が散乱していました」

小山田が辛《つら》そうに続ける。

「進めば体力を消耗し、その場にとどまれば凍死するという絶望的な状況に、行軍隊は追い込まれました。しかし彼らには、もはや進む体力も気力も残っておらず、わずかに風を凌げる場所に立ち尽くすしかなかったんです」

小山田によると、二十四日の夜から翌二十五日にかけての露営は壮絶なものとなった。

山口少佐ら将校を中心にして、吹きさらしの場所に円を描くように立ち、足を踏み鳴らして一夜を明かすのだが、冬の夜は長く、日の出までの九～十時間、左右の足を上下させる苦痛は想像を絶する。

――これが露営と呼べるのか。

初めのうちは軍歌を歌い、互いに声を掛け合っていたが、午後九時を過ぎる頃から、それもまばらになり、一人また一人と倒れていった。転倒すれば再び立ち上がるのは難しく、そのまま死を待つだけになる。むろん助け起こす者はおらず、生きたければ自力で何とかするしかない。

これを見かねた山口は午後十時頃、「明日には天候も回復するだろう。夜明けとともに田茂木野に向かっていけば、救助隊と遭遇する可能性が高い。だが暗闇の中を出発すれば、再び道を見失う。だから夜明けを待って出発する」と皆に伝えた。少しでも希望と目標を持たせようとしたのだ。

「しかし出発したくとも、大半はもう動けなかったんです」

小山田が顔をしかめる。

「午前三時頃、空が少し晴れ、雲間から星明かりが見えるようになりました。それを夜明けと勘違いした山口少佐は、神成大尉に点呼を取るよう命じます」

「皆、腕時計を持っていたんでしょう」

「時計の針が凍りつき、役に立ちませんでした」

酷寒の八甲田は、行軍隊から時間さえも奪っていた。

「ところが三分の一はすでに倒れ、三分の一は凍傷で歩くことができず、残る三分の一だけが、点呼に応えて整列しました」

「待って下さい。では、動けなくなった者たちはどうしたんですか」

小山田が首を左右に振る。

「見捨てていったんですね」

「誰もが生きるか死ぬかです。仕方がなかったんですよ」

置き去りにされたということは、確実に死を意味する。

行軍隊は一列縦隊となり、迷路のような鳴沢を脱出しようとした。降雪は弱まっていたが、風は依然として強く、寒さは変わらない。

山口少佐と神成・倉石の両大尉が進む方向を決定し、最も元気な今泉見習士官が、伊藤中尉と共に最後尾を担った。脱落しそうになった者を叱咤激励するためだ。

「ところが鳴沢の迷路は、行軍隊を放しませんでした。いったん南に向かった行軍隊でしたが、五百メートルも行かないうちに谷に突き当たったので引き返し、第二露営地を通過して北に向かいました」

もはや山口たちの思考も麻痺していたのか、ただ足の赴くままに進むだけだった。

「そしてこの時、神成大尉が『天はわれらを見放した。皆で昨夜の露営地に戻り、枕を並べて死ぬべし！』と叫んだのです」

映画『八甲田山』の公開以来、この台詞《せりふ》が八甲田雪中行軍遭難事件の象徴になった。

「それによって絶望した兵が次々と倒れていったと、小原伍長の証言にあります」

「神成大尉は正気を失っていたんですか」

「おそらくそうでしょうね。低体温症の症状の一つなのか、責任の重さから精神的に限界に達していたのか、今となっては分かりませんが、一時的な錯乱状態に陥ったんだと思われます」

苦い顔で小山田が続ける。

「この頃、幸いにして日が昇ってきたこともあり、奇跡的に馬立場が見えたようです。それで一行は北西に進路を取りました」

「それで鳴沢をようやく脱出できたんですね」

「ところが再び空は厚い雲に覆われ、馬立場の方角を見失ってしまいました」

「また、ですか」

「はい。それほど冬の鳴沢は恐ろしい場所なんです」

小山田の顔が苦痛に歪む。だが次の瞬間、それは笑顔に変わっていた。

「さて、そろそろ日も暮れます。行きましょうか」

第二露営地の周辺を歩き回った後、小山田はその場を後にした。その後に続いていくと、すぐに道路に出た。そこには小山田のランクルが停められていた。

「ヤスさん、ありがとう」

小山田が運転席に声を掛けると、先ほど銅像茶屋で小山田と話をしていた初老の人物が帽子を引き上げた。

「あっ、説明が遅れましたけど、銅像茶屋に友人のヤスさんがいたので、ここに車を回しておいてもらったんです」

小山田はヤスさんの譲った運転席に座り、クルマを発進させた。

――助かった。

銅像茶屋まで徒歩で戻ると思い込んでいた菅原は、心底ほっとした。

「泊まりは八甲田温泉でしたね」

「そうです。今日はありがとうございました。で、小山田さんはどこにお泊まりで」

「われわれ地元の者には、共同で使える施設があるんです」

そう言うと小山田は、ヤスさんを銅像茶屋の駐車場で降ろし、八甲田温泉に向かった。

すでに日は暮れ始めており、八甲田の山々が夕日に輝いている。

「美しいですね」

「ええ、私にとっては見慣れた光景ですが、こうして見ると、確かに美しいものです」

「しかし、ここで二百名の方が亡くなったんですね」

「いえ、百九十九名です」

小山田が訂正する。その言葉には、多少の苛立ちが感じられた。それを菅原は、ガイドとして正確な数字を伝えたいがためだと思った。

「失礼しました。百九十九名ですね」

「救出後に亡くなった方が六名いるので、八甲田山中で亡くなった方は、百九十三名になります」

「そうでしたね」

「こちらこそ、変なこだわりを見せて失礼しました」

小山田は笑みを浮かべると、ランクルを減速させた。

「さあ、着きました。今日はお疲れでしょうから、ゆっくり温泉に浸かって体を休めて下さい」

「そうさせてもらいます」

いつの間にかヘッドライトをつけていたランクルは、「秘湯八甲田温泉」と看板に大書された宿の駐車場に入っていった。

「では、明日は八時に迎えにきます」

「よろしくお願いします」

小山田のランクルが砂埃《すなぼこり》を散らしながら去っていく。それを見送った菅原は、長かった緊張から解放されたかのようにため息をつき、宿の入口に向かった。

十二

五十人は入れるかと思えるほど広い露天風呂に浸かりながら夜空を眺めていると、東京の生活が幻《まぼろし》で、青森での日々が現実のように思えてくる。

——俺も行軍隊の一人として、八甲田に囚われているのかもしれない。

湯に浸かっているにもかかわらず、八甲田の寒気が、足下から体の芯まで這い上ってくるような気がする。

——帰りたくない。

ふと、そう思った。

——そうか。俺が八甲田に囚われているのではなく、俺が八甲田に囚われたいんだ。

東京に帰れば否応なく現実に直面する。それは、心がささくれ立つほど過酷な世界だ。

プライベートでは結婚が暗礁に乗り上げ、会社に戻れば末端の平社員として、蔑みと憐《あわ》れみの視線を浴びながら仕事を続けねばならない。

「あの人、編集長になっていたはずなのにね」

「本当は報道にいたかったらしいのよ。でも前の編集長の引きで歴史雑誌に回された挙句、業績が上がらないからって飼い殺しよ」

「奥さんとも離婚するんだって。これからどうするんでしょうね」

女性社員の会話が耳の奥から聞こえてくる。もちろん、そんな会話を耳にしたことはないが、今の己の境遇からすれば、そんな噂話をどこかでされていても不思議ではない。

最初の上司だった元編集長の誘いに乗ったのが、失敗の始まりだった。

「報道にいても出世は覚束《おぼつか》ない。新たな雑誌が成功すれば、とんとん拍子に出世していく。君の働き次第で、すぐに副編集長にしてもいいんだ」

元編集長の言葉は甘い囁《ささや》きだった。菅原とて出世がすべてとは思わないが、報道には辣腕《らつわん》記者が多く、菅原が頭角を現すのは容易でない。それなら自分のことを片腕と頼む編集長に付いていく方がましだと、あの時は思ったのだ。

――だが編集長は約一年で馘首《くび》になり、転職していった。残された俺は宙に浮いた存在になってしまった。

「歴史サーチ」が思ったほど伸びなかった責任を、菅原も取らされた。せめて元編集長が副編に据えてくれていたらよかったのだが、それを餌として菅原を働かせようとしたので、菅原は平編集のまま新たな体制に組み入れられた。

――何かの奇跡が起こり、「歴史サーチ」の売り上げが右肩上がりになっても、評価されるのは編集長の桐野と副編の佐藤だ。どんなに頑張っても、俺は万年平社員のままだ。

無能でないにもかかわらず、ビジネス社会のエアポケットにはまってしまった人間は、どこの会社にもいる。彼らは出世から見放され、無為な会社人生を送り、なけなしの退職金をもらってそのキャリアを閉じる。そうした「何者にもなれなかった」人生だけは歩むまいと思ってきたが、たった一つの判断ミスによって、菅原もエアポケットに落ちたのだ。

――行軍隊のようにな。

行軍隊の小峠での最初の判断ミスは、次第に傷口を広げ、最後には取り返しのつかないものになっていった。人生も同じで、一つの判断ミスが負の連鎖を生み、最後には這い上がれないほどの大穴に落ちてしまうのだ。

——運命のエアポケットはいつでも口を開け、人の些細な判断ミスを待っているのだ。

人生とは細尾根を進んでいくほど危ういものだと、菅原は思い知った。

——そして離婚か。

東京に帰れば否応なく離婚の話を進めねばならない。当事者二人が印鑑を押せば済む話ならまだしも、離婚協議とは、嫌な思いをしながら互いに落としどころを探っていく辛い作業だと聞いたことがある。

——先方はどういう出方をしてくるか。

これまで一蓮托生《いちれんたくしょう》とは行かないまでも運命共同体だった妻が、今では敵として、菅原からより多くのものを奪おうとしている。そのことを思うと、情けなさで胸が張り裂けそうになる。

——だが、俺に落ち度はなかったのか。

二人の心が離れてしまう直接の原因が、金銭感覚の違いだったのは事実だ。しかし菅原が妻の気持ちを理解し、少しでも歩み寄ろうとする努力をしたかと問われれば、「何もしなかった」としか答えられない。妻の金銭感覚を知った菅原は、驚き呆れて怒鳴り散らし、手まで上げたのだ。

——彼女の話を聞き、互いの金銭感覚を近づけていく努力を、俺は怠っていた。

今思うと、自分は妻に全く寄り添っていなかったと言える。彼女にとってお金は「そこにあって当たり前のもの」なら、お金が無尽蔵にあるものではないことを理解させ、二人が幸せになるために節約せねばならないことを、なぜ感情を交えずに説いてやれなかったのか。

そんなことをつらつら考えていると、自分を含めた何もかもが嫌になってきた。

突き上げるような自己嫌悪が、突然襲ってきた。

顔を上げると、咫尺《しせき》を弁ぜぬ闇が広がっていた。前方には八甲田前嶽が屹立《きつりつ》し、その前面には田代平湿原が広がっているはずだが、今は星々のわずかな光によって、かすかに前嶽の稜線が分かる程度だ。

——何もかも八方ふさがりだな。

三十の峠をとっくに越え、自分の人生がバラ色の成功に彩られたものにならないことに、菅原も気づき始めていた。

——だが考えてみれば、他責にできることは何一つない。

菅原は自分を顧みることなく、意にそぐわないことがあれば、すべて相手のせいにしてきた。その繰り返しが、今ここにいる菅原という男なのだ。

——今の俺は、過去の俺の積み重ねによるものだ。

何もかも忘れたくなった菅原は、温泉に頭まで浸かった。

八甲田の湯は濁っているが肌に心地よい。しかもぬるめなので、いつまでも浸かっていられる。ほのかな硫黄の香りと、ひらひらと漂う湯の花が、箱根や熱海にはない秘湯の雰囲気を醸し出している。

気づくと、大きな湯舟に浸かっているのは菅原だけになっていた。時計を見ると午後九時半を指している。温泉施設は十時が終了時刻となるので、そろそろ部屋に戻らねばならない。

――もう行こう。

そうは思いつつも、心地よさが菅原を捕らえて放さない。だが従業員らしき人が清掃のため現れたのを見て、さすがに引き時を覚《さと》った菅原は立ち上がった。

その時、背後に人の気配がした。

――誰かいるのか。

振り向いても誰もいない。

そこはホテルの敷地で、柵の向こうには田代平湿原が広がっている。

草を揺らす風の音が、人の気配に感じられたのだろう。

菅原は自分を笑い飛ばそうとしたが、「誰かいる」という気配は続いていた。

――何を考えているんだ。

さすがに気味悪くなり、菅原は湯舟から出た。ちょうど内湯から従業員が外に出てきたので、菅原はそちらの方に歩いていった。

その時、気配がついてくるような気がした。

――誰かいるのか。

恐る恐る振り向いたが誰もいない。

――何をやっているんだ。馬鹿馬鹿しい。

自分を笑い飛ばすことで気配を消し去った菅原は、従業員にあえて大声で、「お疲れ様です」と声をかけてから内湯に入っていった。

十三

約束の朝八時にロビーで待っていると、ランクルの軽やかなエンジン音が聞こえてきた。

「おはようございます」と入ってきた小山田は、フロントに軽く会釈すると、菅原の鞄を手に取った。

「あっ、申し訳ありません」

菅原はトレッキングシューズの紐《ひも》を締めると、その後を追った。

「お湯はどうでしたか」

「適度にぬるかったので、実に快適でした」

「そうおっしゃる方が多いですね。八甲田の湯はぬるめなので、つい長湯してしまいます」

「やはり、そうなんですね」

確かに、考えていたことを別にすれば快適な温泉だった。

「よく眠れましたか」

「はい。疲れていたのでぐっすり眠れました」

それは本当だった。昨夜、菅原は現実から逃げるように眠りに落ちた。

「それはよかった。どうぞ」

リア・ハッチに菅原の鞄を入れた小山田が、助手席のドアを開けてくれた。

菅原が「失礼します」と言ってランクルに乗り込む。

「まずは馬立場方面に向かいましょう」

馬立場までは十分ほどで着く。こんな奥地にしては整備された舗装道路を走りながら、小山田は「鳴沢を脱出できた生き残りたちは、とにかく高所を目指しました」と説明を始めた。

途中、ランクルを停めた小山田は、道路脇の藪を漕《こ》ぐようにして入っていく。しばらく行くと、少し広いスペースに出た。

「行軍隊は、この辺りをさまよっていたんです」

道なき道と言っても馬立場に近づくに従い尾根道となるので、方向さえ間違えなければ、迷うことはなさそうだ。

「午前三時頃、興津《おきつ》大尉が倒れました。興津大尉は第二大隊第六中隊を率いる将校の一人です。つまり神成大尉と同格ですが、この雪中行軍では教育委員として随行参観していました」

興津景敏《かげとし》大尉は熊本県出身で、山口の片腕と言ってもいい存在だったらしい。

「つまり山口少佐と同じように、オブザーバーの立場ですね」

「そうです。第八中隊を率いる倉石大尉も同じです。あえて神成大尉が指揮を執りやすいような体制にしていたわけです」

歩兵第五連隊は三個大隊から成るが、今回の雪中行軍には参加していない第一大隊の中隊の呼称は、第一から第四まで、第二大隊の中隊は第五から第八までとなる。なお第七中隊の中隊長は所用で不参加だった。

すでに低体温症の症状を示していた興津だが、ここで歩けなくなった。そのため元気な兵たちが肩を支えるようにして歩いたと、倉石大尉の手記には書かれている。

「結局、行軍隊は二時間半ほど鳴沢をさまよい歩きましたが、その間にも三十名ほどの脱落者を出してしまいます。しかも山口少佐が人事不省になり、指揮を執れない状況に陥りました」

その後、山口は意識を回復したものの、とても歩ける状態にない。倉石が山口の耳元で「何か遺言はありますか」と問うたところ、山口は答えられなかったと手記にある。

そのため倉石は、少しでも風を防げる場所に山口を座らせ、兵に生木の枝や死んでいった者の背嚢《はいのう》を集めさせて火を点《つ》けた。それで山口は少し元気を取り戻したらしい。

だが生木の小枝や死者の背嚢が燃え尽きると、山口は再び人事不省に陥った。

「それでも午前七時頃になると、降雪はなくなり、空の一部に青空が見え始めたのです」

小山田の声が少し弾む。

「その頃、神成大尉はどうしていたんですか」

「手記には出てきません。倉石大尉たちと一緒にいたのか、一時的にはぐれたのか分かりません。そのため指揮は倉石大尉が執っていました」

事ここに至り、指揮権は神成から山口へ、さらに倉石へと移っていった。

「ここで倉石大尉は大きな決断を下します」

「大きな決断——」

「そうです。一組八名の偵察隊を編成し、一方は田茂木野に通じる道を、一方は田代に通じる道を探索に行かせたのです」

——それはおかしい。

田茂木野と田代では逆方向だ。

「では、一方が道を見つけて先に帰ってきた時、他方はどうするのです。まさか片方を置き去りにするというわけではありませんよね」

「そこのところが、よく分からないのです」

小山田が首をかしげる。

「東京出身の倉石大尉は、山口少佐や神成大尉と比べると極めて合理的な人物です。助かる可能性のある者たちが、助かる可能性のない者たちに足を引っ張られて死ぬのは馬鹿馬鹿しいと思っていたのかもしれません。しかも自分は個人的に購入した外国製のコートやゴム製の長靴を履いているので、いたって元気です。そこで研究家の中には、厄介払いしたのではないかという説を唱える方もいらっしゃいます」

「厄介払い——」

予想もしなかった言葉に、菅原は戸惑った。

「後で検視《けんし》をした結果、田代に向かった偵察隊は、さほど元気ではない者ばかりだったのです」

「おっしゃっていることの意味が、よく分かりませんが——」

「つまり誰かの助けがないと歩けない者に、名目上、偵察隊という役割を与え、田代に向かわせたのです」

「そ、そんな――」

「田茂木野方面に全員で向かえば、元気な者が弱っている者に肩を貸すなどせざるを得ませんから、全員凍死ということにもなりかねません。弱っている者たちにとっても、距離が近い田代なら、万に一つでも助かる可能性があります。ですから田代に向かった偵察隊には、報告に戻らなくてもよいと告げたのです」

菅原は息をのんだ。

「指揮官としては苦渋の決断だったでしょう。しかし、そうするしかなかったのも事実です」

「で、田代に向かった偵察隊はどうなったんですか」

「もちろん道を見つけられず、鳴沢の中で全員凍死しました」

菅原に言葉はない。

「おそらく互いに肩を抱きながら、また這いずりながら田代を目指したのでしょう。しかしたどり着けた者はいませんでした」

菅原が唇を嚙み締める。

――さぞや無念だったろうな。

田代行きを命じられた面々は、それが死の宣告だと分かっていたはずだ。だが自分たちがお荷物なのも知っていた。自分たちのせいで元気な者たちを死なすわけにはいかない。それゆえ田代への道を探す偵察という名目で、死に場所を探すしかなかったのだ。

「その偵察隊の指揮官は誰がやったのです」

「渡邊《わたなべ》軍曹でした。しかし彼は、ここからさほど離れていない場所で絶命していました。弱っている上、この日の厳しい寒さに耐えられなかったのでしょう。何と言ってもこの日は、いまだに破られていない日本最低気温が観測された日ですから」

この日、すなわち明治三十五（一九〇二）年一月二十五日は、北海道の旭川で氷点下四十一度という想像もつかない気温を記録した日だった。旭川では石油が凍ってしまい、家の中で凍死する者まで出たという。記録には残っていないが、八甲田山中でも氷点下二十度から三十度になっていたと思われる。

「渡邊軍曹が倒れた後、田代方面の偵察隊の指揮は、誰が執ったんですか」

「分かりません。おそらく誰が指揮を執るでもなく進んでいったのでしょう」

「つまり田代方面の偵察隊は、ただの一人も鳴沢を出られなかったんですね」

「遺骸の位置からすると、そういうことになります。それよりも田茂木野に向かった本隊と偵察隊の話をしましょう」

「あっ、はい」

小山田が話題を転じた。

「午前十一時半頃、田茂木野に向かった偵察隊の高橋《たかはし》伍長が戻り、『帰路を発見せり』と倉石大尉に告げます。これにより本隊にも明るさが戻りました。人事不省に陥っていた山口少佐が意識を取り戻したのも、この頃です」

一行が高橋伍長を先頭にして歩いていくと、前日に放棄した橇が見つかった。これで道が間違いないと分かり、皆の足取りは軽くなったという。

「鳴沢を脱することができたのは、午後一時頃でした。希望が見えてきたとはいえ、一行の体力は限界に達していました。それだけでなく、この日の午後は、これまでにないほどの暴風雪が襲ってきたため、立っているだけでもたいへんでした。そんな中、一行はにじるように馬立場へと進んでいきました」

小山田が一拍置くと言った。

「それでは馬立場に行きましょう」

小山田が道を引き返していく。それに遅れじと菅原も続く。

二人は路肩に停めたランクルに乗ると、馬立場を目指した。

十四

前日同様、馬立場には数台のクルマが停まっており、観光客らしき人影もちらほら見えた。

銅像茶屋に挨拶で寄った小山田は、再び後藤伍長の銅像のある高台に向かった。

銅像は前日と変わらずそこに屹立し、青森方面を眺めていた。

その時、菅原は気づいた。

——なぜ、後藤伍長が雪中行軍遭難事件の象徴となったのか。立ったまま凍死し掛かっていたからではない。救助隊が最初に見つけたからだ。

そこには、当時の軍の巧妙なプロパガンダが隠されていた。実際には救助隊を出すことが遅れたにもかかわらず、その存在を際立たせるため、救助隊との接点となる後藤伍長に、あえて注目が集まるようにしたのだ。そして内務省警保局の検閲を受けなければ記事にできなかった当時の新聞社が、後藤を英雄に仕立てたに違いない。

——そうした経緯で、山口少佐でも神成大尉でもない一人の下士官が、この事件の象徴的存在に祭り上げられたわけか。

それが、後の後藤の生涯に及ぼした影響は大きかった。四肢を切断したとはいえ、後藤は英雄扱いされ、故郷の村会議員まで務めることになる。

小山田が語り始める。

「午後三時頃、ようやく一行は馬立場に着きました。この時、倉石大尉の手記では、『一時間ほど、田代に向かった偵察隊を待った』ことになっていますが、実際に待っていたかどうかは分かりません」

「そんなことが書かれているんですか」

「倉石大尉の弁明ですよ。ある研究者は、『彼ら（田代方面への偵察隊）は無事田代に着いたと無理にでも信じることで、呵責《かしゃく》の念をのみ込んだのではないだろうか』とまで記しています」

あの時、田代に向けて偵察隊を出した倉石の決断が間違っていたとは思わない。だが重荷となっていた者たちを、偵察隊という名目で「厄介払い」したことで、元気な者たちが再び馬立場に戻ってこられたのも否めない事実なのだ。

「ここからは歩いていきましょう」

小山田は馬立場から北に向かって坂を下っていった。

幅の広い尾根道を青森方面に向かって、二人は歩き続けた。

「帰路が摑めたのも束の間、この頃から天候は悪化の一途をたどり、一行は散り散りになってしまいました」

小山田によると、この頃の生存者の記憶はあいまいで、錯綜《さくそう》しているという。はっきりしたことは分からないが、少なくとも山口少佐、倉石大尉、神成大尉の三つの集団に分かれ、それぞれの姿が見えないくらい距離を空けて歩いていたらしい。

「倉石大尉は、山口少佐ともはぐれたのですか」

「どうもそうらしいです。というか——」

小山田が言いにくそうに言う。

「山口少佐とその従卒が遅れたのをいいことに、気づかないふりをしたのかもしれません」

——何ということだ。

倉石大尉は、最後の重荷となっていた山口少佐を見捨てたのかもしれない。

「午後五時頃、倉石大尉の集団は中ノ森東方に達するのですが、薄暮となってきたので、これ以上進むのは危険と判断しました。何と言っても磁石が用をなさないわけですから、真っ暗闇の中を進むのは、あまりに危険です。そこで倉石大尉は三日目の露営を決定しました」

露営と言っても、風をわずかに凌げそうな場所で立ったまま足踏みするだけだ。

倉石大尉自身、夜の間に何度か倒れ、昏睡《こんすい》状態に陥ったらしい。兵ならそれで終わりなのだが、最も元気な今泉見習士官が、懸命に看病して蘇生《そせい》させたという。

「でも今泉見習士官の努力は、後に仇《あだ》となって返ってきます」

「どういうことですか」

「それは後でお話しします」

小山田が眉根を寄せる。

「で、そこで、露営することにしたのですね」

「いや、近くに山口少佐の集団が来ていることに気づいた倉石大尉らは、そちらに移動することにします。火でも見えたか、声が聞こえたのでしょう」

「それは何時頃ですか」

「午後十一時頃ですね」

再び双方は合流を果たした。その後、神成大尉らも合流したらしく、ここに雪中行軍隊は再集結を果たした。

後に判明することだが、三日目の露営の時点で、脱落者は百三十九名を数え、生存者は七十一名だった。

日付が変わる頃だった。あまりの寒気に倉石と神成は相談し、「任意解散」を決定したという。

「任意解散とは——」

「『各自の任意に従うこと』、すなわち組織的行動を続けても皆で死ぬだけなので、一人でも多くの者を生かすために自由行動を許したのです」

「つまり、各自の責任で己の命を守れということですね」

「そうです。田茂木野に向かおうが、田代を目指そうが、炭焼小屋を探そうが、『各自勝手に行動すべし』ということです」

——そこまでになっていたのか。

山口が人事不省で指揮を執れず、神成も頼りにならず、倉石は任意解散という苦渋の決断を下した。

「どうして、そんな決断を下したのですか」

「一つには、下士どころか兵卒からも頻繁に意見具申があったからです。ここまでは組織的行動を取ってきましたが、中には『なぜ田代を目指さないんだ』といった意見も根強く、倉石大尉は『では、勝手にしろ』という心境になったのかもしれません」

「しかし、それでは逆に皆の身が危うくなるのでは」

「もちろんです。ただし、この任意解散については諸説あります。『大臣報告』『顚末書』『遭難始末』という三種の報告書では一切触れていません。つまり、なかったことにしているのです。軍隊が任意解散を認めないのは当然でしょう。また、『このままでは死んでしまう』と思い、勝手に隊列から離れていった者もいたようです。彼らは、口をそろえて『任意解散と聞いたから勝手に行動した』と言っています」

その結果、再び風雪が吹き荒れる真夜中に出発する者たちもいた。立ったまま足踏みしていても、死の危険から逃れられないと思ったからだろう。

「結局、いくつかの集団に分かれて田茂木野を目指すことになります」

　どうやら田代を目指す者はいなかったようだ。

「それでは、任意解散の意味がないのでは」

「そうです。でも命の危機に晒されているんですから、自然と集団ができてしまうのは仕方のないことです。また大半の者は、突然解散と言われても軍人、いわゆる組織人として叩き込まれた集団行動という習性から抜けられなかったんでしょうね」

　そこまで来た時、小山田が立ち止まり、周囲を見渡した。

「この辺りが中ノ森の第三露営地になります。ここから三々五々、按ノ木森を経て賽ノ河原を目指していくことになります」

　そこは何の変哲もない草原だった。多少の起伏はあるものの、とても風を凌げるとは思えない。

「この辺りは、さほど植林されていないので、当時の地形を保っています」

「ここからも苦闘の連続だったんでしょうね」

「はい。神成大尉を先頭に、気を失った山口少佐を中ほどに囲み、その後方を倉石大尉が進むという長い隊形が自然にでき上がったようです。しかしこの集団は、すでに三十人ほどに減っていました」

「前夜までいた四十人ほどは、どうしたんですか」

「中には、このまま進んでも体力を失うだけだと判断し、その場にとどまって助けを待つ者もいました。しかし彼らを待っていたのは死でした。また近くの炭焼小屋を探した者もいました。彼らの中には、首尾よく小屋を見つけて助かった者もいました。しかし大半は――」

「集団から脱落していったんですね」

「おそらくそうです」

彼らは足を引きずりながら、太い尾根道を北に向かって進んでいった。だがそれは、行軍という整然としたものではなく、死に場所を探す亡者の集団と呼んだ方が似つかわしかっただろう。そして一人また一人と集団から遅れ、動けなくなっていったのだ。

倉石大尉は、この時のことをその手記にこう書いている。

「精神茫乎《ぼうこ》として夢幻の間に在るものの如し」

つまり意識が朦朧《もうろう》として、ただ惰性で歩いているような状態だったという。

「山口少佐はどうしていたんですか」

「ずっと仮死状態でした。山口少佐が見つかる前の後藤伍長の証言には、『山口大隊長の屍体を棄《す》つるに忍びず』云々《うんぬん》という一節が出てくるほどです」

そして一月二十六日の夜が明けた。

「後藤伍長はいつの間にか脱落し、眠ってしまったようです。普通ならそのまま凍死となるはずですが、朝日が差したことで奇跡的に覚醒しました。それで周囲を見回すと誰もいなかったので、集団に追いつこうと歩き始めるのですが、その途次に遺骸をいくつも見たそうです。それでも懸命に進み、ようやく集団に追いつくことができました」

「そうした奇跡もあったんですね」

「ええ、彼はとくに生命力が強かったようです。さて、そろそろクルマに戻りましょうか」

ようやく小山田が歩を止めた。足が棒のようになりつつあった菅原はほっとした。

馬立場に戻り、再びランクルを駆った小山田は、賽ノ河原付近までクルマを走らせた。

「さあ、いよいよ最後の場面です」

小山田は路肩にランクルを停めると、小さな崖をよじ登っていく。

道路脇には植林がなされているので、中の方も同じかと思っていると、さほど植林はされておらず、広闊《こうかつ》な地となっていた。

——ここが賽ノ河原か。

誰が名付けたのかは知らないが、言われてみれば、そこだけは小石が多く、そんな雰囲気を醸し出している。

「二十六日は依然として降雪はありましたが、次第に風はやみ、寒気はそれほどでもありませんでした。この日の好天が幸いし、行軍隊の指揮官たちも、少しはましな判断ができるようになりました」

午後近く、尾根道が二つに分かれる場所に出た。どちらかが田茂木野に向かう正しい尾根道だが、どうしても判断がつかない。そこで倉石は神成と相談し、集団を分かつことにした。

倉石は山口を連れて幅広の尾根道を、神成は後藤らと共に細い尾根道を行くことにした。だが後に分かることだが、神成らの進んだ道が正しい尾根道で、倉石らは道を外れていくことになる。

「つまり全滅を免れる決断をしたんですね」

「そうなんです。こうした場合、軍隊では報告が重視されます。誰かが連隊長に状況を報告せねばならないわけです。そうしたことから、一蓮托生だけは避けるというのが軍隊の判断基準になります」

「それが、あの辺りですね」

菅原が振り向き、これまでいた五百メートルほど南を指差すと、小山田がうなずいた。

「はい。中ノ森の北方の按ノ木森の辺りです。しかし風と寒気は収まったものの、一行の体力の消耗は激しく、しかも飢えは極限に達し、雪をかき分けて進むことも困難になっていました」

しかも足は凍傷で膝が曲がらず、丸太を引きずるような感覚になり、指も全く動かせない者が大半となっていた。そのため排泄物は垂れ流しになり、それが凍り付き、尻の穴にまで薄い氷が張っていたという。

「この日の午後の記録はあまり残っていません。誰もが夢遊病者のようにさまよっていたのでしょう。現に倉石大尉らは賽ノ河原に到達しましたが、尾根道が下り坂になっていることに気づかず、道なりに進んでいきました」

「下り坂に気づかないなんてことがあるんですか」

「私にも分かりませんが、現にそうなったのです。こちらに行ってみましょう」

小山田は道を右に取った。

「ほら、わずかに道が下っていますね」

「言われてみれば、そうですね」

「このまま下れば、駒込川に達します」

右に進んで崖際まで来ると、小山田は右手の方を差した。

「樹木でよく見えませんが、この断崖の下に駒込川が流れています。ほら、聞こえるでしょう」

はるか下方から川音が聞こえてくる。

「倉石大尉一行は、渓谷に向かって下っていったのです」

倉石も、まともな判断を下せなかったのかもしれないが、比較的しっかりしていた伊藤中尉や今泉見習士官も、その判断に疑義を挟んだ様子はない。

「駒込川河畔に着く頃には、周囲が暗くなってきました。夜がやってきたのです。近くに崖穴を見つけた倉石大尉は、致し方なくそこに露営することにしました。もはや再び登攀する力はなく、少しでも暴風雪の防げる場所で、救助隊を待つしかなかったようです」

かくして倉石大尉の集団は、河畔の崖穴で動かなくなる。

「一方、神成大尉ですが、青森に向かう正しい尾根道を進んでいましたが、いかんせん、こちらの道は積雪も身長くらいに達し、それをかき分けて進むのは、弱った体に相当の負担を強います。翌二十七日の朝に同行していたのは、神成大尉、鈴木少尉、及川《おいかわ》伍長、そして後藤伍長だけでした。皆より元気だった鈴木少尉は、少し高所を見つけたので、『偵察に行ってきます』と言って道を違えました。しかしそれきりでした。続いて及川伍長が動けなくなりました。神成大尉と後藤伍長は、及川伍長の肩を両側から支えて進もうとしますが、及川伍長は気を失ってしまいます。そうなれば二人がかりでも運べません。それで行軍隊は遂に二人になったのです」

「いよいよ最後の時を迎えたんですね」

「はい。その場所はもう少し先です」

小山田に従って歩いていくと、前方に標柱らしきものが見えてきた。

「あの場所に後藤伍長は立っていたので、この辺りで神成大尉と別れたはずです」

「神成大尉が動けなくなったんですか」

「そうです。神成大尉は『もはや一歩も進み難し』と言い、後藤に一人で田茂木野に行くよう命じます。しかし後藤としては神成大尉を見捨てるわけにもいかず、再三にわたって一緒に行くことを懇願します。しかし神成は、『二人とも死んだら誰が報告するのだ。私情に駆られず、一刻も早く行け』と言って後藤を行かせました」

小山田は標柱まで進み、それを示した。そこには「後藤伍長発見の地」と書かれていた。

「神成大尉と別れたものの、後藤伍長も限界に達していました。神成大尉と別れてから、ほんの百メートルも進んだところで動けなくなり、ただ立っていることしかできなくなったんです」

小山田の双眸《そうぼう》は潤んでいた。気づくと菅原も落涙していた。

二人は、汗を拭くように袖で目を拭いた。

十五

秋風が背筋をひやりとさせていく。秋口でこれほどの寒気を感じるのかと思うと、この山の厳冬期の寒さが想像できる。

「お国のために死ぬことができなかった彼らは、さぞ無念だったでしょうね」

こうして雪中行軍隊の足跡をたどることで、国家の役に立てずに命を捨てざるを得なかった彼らの口惜しさが、ひしひしと伝わってくる。

「そうなんです。生存者の証言にもありますが、『どうせ死ぬなら敵と戦って死にたい』『ここは俺たちの死に場所じゃない』といった言葉が、頻繁に聞こえていたそうです。彼らは死を恐れて生に執着していたのではなく、犬死にだけはしたくなかったんです」

菅原は「いつどこで死のうが死には変わりはない」と思うが、明治の軍人たちにとって、いかなる場で、いかに死ぬかは極めて重要だったのだろう。

――それは、平和に飼い馴《な》らされたわれわれには分からない、当時の軍人のメンタリティだったのだ。

「堪え難きを堪え、忍び難きを忍び」というのは昭和天皇による終戦の詔勅《しょうちょく》だが、明治を生きた人々も同じ気持ちで堪え忍んできたに違いない。

「一つだけ言えることは――」

小山田が大きく息を吸うと言った。

「いかに無駄死にでも、ここで死ねたことが唯一の救いです」

「ここと言うと、八甲田ですか」

「そうです。私も死ぬ時は、八甲田の大自然に抱かれて死にたい」

「隊員たちと同じように、ですか」

「はい。凍死の苦しみは想像を絶しますが、彼らのように八甲田の一部になれるなら、それでもいいかなと思っています」

沈黙が訪れた。それを嫌うかのように小山田が言った。

「ここまでが、雪中行軍隊の全ストーリーです」

「というと――」

「ここからは救助隊の話になります」

クルマに向かって道を戻りながら、小山田は救援活動について語った。

それによると、行軍隊が一月二十三日に田代に到着し、二十四日以降は田代にとどまっていると楽観視していた第五連隊本部は、二十五日になっても行軍隊が戻ってこないことで、初めて「これはおかしい」となったらしい。そこで救助隊を編成し、二十六日早朝に田茂木野へ向けて出発させた。

「しかし救助隊については情報が錯綜しており、定かなことは分かっていません」

「どうしてですか。救助隊から死者は出ていないんでしょう」

「そうです。しかし責任を回避するために、連隊が虚偽の報告をしていたんです」

「まさか――」

　菅原は絶句した。

「報告書の中には、二十五日には救助隊を幸畑に向かわせ、粥《かゆ》を煮て待っていたとありますが、兵営から三キロほどしか離れていない幸畑で待つこと自体、嘘《うそ》くさい話です。行軍隊にしてみれば、そんなところで粥を食うくらいなら、さっさと兵営に帰り、熱い風呂でも浴びて寝た方がましですからね。それは一例で、ここから事実を糊塗《こと》する作業が続きます」

　それでも二十六日の午前五時四十分、兵営を出た十五名ほどの救助隊は田代に向かったという。

　小山田が付け加える。

『遭難始末』によると第一次救助隊の総員は六十名になっていますが、それも後に虚偽と判明しました」

　途次に幸畑で案内役を雇おうとしたが、さすがに暴風雪の八甲田に行くのを嫌がられて手間取り、救助隊が田茂木野に到着したのが十時半、出発したのは午前十一時になってからだった。

「地元の方々は八甲田山の恐ろしさを、よく知っていたんですね」

「その通りです。私も幼い頃、祖父や父から、山の怖さを嫌というほど聞かされました。『外さ出れば、お終《すま》いだ』とね」

「ということは、地元の村人たちは案内役になるのを拒否したにもかかわらず、無理に連れていかれたんですか」

「そこまでは書いてありませんが、状況からすればそうなります」

いかに人命が懸かっているとはいえ、国民に対して有無を言わせぬ当時の軍隊の強硬さには驚くべきものがある。それが武士の時代の残滓《ざんし》なのは明白だった。

小山田が続ける。

「結局、四～七名の案内役を先頭に、救助隊は八甲田に入りました。ところが小峠まで来たところで、『疾風吹き荒れし四面暗黒となれり（「顛末書」）』という状況に陥り、田茂木野に戻るしかなかったんです」

この時の小峠周辺の積雪は一・八～二・四メートルで、とても前進できるものではなかったらしい。

翌二十七日の午前六時、救助隊は再び八甲田を目指した。この日は小峠と大峠を突破し、田茂木野の東南七・二キロメートルの大滝平で、雪中に直立する後藤伍長を発見した。この時、後藤は神成大尉が倒れた場所を懸命に示したという。

だが救助隊が神成を見つけた時には、すでに神成は息を引き取っていた。後藤と神成の距離はわずか百メートルほどだったので、神成が死んでから間もないことが分かった。

懸命な蘇生措置が続けられたが、神成の心臓は遂に動かなかった。またそこからすぐのところで及川伍長の遺体も発見された。

この頃から暴風雪がまたひどくなってきた。救助隊は神成と及川の遺体を放置し、後藤と動けなくなった救助隊の兵卒一名を引きずりながら田茂木野に戻った。二次遭難が起こってもおかしくない状況だったからだ。

　この時、救助隊指揮官が兵営まで伝令を走らせたので、午後二時半頃に「行軍隊遭難」「生存者発見」の第一報が入った。これにより兵営は大騒ぎとなり、本格的な捜索が始まる。即座に百五十名の第二次救助隊が編成され、午後三時に兵営を出発した。

「ここからの動きは慎重かつ計画的でした。二次遭難を防ぐために、まず十八カ所に前進基地を作りながら捜索を進めることになりました。結局、捜索には兵営にいる全員に近い千百人余が参加することになります」

　三十日から本格化した捜索活動によって、多くの遺体が発見された。捜索に協力した青森市助役の手記によると、「凍死体を見るに、惨の惨、酷の酷、一見、酸鼻《さんび》の感に堪えざるものあり」だったという。

　インターネット上に流出したディアトロフ峠事件の凍死者の写真を、菅原は思い出していた。それらは酸鼻を極めており、凍死がいかに苦しい死に方であるかを示していた。

「第一次救助隊の中には、村上一等軍医も同行していました。彼は第五連隊の衛生部門のトップになります。村上軍医は遺骸の様子を詳細に記録に残しました」

「どうしてですか」

「この頃、日本軍は酷寒の満州でロシア軍と戦う公算が大きくなっていたので、その時の対策でしょうね」

「低体温症や凍傷の症例が、当時は少なかったんですか」

「明治三十五（一九〇二）年ですから、皆無に等しいと言っていいでしょう。それゆえこの時の村上軍医の報告によって、日露戦争では寒さに対応した装備を用意でき、低体温症や凍傷がほとんどなかったと聞きます」

明治二十七（一八九四）年から翌年にかけて戦われた日清戦争では、大陸の酷寒対策が全くできておらず、七千二百二十六人もの凍傷者（入院者のみ）を出した。

この後の話になるが、日露戦争で第五連隊は黒溝台の戦いに投入された。その時、氷点下二十七度から二十八度という酷寒の中の戦いになったが、日本軍は寒冷地対策が万全だったため、凍傷者は出したものの一人の凍死者も出さなかった。

「つまり八甲田山で死んでいった方々は、無駄死にではなかったんですね」

「そういう考え方もできます。彼らのお陰で日露戦争を勝ち抜けたと言ってもいいぐらいです」

菅原はそれが唯一の救いだとは思ったが、何か割り切れない思いを抱いてもいた。

「この後、続々と軍医が送り込まれ、さらに寒冷地対策の研究が続けられていきます」

ようやく賽ノ河原付近の路肩に停めたクルマが見えてきた。

「三十一日の午前、新たに二人が、鳴沢第二露営地から三百メートルほど離れたところにある炭焼小屋で発見されます」

その発見場所からすると、隊列から早々にはぐれたか、もしくはあえて離れたかして、炭焼小屋を発見した二人が生き残ったらしい。

——きっと二人は「このままじゃ殺される」と思い、あえて隊列から離れたのだ。もしかすると、どちらかが炭焼小屋の位置を知っていたのかもしれない。だがそれを山口少佐ら幹部に申し出れば、大勢で押し掛けることになり、全員は入りきれない。そのため遅れたふりをして密《ひそ》かに隊列から脱したのだろう。

　こうした際の集団行動の難しさを、菅原は痛感した。

「後藤伍長のほかに生存者が見つかったことで、救助隊は色めき立ちました。そして遂に大発見となるのです」

　小山田によると午後四時頃、大滝平の辺りを人夫たちが歩いていると、足下の方から声が聞こえた。慌てて崖下をのぞき込むと人影が見えた。それで声を掛けたら応答があった。

　すぐに日は暮れて夜となり、救出作業は難航したが、駒込川の谷底の崖穴で、山口少佐をはじめとした九名を救出した。さらに二月二日、大崩沢の炭焼小屋で四名が救出され、田代元湯に近い廃屋で一名が救出された。

「助かった人たちは、小屋や崖穴にとどまって動かなかったのが幸いしたんです」

　小山田によると、この段階で最も避けねばならないのが体力の消耗だという。

「しかし座して待ち、助けが来なかったら死ぬだけじゃないですか」

「そうです。人は待つというのが苦手な生き物ですが、ここでは限界に来ていた者や体に不調を来して動けなかった者が生き残れたんです。逆に歩けるほど元気だった者は、体力を使い切って命を失っていきました」

　菅原はその皮肉に愕然《がくぜん》とした。

「駒込川の河畔まで下りてしまった山口少佐ら数名は、再び登攀するのが困難で、元気だった伊藤中尉らも、山口少佐を置いていくわけにはいかず、そこにとどまるしかありませんでした」

――人生は何が幸いするか分からない。

おそらく再び登攀すれば、残りの体力を使い切り、倉石大尉も伊藤中尉も力尽きたに違いない。

――これまで足枷《あしかせ》だった山口が、逆に幸運を呼び込んだのか。

「二月二日以降に発見された生存者はいたんですか」

小山田が首を左右に振る。

結局、救出されたのは十七名で、うち、その後に亡くなったのが山口を含めた六名だった。

――つまり救助隊によって、十一名が助けられたというわけか。

「もしも津川連隊長以下、兵営にいた幹部にもう少し危機感があれば、救出作業の開始を二日は早められたはずです。そうすれば、より多くの命が助かったに違いありません」

小山田が悲しげな顔をする。

「幸いにも山口少佐ら九名は救出されたものの、悲劇も発覚します」

「悲劇――」

「はい。悲劇の主人公は、行軍隊の中で最後まで元気だった今泉見習士官です。かつて彼は気を失いかけていた倉石大尉を介抱し、蘇生させました。崖下に下りてからも、なにくれとなく面倒を見ていました。しかし元気な彼でも、精神的に追い詰められていたんでしょうね」

「どういうことですか」

「救出される前日、崖穴の中で、倉石大尉がぽつりと『この川を下れば青森なんだよな』と言ったそうです。皆は聞き流したのですが、それを聞いた今泉見習士官は突如として着ているものを脱ぎ出し、川に飛び込んだんです」

菅原は息をのんだ。

「誰も止めなかったんですか」

「生き残った者は『止める暇もなかった』と言っていますが、着ているものを脱ぐのは一瞬ではできません。おそらく言葉を掛けることなく漫然と見ていたんでしょう」

「それで、今泉見習士官はどうなったんですか」

「下流で水死体となって発見されました」

菅原は言葉もなかった。

「この話は伏せられていたのですが、生き残った別の者から新聞記者に流出しました。しかも命令だったという形で。それで世論に追い詰められた倉石大尉は、今泉見習士官の遺族に『命令ではなかった』と釈明しましたが、遺族は怒り狂って許さなかったそうです」

菅原は絶望的な気分になった。おそらく倉石は何げなく言ったのだろう。それを今泉は命令と思い込んだのだ。

今泉が倉石に憧れていたことも災いした。憧れの人が、命令とも願望ともつかない言葉を漏らしたのだ。錯乱した精神が、何とかそれを叶えてやりたいと思ったとしても不思議ではない。

——だがその倉石とて、三年後には満州の土となるのだ。

菅原は軍隊の空《むな》しさを痛感した。
「さて、着きました。では、青森に帰りましょう」
二人はランクルに乗り込むと一路、青森を目指した。
ちょうど夕日が八甲田の前嶽を照らし、壮麗な風景を現出させていた。
――ここで死ねたことだけが唯一の救い、か。
先ほど小山田が言った言葉を、菅原は反芻《はんすう》した。

第二章　忠死二百人

一

車窓を過ぎ行く風景を眺めつつ、菅原の頭の中では、様々な思いが渦巻いていた。

——雪中行軍隊は何も得ずして命だけ失ったのか。

結果から見ればそうなる。

だが菅原には、小山田の言葉で一つだけ引っ掛かることがあった。

「日露戦争では寒さに対応した装備を用意でき、低体温症や凍傷がほとんどなかったと聞きます」

——つまり命を失った者がいる一方で、彼らの犠牲を教訓とし、生き残れた人もいたのか。だがそれは、あまりにタイミングがよいのではないか。

菅原は思わず小山田に問うた。

「以前に、この事件の医学的成果についておっしゃっていましたね」

「はい。この事件の医学的所見が、後の日露戦争に大いに生かされたことは事実です」

「つまり専門の医師が派遣され、遺骸や生存者の状況を調べたというのですね」

「そうです。陸軍大臣直々に派遣された一等軍医正、つまり陸軍軍医の最精鋭まで来ています」

一等軍医正という地位は、陸軍省医務局長直属の最優秀軍医にしか与えられない。事件の大きさを考えれば当然かもしれないが、そうした軍医のエリートや地元の大病院の医師らが総出で、調査に当たったのだ。

小山田が資料について説明してくれた。

それによると、この時、派遣された一等軍医正が携わったと推定されるもので、複数の軍関係の医師によって書かれた「歩兵第五聯隊雪中遭難ニ関スル衛生調査報告（以下「衛生調査報告」）」と、生存者の診療と遺骸の調査に当たった青森衛戍病院長の後藤幾太郎の記した「歩兵第五聯隊雪中行軍ニ関スル衛生上ノ意見（以下「衛生上ノ意見」）」が、とくに有名とのことだ。

事後の報告書だったので、これまでは読み飛ばしていたが、月曜に帰るのをやめて、兵営の資料庫で衛生関連の資料に当たってみようと思った。

取材予算は十分にあるので、まだ青森に滞在することはできるが、編集長の桐野からは「いったん帰ってこい」と言われる可能性が高い。

「そのことで何か引っ掛かっているんですか」

「ええ、まあ」

「この事件に関することなら、何なりとご相談下さい」

小山田が誠意溢れる口調で言う。

「いや、実は不思議なんですが――」

菅原が今考えていた疑問を口にする。

「なるほど。言われてみればそうですね。あたかも事件を待っていたかのように、東京から次々と軍医が派遣されている」

「そうなんです。しかも第五連隊の衛生上の責任者である村上軍医は、所用で雪中行軍隊には不参加となり、代理として最も若い永井三等軍医が随行しています」

「そこから何が考えられますか」

「そうですね――。いや、推測はやめておきます。明日もう一度、資料を探ってみます」

「でもこの事件に関しては、これまで多くの研究家が徹底的に資料を渉猟しています。新事実は、なかなか出てきませんよ」

――さっきまでは「何なりとご相談下さい」と言っておきながら、どうしたんだ。

小山田は少し腰が引けたようだ。菅原に過度の期待を抱かせないためかもしれない。

――だが、待てよ。

ここまでの小山田の様子は、極めて親切な反面、何か自分の意にそぐわないことを菅原が言うと、否定的になることがある。

――性格的なことなのか。それとも近づけたくない何かがあるのか。

しかし小山田が何かを隠蔽する理由はない。すでに大日本帝国陸軍はこの世からなくなり、戦後の戦史研究家たちにより、その名誉さえも否定されるような事実が、次々と出てきているのだ。

「確かに文書類を調べていっても、謎は解明できないかもしれません。ただ私の仕事は、事件の謎を解明することではなく、謎を謎のまま提示するだけで十分なんです」

「そうでしたね。後は読者に委ねると――」

「そうです。ただ読者も利口なので、ある程度の状況証拠は必要です。それを集めないと、記事は説得力を持たないんです」

「よく分かりました」

小山田の顔に笑みが戻った。

帰路は早かった。道が下っていることもあるが、衛生関連の疑問について考えていたので、外の風景を見ているようで見ていなかったのだ。

小山田は、菅原が滞在する予定の青森市内のホテルまで送ってくれた。

クルマを降りた菅原は厚く礼を言い、礼金を差し出した。小山田はいったん断ったが、最後には受け取り、押し頂くようにして礼を言われた。中には十万円入れてあるので、二日間の経費と日当としては十分なはずだ。しかし領収書はもらいにくいので、帰京してから経理部に弁明しなければならない。

――厄介なことだな。

菅原はため息をついた。

最後に菅原が「これでお別れですね」と言うと、小山田は「明日、休暇を取っているので、資料調査をお手伝いしますよ」と言ってくれた。菅原は固辞したが、「私の楽しみなんです」とまで言われたので、来てもらうことにした。

その時、小山田が「領収書を持っていきます」と言ってくれたので、菅原はほっとした。

ランクルがホテルの角を曲がるまで見送ると、菅原はため息をついた。

——濃密な二日間だったな。今日はゆっくり休もう。

急に多くの情報を仕入れたためか、頭の中は混乱していた。普段から体を鍛えていないので、体力的にも限界に近いものがあった。

ビジネスホテルなのでロビーは狭い。右手のソファに目もくれずにフロントに向かった菅原だったが、その時、記憶にある香りが漂ってきた。

——この匂いは何だったか。まさかディオールの「ジャドール」か！

それに気づいた瞬間、肩に手が置かれた。

「お疲れ様」

菅原が振り向くと、薄手のコートを片手に持った桐野が立っていた。

「いったい、どうしたんです」

菅原は戸惑いを隠せない。その簡素で趣のないビジネスホテルのロビーと、ファッションの最先端を行くシャープなスーツをまとった桐野が不釣り合いに見える。

「来ちゃった」

桐野が媚《こ》びを売るような笑みを浮かべる。

――スーツはドルチェ＆ガッバーナか。確か妻がファッション誌を見ながら、「ほしいわ」と言っていたやつだな。

「来ちゃったって――、どうしてですか」

経緯は分からないが、明日からの作業がいかに地道で大変なものになるか、桐野には分かっていないのだ。

「あなたを手伝いに来たの。それについては後で説明するわ。食事はまだでしょ」

「ええ、まあ」

「食事でもしながら話をしましょう」

「ちょっと待って下さい。その前に荷物を置いて、風呂にも入らせて下さい」

その時、菅原は気づいた。

――俺を手伝うということは、少なくとも一泊は青森に泊まっていくということか。

時計を見ると十九時を回っており、食事をしてからでは、二十時二十分青森空港発羽田行きの最終便に間に合わない。

「桐野さんもお泊まりですか」

「うん。同じホテルに部屋を取っているの」

「そうなんですか。でも――」

「話は後で聞くわ。じゃ、一時間後にここで待ち合わせましょう」

「分かりました」

釈然としない思いを抱きつつ、菅原は颯爽《さっそう》と歩き去る桐野の後ろ姿を見送った。

二

桐野と入ったのは、ホテル内にある飾り気のない和食店だった。そこで向かい合いながら、大間のマグロ、八戸のサバ、青森のホタテなどをつまむことになった。元々、日本酒を好む桐野は、田酒《でんしゅ》や陸奥八仙《むつはっせん》といった青森産の純米酒を「おいしい」と言いながら、次々と空ける。

しばらくの間、酒や食べ物の話題に花を咲かせた後、さっさと切り上げたい菅原は本題に入った。

「いったいどうしたんです」

「どうもこうもないわ。社長に行くよう命じられたの」

桐野が楕円形に整えられた爪をいじりながら、形のいい唇を尖《とが》らせた。ほっそりとした指には、社長からもらったのだろうか、ひとめで高級と分かるパヴェダイヤが敷き詰められたゴージャスなリングが輝いている。

「へえ、どうしてですか」

「私と佐藤が進めていた今月号が惨敗だったのよ」

——確か、「日本服飾史」の特集だったな。

桐野と佐藤はファッション畑出身ということもあり、就任時からこの特集をやりたがっていた。だが次第に話が大きくなり、古墳時代から昭和に至るまでの服飾史をやりたいと言い出した。

それを聞いた時、菅原は失敗を予感した。こうしたものは範囲を広げれば広げるほど内容が薄くなり、読者の食指は動かなくなる。そのため菅原は「人気のある戦国時代に絞るか、甲冑《かっちゅう》史や軍服史にした方がよい」という意見を述べたが、桐野は聞く耳を持たなかった。

「普段の号よりも売れなかったんですか」

「ええ。平均の五割程度しか出なかったわ」

菅原はため息をついた。いくらダメな特集でも平均の七割はキープする。

――固定読者も動かなかったってわけか。

ここからも、「歴史サーチ」の固定読者層が急激に減っていることが分かってきた。

「それで社長の逆鱗《げきりん》に触れたというわけですね」

「そういうこと。『もう、お前には任せられない』だって」

社長が桐野のことを「お前」と呼ぶのは、一度たりとも聞いたことがない。もしも二人の時だけそう呼んでいるのなら、菅原が思っている以上に二人の関係は親密なのだ。

「社長もゴーを出したんですから、責任はあるはずです」

いつの間にか桐野の肩を持っている自分に気づいた。自己嫌悪とも嫉妬ともつかない複雑な感情が、酔いの回り始めた菅原の頭に明滅する。

「そうなのよ。それで挙句の果てに『お前が歴史に詳しくないのは、初めから分かっていた。だからこれからは中身にまで口を出すな。暇だったら菅原でも手伝ってこい』って言われたの」

——それで、素直にその言葉に従ったのか。

社長の言葉を額面通りに受け取った桐野に、菅原は呆れた。

「もちろんあなたは、明日帰らなくてもいいのよ。まだここにいたいんでしょう」

「そりゃいたいですよ。でもここで、編集長が何の手伝いをするというんですか」

「何か調べものがあるでしょう」

「そんなこと言っても、相手は明治時代の文書です。ここまでの経緯が分からなければ、調べられるもんじゃありませんよ」

「お願い。指示通りに動くから。私だって手ぶらで帰るわけにはいかないのよ」

長いまつ毛に縁どられた瞳が見開かれる。目の周囲が朱に染まり、酔いが回ってきているのが分かる。

——やはり、いい女だな。

ふとそんな思いに駆られた。手元を見ると自分の盃も空になっている。

——俺も随分と過ごしているな。

桐野のペースに乗せられたのか、菅原も普段より飲んでいた。

「編集長の立場は分かります」

「そう、分かってくれたのね」

マットゴールドのピアスが揺れる。天井からの照明が、なめらかな頬にまつ毛の影を色濃く落としている。艶やかな唇の間からは白い歯がこぼれ、視線はまっすぐ菅原の目に注がれている。

菅原の脳裏に、箱罠《はこわな》の中にある餌に手を出そうか出すまいか迷い、周囲をうろつく狼《おおかみ》の姿が浮かんだ。

——狼も飢えているのは間違いない。

空になった桐野の盃に酒を注ぐと、桐野は一口で飲み干した。

桐野が、いかなる心境で飲んでいるのかは分からない。だが社内で噂されている「男を手玉に取り、踏み台にしてきた上昇志向の塊のような女」というイメージは、必ずしも正確ではないような気がする。

「少し飲みすぎじゃありませんか」

「私も辛いのよ」

「辛いって、何がつろい、いや、辛いんですか」

菅原も、呂律が回らなくなってきている。

「生きるのが辛いのよ」

——おいおい、いい加減にしてくれよ。

この場で桐野に人生論を一席ぶたれるのはご免こうむりたいが、桐野の辛さを分かち合いたい気もする。

「桐野さんは実績を挙げて編集長にまで上り詰めた。辛いことなどないじゃないですか」

「そんなことないわ。本来なら、私は『サンノゼ』の編集長になれたのよ」

「サンノゼ」とは女性向けファッション誌のことで、二人の所属する会社の看板雑誌でもある。

「だけどその座には、小出《こいで》さんがいるじゃないですか」

小出加代《かよ》は「サンノゼ」を業界で一、二を争うファッション誌に育て上げた名物編集長として、業界の内外で名が知られている。

「あなた何も知らないのね」

テーブルに両肘をついた桐野が眦《まなじり》を決する。

「何をって言われても、『サンノゼ』の事情には詳しくないですからね」

「『サンノゼ』は編プロに丸投げなんてしていない雑誌なの。各号の企画立案から、原稿と図版の作成、デザインや組版まで、誰がやってきたか知ってるの」

編プロとは外注の編集プロダクションのことだ。一般に出版社は企画立案にだけ携わり、編プロに丸投げすることが多い。

「誰がって――、桐野さんですか」

「そうよ。創刊から二年間、業界の五指に入らなかった『サンノゼ』をトップクラスにまで押し上げたのは私よ。数字を見れば、私が副編集長になってから発行部数が増えたのが分かるわ」

――それが評価され、「歴史サーチ」の編集長になれたんじゃないか。

菅原には桐野の不満が分からない。

「どれほど私が努力してきたか分かる。小出さんがファッション業界のお偉いさんと楽しくやっている時に、私は夜遅くまで机にしがみ付いて原稿を書いていたわ」

「そうなんですか。でもそれが評価され、『歴史サーチ』の編集長になれたんじゃないんですか」

「とんでもない。私は体よく追い払われたのよ」

「どうしてですか。小出さんにとって桐野さんが必要なら、追い出すわけがありません」

「違うわ。ここに来て発行部数が頭打ちになってきたから、その責任を私に取らせたの。だから小出さんは、まだ編集長の座にとどまっていられるのよ」

桐野が酒をあおる。だが菅原にも酔いが回ったのか、それを止める気にならない。

ファッション誌によくあることだが、同一人物が長年企画を担当すると、どうしてもマンネリに陥る。人には好みがあるからだ。そうなると読者は、潮が引くように離れていく。それを打破するには、新たな血の導入が必要なのだ。

――小出さんは賢い。桐野に見切りをつけたのだ。

今頃、第二の桐野が徹夜で原稿を書いているに違いない。

「つまり『歴史サーチ』には抜擢ではなく、左遷されたと――」

「そうよ。私はずっとファッション畑にいたかった。キャリアを変えたくなかったの。でも突然、歴史雑誌なんかに――」

その時の口惜しさを思い出したのか、大粒の涙が酔いと興奮で紅潮した頬を伝っていく。泣くまいとしているのか、下唇を嚙む様子がいじらしい。

一瞬、ハンケチを渡そうと思ったが、自分のよれよれのハンケチを受け取るはずがないと思い直した。

「ごめんなさい」

「いいんですよ。誰だって泣きたい時はある。それよりも、もう遅いから行きましょう」

「優しいのね」

「いや、当然のことです」

高慢な編集長の思わぬ苦悩と涙の理由を知り、その上で「優しいのね」と言われれば、菅原とて嫌な気はしない。

菅原は向かいの席に行くと、桐野に肩を貸して立ち上がらせた。

「部屋までお送りします」

「ありがとう」

机の上に置いてあるカードキーを持つと、菅原は部屋番号を尋ねた。

「８０２よ」

――俺は四階だ。ところが桐野は、この安ホテルでも最高級グレードの部屋を取ったんだな。

会社のために経費を節減しようなどとは思わないが、それで十分だから、菅原はエコノミーな部屋を選んだ。だが、そうではない考えの持ち主もいるのだ。

会計は自室につけるようウエイターに告げると、値段も見ずに片手でサインした菅原は、そのままエレベーターに向かった。

エレベーターに乗ると、桐野の「ジャドール」の香りがいっそう鼻につく。ちらりと横を見ると、長い足先がこちらを向き、ヒールの深紅の靴底が菅原を誘うかのように動いている。

——あれは確か、そうか、クリスチャン ルブタンだったな。

妻も同じような靴を一足持っていたことを、菅原は思い出した。

エレベーターを降り、完全に脱力した桐野の体を引きずるようにして運ぶ。

——雪中行軍隊も、こうして仲間を運んだんだろうな。

それに引き換え、菅原は酔いつぶれた上司を運んでいるのだ。その滑稽《こっけい》さに笑い出したくなる。

ようやく802号室に着き、カードキーを差し込んでドアを開けた。同じツインでも菅原の部屋よりも明らかに広い。「お疲れ様でした」と言って桐野をベッドの上に下ろす。

すでに桐野の意識はなく、投げ出されるままに横たわった。

タイトスカートが煽情的《せんじょうてき》なカーブを描き、薄手のストッキングが長い美脚を際立たせる。

無防備に横たわる上司の寝姿をしばし眺めた後、菅原は部屋から出ていこうとした。

その時、背後から「待って」という声が掛かった。

三

深い水底に光が差してきた。

——あそこに向かわなければ。

菅原は懸命に水をかいて水面に上がろうとした。だがどうしたことか、上に泳いでいけない。

焦れば焦るほど光は遠のいていく。

――待て。行かないでくれ。

ふと下を見ると、多くの兵が自分の足を摑んでいる。

――放せ！

それを振り払おうともがくが、兵たちは次第に集まり、菅原の下半身にまで絡み付いてきた。

――いやだ。助けてくれ！

声にならない声を上げた菅原は、上半身を起こした。

――夢だったのか。ここはいったいどこだ。そうか、ホテルの部屋だったな。

カーテンの隙間から朝日が差している。カーテンが空調によってひらひら舞っているので、室内は明るくなったり暗くなったりしている。

ベッドから下りようとしたが、薄いアッパーシーツの下から何かがのぞいている。

――これは何だ。まさか足か！

明らかに自分の足ではない白い足が二本並べられている。

次の瞬間、資料庫にあった「凍傷で切断された下腿《かたい》」の写真が思い出された。

――うわっ！

慌てて逃れようとした菅原だったが、その時、下腿が動いた。

それで、昨夜の記憶がよみがえってきた。

――まさか。

ようやく菅原は何が起こったのか覚った。

「うーん」と言いながら、今度はアッパーシーツの上から黒髪が現れた。続いてオフィスで見慣れた顔がのぞく。

菅原はベッドの脇に茫然《ぼうぜん》と立ち尽くしていた。

——人は些細なことから、抜けられない穴に落ちていくのだ。

雪中行軍隊が、小さな判断ミスから始まった負の連鎖によって深い穴に落ちていったのと同じように、酒の勢いや獣欲から、取り返しのつかないことをしてしまう人がいる。

——俺もその一人なのだ。

菅原は後悔の念に苛《さいな》まれていた。

「起きていたの」

かすれた声がシーツの中から聞こえた。

「今、起きたばかりです」

慌てて時計を見ると、まだ六時半だ。

「どうして、こんなに早く起きるの」

桐野が腫れぼったい顔をシーツから出した。

「いや、別に——」

その時、ひどい頭痛がするのに気づいた。濃い目のコーヒーが無性に飲みたい。

「私たち——」

桐野が何か言い掛けたが、菅原はその先の言葉を聞きたくなかった。

「コーヒーを淹《い》れます。ホテルのドリップだけど」

「ええ、そうしてくれる」

桐野も頭痛がするらしく、すらりと伸びた足をベッドの脇に下ろすと、片手で顔の半面を押さえている。その足元には、脱ぎ散らかした男女の衣服やハイヒールが散乱していた。

下着姿で洗面所に行って用を足し、顔を洗った菅原は、ポットに水を注ぎながら考えていた。

――なんて馬鹿なことをしたんだ。

いかに誘惑されたとはいえ、自分の上司を抱くことになるとは思わなかった。

――どうしたらいい。

本能と理性の双方が「そのことには触れるな」と指示を出してくる。

――そうだな。それがいい。

とりあえず方針を決めた菅原は、ベッドルームに戻ると明るい声で言った。

「お、おはようございます」

――なんて間抜けなんだ。

その台詞の陳腐さに自分でも嫌気がさす。

「おはよう」

桐野があくびをしながら反復する。

菅原は黙って二つのドリップをセットした。

「シャワーを浴びるわ」

そう言うと桐野は、一糸まとわぬ姿でシャワールームに向かった。乱れた黒髪が波打ち、カーテンの隙間から漏れる朝日に照らされた肢体が眩《まぶ》しく輝く。

――学生時代だったら、いい女を抱ければ「もうけもの」だったんだけどな。

そういう単純な立場は、すでに思い出の彼方に去り、今の菅原は複雑な社会の中にいる。すなわち人間関係の中には、「抱いていい女」と「抱いてはいけない女」が明確に区別されている。言うまでもなく桐野は、最も「抱いてはいけない女」の一人だ。

――これからどうなる。

菅原は懸命に思考をめぐらせたが、すべては仮定の域を出ない。

桐野がシャワーを浴びる音が聞こえてきた。何と、次に聞こえてきたのはハミングだ。

――どういうつもりだ。

椅子に腰を下ろして茫然としていると、バスタオルを体に巻き付けた桐野が出てきた。髪をアップにし、肌が上気してピンク色になっている。

「コーヒーはまだなの」

「あっ、忘れていた」

「私が淹れておくから、シャワーを浴びてきていいわよ」

なぜか桐野の口調は、優しいものに変わっていた。

シャワーを浴びた菅原が腰にタオルを巻いたままベッドルームに戻ると、桐野は先ほどと同じようにハミングしながらコーヒーを飲んでいた。

「先にいただいていたわ」

「もちろん構いません」

菅原が対面する椅子に腰掛けると、桐野がドリップ部分を外してカップを手渡してくれた。

「ありがとう」

二人は湯気の立つコーヒーを、夫婦のようにすすった。カーテンの隙間から見える青森の町は、すでに目を覚ましているらしく、鳥のさえずりや車の行き交う音が、かすかに聞こえてくる。

何か温かいものが込み上げてきた。妻との関係が冷え切ってから、こうした感情を抱いたことはない。

「今日はいい一日になりそうね」

「ええ、まあ」

次第に気持ちが「いつもの関係」に戻っていくのが、ありありと分かる。

――俺はこいつの下にいるんだ。

一夜を共に過ごしたとはいえ、その事実が次第に頭をもたげてくる。

桐野が足を組む。しなやかな美脚がタオルの隙間からのぞく。

「あたしね、佐藤を飛ばそうと思っているの」

――唐突に何だ。

予想もしなかった言葉が、桐野の口から発せられた。

「吸っていいかしら」

桐野がマールボロ メンソールの箱を振る。

「もちろん構いません」

菅原が答える前に煙草《たばこ》を取り出した桐野は、口紅の塗っていない口にくわえるとライターで火を点けた。

「やっぱり、この世界は詳しい人じゃないと務まらないと思うのよ。佐藤の歴史知識は高校生レベルでしょ。私と何も変わらないわ」

――つまり俺が必要ってことか。

だが菅原とて、歴史に詳しいと言っても素人の域を出ていない。

「私だってそれほど詳しくは――」

「この件が成功したら、つまり実績が上がったら、あなたに副編をやってもらいたいの」

横を向いて煙を吐き出した後、桐野は菅原を見据えた。

菅原は何と答えていいか分からない。

――「やります!」と答えて桐野に抱きつき、もう一戦挑むか。

その滑稽な様を思うと、笑いが込み上げてくる。

「ねえ、いいでしょう。あなたが頼りなのよ」

桐野が媚びを売るような笑みを浮かべる。おそらく鏡の前で何度も練習してきたのだろう。その首を傾ける角度が堂に入っている。

「今、お答えすることはできません。彼には彼の立場がありますから」

「そうね。何事も実績次第だわ。でもね、私の首が飛ぶ前に副編になっておけば――」

「そういう話はやめましょう」

――もう目の前にニンジンをぶら下げられるのはたくさんだ。

管理職がニンジンをぶら下げることしかできないのは、よく分かる。だが鮮度が失われつつあるニンジンをぶら下げられても、食指は動かない。

――俺は桐野に利用されているんだ。

桐野は菅原を懐柔し、言いなりに働かせるために体を与えたのかもしれない。だが抱いてしまった限り、食虫植物に捕らえられた虫も同じなのだ。

――もう、しがらみに搦《から》め捕られるのはうんざりだ。

だがまさか、「体を与える」という形で捕らえられるとは思わなかった。

――抱いたことで弱くなるのは俺だ。桐野じゃない。

再び桐野から求められた時、菅原は断れるか自信がなかった。すでに菅原は心身共に桐野に組み敷かれ、この関係から抜け出せないような気がしていた。あたかもそれは、出口の見つからない鳴沢のようだった。

――俺は今泉見習士官のように、懸命に倉石を蘇生させた末、強烈なしっぺ返しを食らうかもしれない。

雪の中で、必死に桐野を介抱する己の姿が目に浮かぶ。

「後悔しているのね」

桐野はガラス製の灰皿を引き寄せると、乱暴に煙草をもみ消した。

「そんなことはありません。男として――」

「男として何なの。今の時代、男女は同等よ。私はあんたをほしくなった。あんたも私とやりたくなった。それでいいじゃない」

「すいませんでした」

「いいのよ。気にしないで」

一瞬にして穏やかな顔つきに戻った桐野が、甘えるような声音で問う。

「一つだけ聞いていいかしら」

「何でしょう」

「私たち――、また寝ることになるかしら」

菅原は唖然として言葉もなかった。

四

菅原と桐野は、ホテルの駐車場に停めておいたレンタカーで自衛隊青森駐屯地を目指した。

桐野は昨夜のゴージャスなスーツから一転し、地味な水色のニットワンピースにカジュアルなパンプスを履き、仕事モードに入っている。

ホテルを出る頃には、昨夜のことなどなかったかのようにクールな一面を取り戻し、菅原に対し、いつもと変わらない態度で接するようになった。

——これが昨夜、俺の腕の中にいた女なのか。

何が現実で何が想像なのか、菅原は分からなくなった。

桐野は窓外を走りすぎる青森市街を眺めながら、「ここも寂《さび》れているわね」などと言っては髪の毛をかき上げている。確かに他県の都市同様、青森の市街地もシャッターを下ろしたままの店が多くなっている。

経済成長の鈍化と人口の減少は、確実に日本の地方都市を蝕《むしば》んでいた。その波はすでに東京近郊まで押し寄せてきており、さほど遠からぬ未来、日本全体を覆うのは間違いない。

——明治から昭和を生きた人たちは皆、坂の上の雲を見ていた。だが俺たちは今、坂の下にある暗い闇を見ている。

それが、下り坂の日本で三十代を迎えた菅原たち世代が直面する現実だった。

隣をちらりと見ると、桐野が進行方向を見るともなく見ている。その高い鼻梁《びりょう》や整った顎の線は十分に魅力的だが、明るい未来を予感させるものは何一つない。

——だがそれは、俺も同じじゃないか。

桐野の顔が自分の顔を映していることに気づいた時、菅原は愕然とした。

自衛隊青森駐屯地の門前に着くと、すでに小山田が待っていた。

「おはようございます」

小山田が元気よく挨拶したので、レンタカーを降りながら菅原もそれに応えた。

「おはようございます。二十分も遅れてしまい申し訳ありませんでした」

時計を見ると九時二十分を指している。ホテルからここまで十五分しか掛からないが、桐野が支度に手間取り、遅れてしまったのだ。

「あっ、お連れさんと一緒だったんですか」

助手席から現れた桐野を見て、小山田は驚いたようだ。

「すいません。うちの編集長です。応援に来てもらいました」

桐野は愛想笑いを浮かべながら、小山田に近づいていく。

「桐野と申します。菅原がお世話になっているそうで、ありがとうございます」

「いや、そんな、たいしたことはしていません」

都会の匂いを身に付けた女性に、小山田は慣れていないのだろう。突然のことに舞い上がっている。

――一流のブランド品で着飾ってはいるが、一皮むけばただの女だ。

そう思えるのも、昨夜のことがあったからだろう。だが菅原は、これまでと何一つ変わらない態度で桐野に接しようと思っていた。

「今日は私も手伝います。よろしくお願いします」

ロングヘアをなびかせながら、桐野が色目を使うように頭を下げる。

「いえいえ、お力になれるだけでうれしいです」

二人が頭の下げ合いをしているところに、正門のすぐ内側にある守衛詰所から中西五郎が現れた。中西も桐野を見て驚いたようだが、さすがに都会からの客には慣れているのか、とくに照れる様子もなく三人を資料庫に案内してくれた。


菅原の話を聞いた中西が、感心したように言う。

「ほほう。いいところに目をつけましたね」

菅原が続けようとした時、桐野のハスキーな声が割って入った。

「そうなんです。いつも菅原の目のつけどころはいいんですよ」

「いや、そんなこともありません。たまたまです」

「本人は謙遜していますが、菅原は私ども『歴史サーチ』編集部のエースですから」

桐野が盛んに持ち上げるので、菅原も悪い気はしない。

──桐野も俺に一目置いているんだ。

桐野の強めの香水の匂いさえ不快でなくなってきた。

中西がうなずく。

「分かりました。では、そのあたりに関する資料を探してきます」

「あっ、私にも手伝わせて下さい」

小山田が中西の後を追う。

菅原と桐野も立ち上がりかけたが、中西が「お二人は、そこで待っていて下さい」と言ったので、その言葉に甘えることにした。

「ねえ」と隣に座る桐野が、顔をしかめながら呟く。

「ここは臭いわね」

確かに資料庫には黴臭い臭いが充満している。

「古い資料が置いてある場所は、どこもそうですよ。だから『来ない方がいい』と言ったじゃないですか」

「分かっているわ。でも、もう来てしまったんだから仕方ないわ」

「何なら体調が悪くなったことにしますから、ホテルに戻っていただいても構いませんよ」

「いいえ、今日は手伝うと決めたの」

桐野が意気込む。

――それほど大げさなことか。

菅原は呆れたが、桐野は大真面目だ。

「そうだ。彼らが戻る前に要点を説明します」

「そうね」

菅原はこれまでの経緯と、問題の焦点を分かりやすく説明した。しかし桐野は気乗りしないようで、爪をいじりながら耳を傾けている。

「以上です。分かりましたか」

「うん。分かったわ」

桐野が生返事をする。

――分かってやしないな。

行軍隊の知識がゼロに等しい桐野なのだ。要点だけ聞いて理解できるはずがない。

しばらくして中西と小山田が戻ってきた。

「ありましたよ」

笑みを浮かべた中西が、埃だらけの「衛生調査報告」と「衛生上ノ意見」と書かれた資料を机の上に置いた。その時、埃が立って桐野が顔をしかめたのを、菅原は見逃さなかった。

「貴重な資料をお持ちいただき、ありがとうございます」

桐野が如才なさを発揮する。

「少しばかり説明させていただくと――」

中西によると、明治三十五年当時、日本が東アジアの北部、すなわち満州方面へと進出するにあたって、軍医たちの最大の関心事は「寒帯医学」と「寒帯衛生」だった。この分野の研究は、それまでほとんどなされておらず、事件のかなり後で軍医総監となる森林太郎こと森鷗外は、日露戦争開始直後の明治三十七年に発行された「防寒略説」という論文で、その必要性を強く説いている。

「つまり――」と、小山田が中西に問う。

「防寒対策は、かねてより明治陸軍の大きな課題だったわけですね」

「その通りです。しかしどの程度の寒さまで人間の肉体が耐えられるか、どのような服装や装備なら凍傷にかからないかといったデータは取れていなかったわけです」

「確かに、実験しないとデータは取れませんよね」

小山田の言葉が重く響く。だが中西は、それを笑い飛ばすかのように言った。

「いくら当時の陸軍が兵を人として扱わなかったとしても、そこまではやらないはずです」

「そこなんです」と、菅原が切り込む。

「私もずっとそう思ってきました。しかし軍部が、観測史上最悪の天候に遭遇し、百九十九人もの犠牲者を出すとまでは思っていなかったとしたらいかがでしょう」

「つまり死者が出ることは想定していなかったと――」

「はい。想定していたのは、せいぜい凍傷者くらいだったのではないかと思います」

「では、彼らは実験台にされたというのですね」

中西の顔に緊張が走る。

「まだ、そう決めつけるのは早計です。それよりも、その裏付けとなるものを探しましょう」

「待って下さい」

中西の声音が急に厳しくなる。

「われわれは自衛隊ですから、かつての第五連隊とはつながっていません。そうは言っても隊の不名誉になるようなことは、記事にしてほしくありません」

菅原が強い口調で返す。

「この調査は、第五連隊はもとより自衛隊の名誉を傷つけるものではありません。あくまで、かつての軍部を糾弾するものです」

しばし考えた後、中西が言う。

「分かりました。おっしゃる通りだ。協力させていただきます」

四人はそれぞれ分担を決め、資料の調査に入った。チェックすべき点は服装と装備に関するものだ。

「あったわ」

一時間半ほど経った時、桐野の上ずった声が聞こえてきた。

桐野には皆の知識に追いつく意味もあり、最も初歩的な「大臣報告」「顚末書」「遭難始末」から読ませていた。

「ここに服装のことが書かれているわ」

ゴージャスなリングで飾られた指が、それとは不釣り合いな「遭難始末」のある箇所を示す。

「ああ、そこですね。そういえばそうだった」

中西がすでに知っていたかのように言うと、小山田は「そうだ。灯台下暗しでした」と苦笑した。つまり二人にとっては、すでに見たことのある一文なのだ。

菅原が読み上げる。

「略装にして防寒外套を着用し、藁沓を穿ち（履き）、下士官以下飯盒雑嚢《ざつのう》及水筒を携へ、一般午食《ひるしょく》及糒《ほしいい》三食分・餅六個づつ携行すべし。其他背囊入組品は随意とす」

四人がその文字を目で追う。

「これは、どういう意味ですか」

菅原の問いに中西が答える。

「ここで言っている略装とは、通常時や戦闘時に着用する服装のことで、二種帽、軍衣袴《ぐんいこ》、短靴から成り、防寒用の外套は、『ねずみ色毛布外套』と呼ばれる毛布を素材にした兵卒用のもので、日清戦争の時に大量生産されました。その付属品として頭巾、毛皮の襟巻《えりまき》、耳掩《みみおおい》、手套《しゅとう》（手袋）といったところが付いてきました」

「軍服の素材は何ですか」

「『小倉《こくら》』と呼ばれる綿織物で、いわゆる夏服です」

「夏服ですか」

三人が息をのむ。

「ちょっと待って下さいよ」

中西が積んであった資料の中から、神成大尉が書いた「計画原稿」なるものを引っ張り出した。

「ここには『上等兵以下略衣』と書かれています」

中西が該当箇所を指し示す。

そこには「略装にして一般防寒用外套手套着用藁沓を穿ち上等兵以下略衣袴を着用のこと。但し輸送員は背嚢を除き普通外套を肩に懸くること」と書かれていた。

「ど、どういうことですか」

菅原の動悸《どうき》が早まる。

「これは――、つまり兵卒は綿の夏服を、下士官と将校は羅紗《ラシャ》という毛織物の軍服を着用しろということです」

「つまり実験をしたとすると、兵卒だけと――」

「そういうことになります。しかも将校の服は自弁でどうにでもできたので、高級な生地を使ったり、裏地を毛皮にしたりと自由だったのです。それだけでなく将校たちは保温性の高い毛織物の肌着を着けていました。その一方、下士官以下は支給品の木綿の肌着を着けさせられていました。木綿は汗をかくと肌にへばりついて体を冷やすので、寒冷地には向いていません。まさに凍傷になってこいという――」

中西が「はっ」としたように口をつぐむ。軍人という立場上、説明時には主観を挟まないようにしているらしい。

「どうしてそんなことをさせたのです」

「私にも分かりません」

中西が「お手上げ」のポーズをする。

「ここを見て下さい」

小山田がある記事を指差した。

「これは二月五日の報知新聞の記事ですが、『水野中尉はシャツズボン下各二枚に靴下三枚を着け軍服を着し実家より送られたる防寒衣を身に纏《まと》い足に藁沓穿ちたるまま棒の如く真直ぐに氷結し居られ云々』とあります」

水野中尉とは水野少尉の間違いで、かつての新宮藩水野家の嫡男のことだ。

「水野少尉は藁沓だったんですね」

菅原の問いに小山田が答える。

「比較的早い時期に脱落した原因は、おそらくそれでしょう。将校なので何を履いても構わないにもかかわらず、冬の八甲田を甘く見ていたのか、水野少尉は藁沓を履いていました」

中西が付け加える。

「そうですね。生き残った倉石大尉などは、厚いゴム靴の上にオーバーシューズなる革製の覆いを付けていました。しかも靴下の上に短靴を履き、さらにゴム靴を履いていたので万全でした。また伊藤中尉は藁沓でしたが、その上に脚絆を巻いていたので、雪が入り込まず凍傷になりませんでした」

「いずれにしても兵卒は原則、『計画原稿』にある服装規定に従わねばならなかったわけですね」

桐野が獣のように鋭い目つきで問うと、それにたじろぎつつも中西が答えた。

「そうなんです。後の調査によると、服装規定に正直に従った者で、生き残ったのは二名ほどしかいません。というか服装規定に違反しない部分で、いくらでも工夫ができたんです。足に油紙を巻く、靴の中に新聞紙を敷く、靴下の中に唐辛子をつぶして入れるなどすれば、ある程度の防寒対策になりました。生き残った人たちは凍傷で足を切断されても、大なり小なりそうした工夫をしていました」

小山田が問う。

「そうした情報が、なぜ行き渡らなかったんですか」

「そこには様々な事情があったようです。時間的に余裕がなかったのも一つだし、酒保《しゅほ》（駐屯地内の売店）で売っている油紙や唐辛子が、すぐに売り切れてしまったとも言われています。しかし何と言っても、防寒に対する教育不足がありました」

「それに――」と小山田が付け加える。

「田代温泉を目指したことで、そればかりを楽しみにし、重ね着すればよいシャツも、あえて一枚にしている者がいました」

「そうなんです。目的地が温泉でなければね」

中西が残念そうに続ける。

「だいたい服装規定と言っても、出発前にチェックされるわけじゃないんです。それを知っている古株も、温泉に行くという気の緩みからか薄着でしたからね」

桐野が小首をかしげながら問う。

「カイロは持っていなかったんですか」

「カイロは当時、高級品ですよ。小原伍長の証言によると、誰も持っていなかったようです。酒保でも売っていなかったんじゃないかな」

様々な情報を勘案すると、あれだけの荒天にならなくても、相当数の凍傷者が出たと思われる。

「だいたい当時の兵卒の給料で、こうした防寒用品を自腹で買っていたら、金がいくらあっても足りません。だから高給取りの士官たちには買えても、薄給の兵卒には無理だったんです」

中西が節くれ立った指で目頭を押さえる。

「中西さん、お座り下さい」

桐野が椅子に中西を導く。

「すいません。つい行軍隊に同情してしまって」

「いいんですよ。気になさらないで」

桐野のたおやかな手が中西の背を優しく撫《な》でる。

――服装規定の存在が、人体実験を証明している。

菅原は興奮を隠しきれなかった。

――俺は遂に見つけたんだ。

喜びがじんわりと溢れてくる。

――これで俺は社内でも注目される。皆の祝福を浴び、もしかすると編集長への道が開けるかもしれない。

そんな下卑《げび》た想像までしてしまう。

――何を考えている。今はそんなことを考える時ではない。

小山田がうなずきつつ言う。

「言うまでもなく『計画原稿』なるものに出てくる服装規定が、神成大尉の意図でないのは明らかです」

「では、どこから出ていたんですか」

「それを調べるのは後にして、少し休憩しましょう」

小山田の言葉で、いったん休憩することになった。

五

資料庫のある防衛館の外に出ると、青森湾から北風が吹いてきていた。

菅原は、胸の中の澱《おり》を一掃してくれるような爽快さを感じていた。だがそれも、すぐに漂ってきたマールボロ メンソールの匂いにかき消された。

「ここはすごいところね」

桐野が煙草を片手に近づいてきた。菅原の傍らには灰皿立てがあるので、ここは喫煙が許されている場所らしい。

「何が、ですか」

「言うまでもないわ。あれよ」

優雅に紫煙を吐き出しつつ、桐野が防衛館の外に展示されている戦車や高角砲を指差す。

「あれがどうかしたんですか」

「物騒なところね」

「曲がりなりにも自衛隊は軍隊ですから」

菅原は笑みを浮かべたが、桐野は笑わずに話題を変えた。

「それで――、いい感じになってきたじゃない」

「ええ、まあね」

菅原は少し得意だった。

「ねえ、お腹《なか》すかない」

時計を見ると、十一時半を差している。

――これからという時に、「腹が減った」とはな。

この件にのめり込んでいる菅原には、昼飯のことなど念頭になかった。だが桐野の機嫌を損ねるわけにもいかない。

「もうこんな時間ですからね。お昼にしましょう」

タイミングよくやってきた中西に相談すると、外部の人が駐屯地内の食堂で昼食を取れないこともないが、手続きが面倒なので外に行った方がよいとのことだった。駐屯地内の食堂の料理が、桐野の口に合わないことを考慮しての発言に違いない。

結局、小山田の案内で外へ行くことにした。

桐野は優雅な手つきで煙草をもみ消し、「行きましょう」と言いながら、断りも入れずに小山田のクルマの助手席に乗り込んだ。


午後になって再び作業が始まった。だが予想に違《たが》わず、史料類から新しい証拠が出てくるはずもなく、これ以上の探索は無駄だった。

午後四時半、菅原は引き時を覚った。

「残念ながら、略装の指示は神成大尉の『計画原稿』だけにとどまり、軍部から何らかの指示があったという痕跡は見つけられませんでした。このあたりで撤退したいと思います」

「英断ですね」

小山田が笑みを浮かべる。引き時を誤った行軍隊と比較して言っているのは明らかだ。

中西が言葉を引き取る。

「残念ですがおっしゃる通り、当時の軍部の隠蔽工作は完璧に近いものでした」

「待って」

その時、桐野のハスキーな声が聞こえた。どうやら何かを見つけたらしい。

「ここを見て。この事件の事故調査に当たった一等軍医正が、この五年後に胃潰瘍で亡くなっているわ」

桐野が見つけたのは、過去の研究家が見つけて著作に転載したらしい小さな新聞記事だった。

そこには、「すべての凍死者を検死したことで、かなりの精神的負担があったのだろう」と著者の推測が述べられているが、とくに軍部の指示には触れていない。

「胃潰瘍か」

菅原が呟く。

「小説なら、この事件のデータ取りと隠蔽工作を担当したことで、良心の呵責に苛まれて胃潰瘍になったという物語が作れるんだけどな」

小山田が同調する。

「不謹慎ですが、小説なら自殺にするんじゃないですか」

「自殺、か」

良心の呵責に堪えかねて、現場担当者が自殺することは十分に考えられる。

「よろしいですか」と言って桐野がまとめる。

「記事としては、ここまでで十分です。私たちの仕事は歴史の謎を解明することではなく、それとなく匂わせ、後は読者に委ねるという形で十分なんです」

誰がこの場を仕切っているのかを強調するように、桐野が菅原を見据える。

「菅原君、いいわね」

「編集長がこれで十分だとお思いなら、私は構いません」

それがサラリーマンの模範解答だ。

「それなら菅原君は必要箇所をコピーして」

菅原が資料の整理に入ると、桐野があらたまった口調で言った。

「お二人は、もうここまでで結構です。お礼の申し上げようもありません。でもせっかくなので、今夜の夕食でもご一緒しませんか。経費はこちらで持ちます」

突然の誘いに、中西が顔の前で手を振りながら答える。

「私は遠慮させていただきます。野暮用もあるので」

「それは残念ですわ。ご一緒したかったのに」

桐野がさも残念そうに言ったが、実際は初老の中西に来てほしくなかったに違いない。

——中西さんにも、おそらく野暮用などないのだろう。自衛隊員という立場から、俺たちとの間に距離を置こうとしているに違いない。

「小山田さんはいかがですか」

媚びを売るように問う桐野に、小山田が遠慮がちにうなずく。

「お邪魔でなければ、ご一緒させていただきます」

「どこか、おいしいお店をご存じないですか」

「もちろんです。何が食べたいですか」

「そうね。やっぱり旬の魚介類かな」

そうしたやりとりを聞きつつ、史料類を整理した菅原は、中西の案内でコピー機のある部屋に向かった。


小山田が案内してくれたのは、青森県観光物産館アスパム内にある郷土料理屋だった。さほど広くない店内はほぼ満席だったが、事前に電話で予約していたことが功を奏し、待たずに入れた。

早速、酒が入って上機嫌となった桐野が、隣に座る菅原の肩を叩きながら言う。

「今回の件は、すべて菅原君のおかげよ」

「ありがとうございます」

小山田が注いだ酒を飲みながら、桐野は盛んに菅原を持ち上げる。

「確かに、菅原さんの指摘の数々は鋭かったな」

小山田が同調する。

「それほどでもありませんよ」

心地よい達成感を伴う酔いが、菅原にも回り始めていた。

「何も謙遜することはないわ。今回の謎を見つけた功績は大きいわ」

「そうですね。まさか軍部が、軽装を指示しているとまでは気づきませんでした」

菅原はうれしくなり、桐野の盃に酒を注いだ。

小山田がまとめる。

「明確な命令が出ていたと証明できたわけではありませんが、当時の軍部が、あえて兵卒たちを凍傷や低体温症の実験台にしようとしていたと推察できる状況証拠はそろっています。しかも村上一等軍医は、何らかの理由で行軍隊に参加しなかった。その代わりに永井三等軍医が参加したわけです。おそらく軍部は、経験豊富な村上を温存した上で事後調査をさせたかったのでしょう」

「ということは、永井三等軍医は――」

桐野の問いに小山田が答える。

「捨て駒でしょう。可哀想に」

口惜しさをにじませて、小山田がさらに付け加える。

「しかし軍部の思っていた以上に深刻な事態を招いてしまい、軍部と医務局は第五連隊の津川連隊長らと共に隠蔽工作に走ったのです。各種報告書が都合のいいように書き換えられているのが、何よりの証拠です。そして一等軍医正が東京にその成果を持ち帰り、凍傷や低体温症への対策ができた帝国陸軍は、満州での戦いに万全の防寒対策で臨めたわけです。しかし一連の謀略に携わった一等軍医正は、自らの行為に思い悩み、五年後に胃潰瘍で死去した、という感じですかね」

その仮説に満足したかのように、桐野が満面に笑みを浮かべて盃をあおる。

「いいラフストーリーね。小説にしたら上出来じゃない。ねえ、菅原君」

「そうですね。雑誌記事は歴史研究と違い、明確な根拠を示す必要がないので、これで十分でしょう」

小山田が祝福する。

「よかったですね。もしかすると凄《すご》い発見になるかもしれませんよ。いつか誰かが、その根拠を探り当てるかもしれない」

「そうだとしても、われわれじゃないわ。われわれはこれで十分」

「そうですね。おめでとうございます」

「小山田さんのおかげですわ」

桐野が科を作るようにして小山田の盃に酒を注ぐ。整えられたネイルが、淡い照明を受けて艶やかに輝く。菅原は軽い嫉妬を覚えた。

「ありがとうございます。先ほどはお疲れ様の乾杯でしたが、今度は特集の成功を祈って乾杯しましょう」

「そうね。乾杯！」

三人が盃を合わせる。

その時、別のテーブルにいた十人ほどの一行が引き揚げることになり、一斉に席を立った。だが幹事らしき男が会計に手間取っている。彼らはコース料理を頼んだらしく、店の人と一緒に参加者の頭数を数えている。

「当初は十人で申し込んだけど、一人キャンセルしたので九人になったと言ったでしょう」

「いや、料理の支度が済んでいたので、当日キャンセルは無理です」

「でも、料理は九人分だったでしょう」

「いや、十人分出しましたよ」

その時、別のメンバーが「いいよ、払ってやろうよ」と言ったので、皆が「そうだ、そうだ」と同意した。

「一人消えたと思えばいいじゃないか」

「申し訳ありません」

店長らしき人物が恐縮する。

瞬く間に話がつき、一行は和気あいあいとしたムードのまま「次に行こう」「カラオケはどうだ」などと話しながら出ていった。

——待てよ。今、一人消えたと言ったのか。

その時、菅原の脳裏で何かが引っ掛かった。

——そうか。まだあの問題が残っていたな。

「うるさいのが、ようやく行ったわね」

桐野が「やれやれ」といった顔つきでため息をつく。

「地元の会社員ですね。こちらの気質で、何事にも言葉が足りないので、こうしたことが、しばしば起こります」

笑顔の小山田に、菅原が真顔で問う。

「小山田さん、もう一つ問題が残っていましたね」

「もう一つって何よ」

桐野が首をかしげる。

菅原が興奮気味に、かつて引っ掛かっていた遭難者数の錯誤の話をした。

「一人くらいいいじゃない。だいいち、その話題じゃ特集にならないわ」

小山田も桐野に合わせる。

「人数の問題は、新聞各社の報道が概数だったとすれば済む話ですからね」

「確かに単なる錯誤かもしれませんが——」

「そうよ。そんな話、誰も面白がらないわ」

桐野の双眸が潤み、胸元からのぞく色白の肌も朱に染まり始めている。呂律も回りにくくなっており、酔いが回り始めているのは間違いない。

小山田が笑みを浮かべて言う。

「菅原さんは、もう大魚を釣り上げたんだ。そんな雑魚《ざこ》を追いかけることはありませんよ」

――人一人が雑魚なのか。

小山田の言い方が少し気になる。

「そうかもしれませんが、どうしてもすっきりしないんです」

「気にしないことです」

「とは言っても、人一人の命ですからね」

「でも軍部が、それを隠蔽する理由が分からない」

「それは遺体を見つけられなかったからでしょう。遺体が忽然《こつぜん》と消えたとあっては、国民に示しがつかない。苦慮の果てに、『だったら初めからいなかったことにしよう』となったわけです」

桐野が口を挟む。

「でも、そうだとしたら遺族はどうなるの。自分の大切な子や兄弟が遭難者に含まれていないなんて、さすがに訴え出るわよ」

「そこなんです。どうしても解せないのは」

「この話はここまで」と言わんばかりに、小山田が話を戻す。

「もういいじゃないですか。まずは特集の目玉が定まったわけですから」

「そうね。その通りだわ。菅原君も私たちの仕事を見失わないで」

「そうですね」

二人に説得される形で、菅原は戈《ほこ》を収めた。

その後、お開きとなり、小山田は運転代行を呼んで帰っていった。すでにホテルの駐車場にレンタカーを戻していた菅原は、桐野と共にタクシーでホテルまで戻った。

桐野の頭はすでに仕事に向かっているらしく、タクシーの中で特集の段取りやレイアウトについて盛んに話していた。

フロントに軽く会釈し、エレベーターに乗ると、酒と香水の匂いに混じって、気まずい沈黙が漂ってきた。

——俺から誘われるのを待っているのか。

プライドの高い桐野のことだ。自分からは誘えないのかもしれない。だが、ここで再び寝てしまえば、ずるずると深い関係になってしまうのは目に見えている。

エレベーターが四階で止まった。

「それではこれで失礼します。おやすみなさい」

一歩踏み出した菅原の背に、桐野のはっきりした声が聞こえた。

「お、や、す、み、な、さ、い」

エレベーターのドアが閉まる直前、菅原が振り向くと、桐野はミステリアスな笑みを浮かべていた。その顔には、「あなたの気持ちは、何でもお見通しよ」と書かれていた。

六

十時五分青森空港発羽田行きの便に乗った菅原と桐野は、午前中に羽田に着くことができた。

だが桐野が「疲れているので帰りましょう」と言ったので、菅原も会社には顔を出さず、自宅に戻ることにした。

自宅マンションに戻ると、ポストは郵便物で溢れ返っていた。ほとんどがＤＭだが、一通だけ、目立たない封筒に弁護士事務所の名が書かれたものが交じっていた。突然、自分の直面する現実がのしかかってくる。

弁護士事務所から来た封筒だけを胸ポケットに入れると、菅原は鍵を開けて部屋の中に入った。埃っぽい臭いが室内に充満している。

――これからここで孤独に生き、孤独に死ぬのか。

それを思うと情けなくなってくる。再婚でもしない限り、ここで孤独死する可能性もあるのだ。美人で気立てがよく、金銭感覚のまともな女性と出会うなど、天文学的な確率なのも分かっている。だが今回の離婚によって受けた精神的ダメージは大きく、よほどのことがない限り、再婚に踏み切れるとは思えない。

唐突に、桐野の顔が浮かんだ。

――何を考えているんだ。あんなのと結婚しても、一年と持たないだろう。

菅原は自虐的な笑いを浮かべるしかなかった。

風呂のスイッチをつけて部屋に戻り、先ほどの封筒を開けると、妻の頼んだ弁護士事務所から調停前の非公式協議を開きたいという旨の書面があり、開催日を明日に指定してきていた。

――参ったな。

日にちを変えても構わないのだろうが、さっさと済ませたいので先方の指定してきた日時に、指定された場所に行くことにした。

幸いにして、社長を前にした特集のプレゼンはあさってなので、明日は休暇を取ることもできる。

早速、桐野に電話すると、「仕方ないわね。資料はこっちでまとめとくわ」と、迷惑そうな口調で言いながらも認めてくれた。本来なら菅原が自宅で作ればいいのだが、青森で集めた資料を会社に送ってしまったため、自宅で作業できないのだ。

――桐野にとんだ借りを作っちまったな。

だがそうした借りよりも、今回の資料作りに参加できなかったことが残念だった。

――桐野は事件の全貌を理解できているのか。

もう一度電話して、プレゼン資料をメールで送ってもらえないかと頼むと、「私もぎりぎりになるから無理よ。口頭でカバーすればいいじゃない」と返してきた。

「さもありなん」と思った菅原は、それ以上は要求しなかった。だが男女の関係になる前だったら、「プレゼン資料を送ってくれ」とも言えなかったに違いない。

その日の午後は久しぶりにゆっくりと過ごせたが、翌日の協議を思うと憂鬱になった。

相手は弁護士で、こちらは法律の知識を持ち合わせていない。少なくとも相手方の要求を聞くだけにし、それを元に、自分がこれから雇う弁護士と対策を練るべきだと思った。

翌日、指定された喫茶店に行くと、若い弁護士が待っていた。

弁護士は妻からの依頼内容を話し、妻の要求を伝えてきた。言うまでもなく法外な要求だったが、そこでは何も言わず、ただ聞くだけにした。

弁護士によると、すでに家庭裁判所に「離婚調停」の申し入れを行っているが、この条件をのむなら取り下げるので、一週間以内に連絡してほしいという。そのあまりに一方的な提案にむっとしたが、弁護士相手に怒っても仕方ない。菅原は条件書を受け取ると喫茶店を出た。一時間とかからず調停前協議は終わり、第一回の離婚調停の日程を調整することになった。

その日の夜、飯を食ってから帰ろうと思ったが、誰もいない部屋に帰るのが嫌になり、何度か行ったことのある駅前のバーに立ち寄ってみた。

平日なので店は閑散としており、バーテンも無口なので何かを考えるのにちょうどよい。菅原はスモールバッチ・バーボンのブッカーズをロックで飲んだ。芳醇な香りが漂う琥珀《こはく》色の液体が喉を通り過ぎると、続いて腹が熱くなる。青森での仕事がうまく行ったからか、菅原は久方ぶりに酒のうまさを感じた。

だが眼前に横たわる離婚手続きや、それに付随して起こるはずの妻とのやり取りを考えると、憂鬱になってくる。そのため菅原は、仕事のことだけを考えようと思った。

——あと一人は本当にいたのか。

特集記事のことを考えようとしたが、どうしても思考は人数の問題に行ってしまう。

様々な状況証拠から、第五連隊が七月二十三日まで何かを探していたことは明らかだった。

——やはり銃を探していたのか。

いかに銃が天皇陛下からの預かり物だとしても、多大な人力と捜索費をかけてまで探すものなのか。また犬をぎりぎりまで借りていることに、どんな意味があるのか。

菅原の思考はそこに戻っていった。

——だが遺族の問題を解決しない限り、前には進めない。

菅原の仮説の成立を阻む最も高い壁が、遺族の問題だった。

仮に天涯孤独の者がいたとしても、その一人の遺体が見つけられないというのは、あまりに都合がよすぎる。では遺族がいるとして、なぜ騒がなかったのか。

——軍による口止めか。

たとえそうだとしても、戦後になれば口を開いたはずだ。もちろん口止めされた遺族が、戦後まで生存していなかった可能性はある。だが親はそうだとしても、兄弟姉妹まで黙したまま死に絶える可能性は低い。

——だとしたら、どういうことだ。

グラスの中で次第に小さくなっていく丸氷を転がしながら、菅原は想像の深みに入っていった。

——そうか。病死ということで荼毘に付したことにし、骨と遺品だけ渡すことはできるな。

だが病気になれば、家族に知らせが行くはずだ。

想像が次第に進んでいく。

——インフルエンザをこじらせて急死、とすれば可能だ。そして家族が駆け付ける前に荼毘に付す。

当時の軍隊なら、そこまで強引なことをやるかもしれない。

――もう一度、青森に行く必要がありそうだな。だが取材費はもう出ない。さて、どうするか。

グラスの中で丸氷を転がしながら、菅原は知恵をめぐらせた。


翌日、菅原が久しぶりに出社すると、部内の雰囲気は以前よりも明るくなっていた。きっと桐野が上機嫌だからだろう。

「おはようございます」と言いながら自分の席に着くと、桐野と佐藤がデスクで談笑している。

桐野が菅原よりも早く会社に出てくるのは、極めて珍しい。

「あっ、菅原さん、おはよう」

桐野が手招きするので行ってみると、すでに資料のパワーポイントができ上がっていた。

「皆にも話したんだけど、とてもいい感じよ」

桐野はレザーのタイトスカートを穿き、シックなブルーのジャケットを羽織っていた。

――勝負服だな。

これまで桐野は、同じ服を着ても微妙にアレンジを変えてきたが、今回の組み合わせは派手でもなく質素でもなく、ひときわ洗練されている。

「お任せしてしまってすいませんでした」

「いいのよ。お互い様だから」

桐野が優しげに目を細めると、佐藤は手放しで褒めてきた。

「菅原さん、たいへんな成果ですよ。さすが桐野さんと菅原さんだ」

その言葉に菅原は一瞬、耳を疑った。

――おいおい、桐野は何もしていないぜ。

佐藤が桐野の名を出したことに菅原は戸惑ったが、当の本人を前にして、佐藤が得意のおべっかを使ったのだと思った。

「そろそろ行きましょうか」

会議に参加するメンバーが三々五々、会議室に向かう。菅原も桐野に従うようにして室内に入った。

しばらくすると社長の薄井がやってきて、最も後方の椅子に座った。あくまでオブザーバーとして参加しているという意思表示だ。

桐野の声が少し上ずる。

「ということで、われわれは『生き残った者たちの人生』『新たに分かった事実』『解明されていない謎』という三点に絞って取材をしてきました。では、それぞれ成果を発表して下さい」

「生き残った者たちの人生」「解明されていない謎」の二つは、東京にいてもできることなので、主に図書館で調べたことの発表になった。

「生き残った者たちの人生」は、魅力的なものになりそうだった。中でも、小原伍長の証言を要約して掲載するというアイデアはよかった。

「解明されていない謎」は、山口少佐の死が自殺かどうかという論点から掘り下げられていた。事前に資料を渡してあったので、若い編集部員がそれを分かりやすくまとめていた。

「さて、それで『新たに分かった事実』ですが——」

パワーポイントをスクリーンに映しながら、桐野がよどみなく語り始める。発表者として指名されると思っていた菅原は拍子抜けした。

さすが桐野は場慣れしている。遭難事件の経緯はさほど分かっていないようだが、問題点を要約し、無難に説明を終えた。

「以上のような新事実を、私は発見しました」

何のためらいもうしろめたさもなく、桐野は堂々と締めくくった。

——えっ、今、私と言ったのか。

菅原の耳には、間違いなく「私」と聞こえた。

「以上です。何かご質問やご意見があればお願いします」

皆、何とも言わず様子をうかがっている。いつものことだが、薄井の反応に同調する意見を述べるつもりなのだ。

その時、後方からゆっくりとした拍手の音が聞こえてきた。

振り向くと薄井だった。

「一泊二日の取材で、よくそれだけの成果を挙げたな」

「はい。地元の方のご指導もあり、何とか大きな謎にたどり着けました」

桐野の言葉の端にも、菅原の存在はなかった。

――おいおい、たどり着いたのは、あんたじゃなくて俺だろう。

それでも菅原は、桐野の口から自分の名が出ると信じていた。

「でかしたぞ。みんなも聞いてくれ」

そこにいる面々の顔に緊張が走る。

「今回は、現地で菅原が苦戦していると聞き、桐野が自ら手助けを買って出た」

――苦戦とは何のことだ。

雲行きが怪しくなってきていることに気づいたが、「ちょっと待って下さい」と言える雰囲気ではない。

「それで応援に行かせたところ、桐野は見事、編集長としての役割を果たした」

――待ってくれよ。桐野は青森までセックスしに来ただけだろう。

くだらないジョークが頭の中に浮かぶ。

「桐野は皆の模範となる働きを示した。皆も負けずにがんばってほしい」

「ありがとうございます」

賞賛の拍手の中、桐野は立ち上がると殊勝そうに頭を下げた。

「よし、これで特集は組めそうだな。かなりいいものになりそうだ」

「はい。編集部を挙げて全力で取り組みます」

「菅原も、桐野をよくサポートしてくれた」

――サポートだって。どういうことだ。

この時になり、初めて菅原はトンビに油揚げをさらわれたことに気づいた。

「では、新年号の刊行に向けて時間もないので、がんばっていきましょう」

「はい」と皆で声を合わせ、会議はお開きとなった。

前の方では薄井と桐野が歓談している。それを茫然と見ながら、ようやく菅原にもシナリオが読めてきた。

――あいつは事前に、自分が見つけたと社長に報告していたんだ。

だが、それを今更説明したところで、薄井からは怪訝《けげん》な顔をされるだけだ。

やがて薄井が会議室を出ていった。

広い会議室にいるのは、菅原と桐野だけだった。

「何か言いたいことがありそうね」

ロングヘアをかき上げながら菅原のいる場所まで歩み寄ってきた桐野は、眼前の机に腰を下ろすと、美脚を誇示するように足を組んだ。

「編集長、これはいったいどういうことですか」

やっと言葉を絞り出せた。

「だって、あれは私が見つけたんじゃない」

「たまたまじゃないですか」

「だとしても、見つけたのは私よ」

「待って下さい。そこまでのプロセスってものがあるでしょ」

「あなたの人事評価をするのは私よ。私の人事評価をするのは社長。だから何の問題もないじゃない」

「組織上はそうであっても、私が役立たずに思われます」

「私が知っていればいいことよ」

桐野が長い足をこれ見よがしにぶらぶらさせる。

「それならそれで、事前にネゴってもらわなければ困ります」

「私もそうしようと思ったわ。でもあなたは昨日、休暇を取ったでしょう」

「だからって——、電話をくれればいいでしょう」

「電話で話すようなことじゃないわ」

——いや、事前に電話でネゴすべき話だ。

桐野の物言いはあまりに身勝手だったが、菅原は言葉をのみ込んだ。

「あなたは私の男にでもなったつもり」

「何を言うんです」

突然、あの夜のことがよみがえり、頭の中が混乱する。桐野が話題をずらしにかかっているのは分かっているが、菅原にはどうしようもない。

「私はあんたとやった。だけどあんたの彼女じゃないわ。上司なのよ」

「そんなことは分かっていますよ」

「じゃ、ここは静かにしておきなさい。悪いようにはしないわ」

そう吐き捨てると、桐野は机から下りて背を向けた。

その時、菅原の脳裏に閃くものがあった。

「ちょっと待って下さい」

菅原が立ち上がる。

「何よ」と言って振り向いた桐野の目に、いぶかしげな色が漂う。

「分かりました。今回の功績は、すべて差し上げます」

揺るぎない美貌に勝者の笑みが浮かぶ。

「さすがお利口さんね。お利口さんには、またご褒美を上げてもいいわ」

「いや、いただきたいのは別のもので――」

桐野が艶やかな唇を尖らせる。

「別のもの――。副編にするという話は、まだ早いわよ。それは――」

「いえ、そうではありません。もう一度、取材で青森まで行きたいんです」

「もう取材は十分だわ。どうしてなの」

「人数が合わない問題を、もっと探りたいんです」

「まだそのことにこだわっているのね。あなたは大雑把な人だと聞いていたけど、全く違うじゃない」

さすがの菅原もカチンときた。

「誰が、そんなことを言ったんですか」

「それは――」

桐野が逡巡する。

「妻ですね」

「そうよ」と、桐野が開き直ったように言う。

「いずれにしても、八甲田山遭難事件の取材費はもうないわ」

「今回の特集号が売れれば、何カ月か先の号で第二特集が組めるでしょう。その時は取材費も作れるはずですね」

菅原が桐野に顔を近づける。

「何を言ってるの。もうこのネタでの特集の予定はないわ」

「そうですかね。そこんとこは、持ちつ持たれつじゃないですか」

「やるにしても、新年号が平均の一・五倍くらい売れなければ無理よ」

「いいでしょう。そのあたりを目途にしましょう」

「それで、いつ頃行きたいの」

「一月中旬には行きたいんです」

その頃なら離婚調停も終わっているだろう。

「あなたは真冬の八甲田に行きたいの」

「そうですよ。事件のあった季節に行き、現場の写真を撮ってこないと、再び特集をやる意味がありませんからね」

しばし考えた後、桐野が言った。

「分かったわ。それで、どのくらい行くつもりなの」

「一週間から十日はいただきたいんです」

「そうね。その頃なら新年号の結果も出ているしね」

「ありがとうございます」

「雌豚《めすぶた》め」と思いつつも、菅原は素直に頭を下げた。

「でも、その前に新年号作りには全力を尽くしてね」

「もちろんです」

菅原は屈辱に耐えた。

「これからも頼りにしてるわ」

「ベストを尽くします」

突然、菅原の前に立った桐野が、菅原のネクタイを直しながら言う。

「うまくいけば、取材旅行以外のご褒美も上げるわ」

菅原はうんざりした。

——この女は何かで頼りにしたい男が現れると、自分の体を与え、手なずけてきたんだ。

桐野にとって歴史という不得意な分野で実績を挙げるためには、菅原というガイド役が必要なのだ。

――そして餌をちらつかせながら、これからも仕事をさせるつもりなのだろう。ニンジンを顔の前にぶら下げられた馬のようにな。

心中で悪態をつきながらも、菅原の口からは別の言葉が出ていた。

「ぜひ、お願いします」

「いいわよ。そのうちね」

冷ややかな笑みを浮かべ、桐野は会議室を後にした。

七

一月二十一日、菅原は再び青森空港に降り立った。新年号が平均部数の一・五倍も売れ、四月号で再び「八甲田雪中行軍遭難事件」を取り上げることになったからだ。

菅原は、一週間どころか二週間くらいは滞在しようと思っていた。というのも妻が離婚調停に出してきた条件が法外で、とても応じられるものではなかったからだ。

――調停をしたところで、妥協点が見出せるわけがない。

そのため菅原は仕事にかこつけて、調停開始時期の延期を申し入れてから青森に向かった。長引かせることにメリットはないのだが、菅原から何もかもむしり取ろうという妻の意気を削《そ》ぐことで、妻が慰謝料の請求を取り下げる、ないしは減額する気になるかもしれないという淡い期待があった。

——だがそんなことは、どうでもよいことだ。

菅原は自らの人生よりも、この事件の真相を探ることの方が大切な気がした。

——俺は八甲田に取り憑《つ》かれているのか。

何がそうさせるのかは、菅原自身にも分からない。だが、そうせざるを得ないのだ。

空港でレンタカーを借りた菅原は一路、自衛隊青森駐屯地を目指した。

青森市街は雪に覆われており、以前に来た時とは様相を一変させていた。歩行者専用道路の雪かきに精を出す人の姿もちらほら見えるが、大半の店はシャッターを下ろしたまま雪が降るに任せている。

——日本はこうして死んでいくのか。

その姿は地方都市が置かれた典型的状況であり、ゆっくりと衰え、やがて死を迎える老人のように見えた。

駐屯地も積雪は市街と変わらないが、さすがに若者の数が多いためか、屋根の雪はほとんどなく、道路も黒々としている。

あらかじめ電話を入れておいたので、正門の守衛詰所で中西五郎が待っていた。

「またいらっしゃるとは驚きました。よほどこの事件に関心がおありなんですね」

時折、頭上の枝から雪の塊が落ちてくるが、中西は気にもとめず、先を歩いていく。

防衛館の鍵を開けた中西は、菅原を資料庫に案内すると、感心したように言った。

「どうしても腑に落ちない点があるんですね」

「はい。『遭難死二百』の件が引っ掛かっているんです」

「やはり、そこですか」

「はい。それだけが、どうにも納得いかないんです。今回その件を調べてみて、やはり概数だったと納得できれば、それで手を引くつもりです」

「それがいいですよ。雑誌のお仕事だと、次に扱わねばならない題材もあるでしょうからね」

——その通りだ。

菅原は心中、苦笑いを漏らした。

「それで閲覧させていただきたいのは、遭難事件から半年の間に兵営内で亡くなられた方の記録です」

「えっ、それがどうして『遭難死二百』と関係があるんですか」

「これは仮説ですが、第五連隊は、どうしても最後の一人の遺骸が見つけられなかった。でも『見つけられませんでした』では、また事件が蒸し返され、世論が沸き立ちます。ただでさえ無謀な演習を行い、多くの人命を失ったわけですから」

「それはそうですが、それと遭難事件から半年の間に兵営内で亡くなられた方の記録と、どう結び付くのですか」

「つまり遺骸が発見されなかった一人を、病死として遺族に伝えるんです。当時の軍部は強引です。そのくらいのことはやりかねません」

「ああ、そういうことですか」

中西が禿《は》げ上がった頭を押さえる。

「しかし、そんな記録が残っているかな」

独り言を言いながら、中西は奥に向かった。それに菅原も続く。

「当時の日誌に書いてあったかな。しかも事件後ですからね」

事件に関しては、これまで問い合わせや閲覧希望者がいたので、中西も何がどこにあるか、把握しているらしい。だが事件後の連隊の記録となると、探し出すのは容易ではないようだ。

ああでもないこうでもないとやりながら一時間ばかり費やし、ようやくそれらしき記録に行き当たった。

「これかな」

中西が引っ張り出してきたのは、明治三十五（一九〇二）年の青森衛戍病院の記録だった。

「事件とはかかわりなく、この年に四人が死亡していますね。三人は確実に病死です。一人は事故死かな」

中西と二人で記録をたどっていくと、一人は脳卒中で運び込まれて翌日に死亡が確認され、もう一人は肺病を長く患った末に亡くなっていた。事故死とされた一人は、中西によると「どうやら自殺のようですね」とのことだった。

「ここに書かれている『石炭庫で作業中に事故死』って、どんな作業をやらせていたんですか」

「こういうのは、たいてい自殺なんですよ」

中西がぼやく。

「自殺は不名誉なので事故死として遺族に伝えることが、日本軍の場合、多かったんです」

実際のところは分からないが、陸軍でも海軍でも、精神注入と称する暴力行為や陰湿ないじめが横行しており、ノイローゼになって自殺する者が後を絶たなかった。

「自殺の原因にもいろいろあります。一概に上官のしごきやいじめのせいにはできないんです」

「その通りです。些細なことを気に病んで自殺する人はいますからね」

菅原が同意したことで、中西は元気を取り戻した。

菅原の調査に協力的とはいえ、軍隊の旧悪を暴かれることは、少年の頃から自衛隊に籍を置いてきた中西にとって抵抗感のあることなのだろう。時折、その相克に苦しんでいるかのような顔をする。

「それで残るは一人と――。うん、これはおかしいな」

「どうかしましたか」

「この方は、病院に運び込まれた時は死亡していたとありますね。死因は――」

中西の指し示す指の先を追っていくと、「心筋梗塞」という文字に突き当たった。

「何か問題でも」

「まあ、昔のことですからね」

「どういうことです」

「普通は入営時に身体検査を行い、心臓に疾患があれば兵卒として入営できません」

「自衛隊の方は、こうした心臓に関する疾患で死亡することは少ないんですね」

「もちろんです。今でも日々、厳しい訓練と勤務が続きますから、健康な若者でないと、とても務まりません」

若い頃の厳しい訓練でも思い出したのか、中西が顔をしかめる。

「それでお亡くなりになった時期は――」

「それはここに書いてあります。遭難事件のあった年の八月ですね」

「真夏に心筋梗塞ですか」

「あり得ない話ではありません」

確かに心筋梗塞の発生は冬場の方が圧倒的に多いが、夏でもないことはない。

「確か七月二十三日まで犬を借りていたんですから、八月なら捜索をあきらめた月と見事に符合していますね」

「まあ、そういうことになりますね」

それでも中西は首をかしげている。元々、慎重な性格なのだろう。

名簿の名前を確かめると、稲田庸三一等卒と書かれていた。

中西が別の箇所を指し示す。

「でもこの方の所属は第二大隊ではなく、第一大隊とありますね」

中西が別の名簿をひっくり返す。

「あった。稲田庸三さんは第一大隊所属の時に病死しています」

「ということは、過去に別の所属だったこともあるんですか」

「あっ、そうか」

中西が前年の名簿をあたる。

「ありました。あっ――」

「どうしましたか」

「前年まで第二大隊に所属していますね」

つまり稲田は第二大隊に所属していたが、死んだ時の所属は第一大隊だったのだ。

「こういうことは、よくあるんですか」

「あまりありませんが、皆無とは言えません。しかも第五連隊内のことですから、人事掛の判断で、所属大隊を移されることは十分に考えられます」

「つまり稲田一等卒は、第二大隊から第一大隊に所属替えされていたことで、行軍隊に参加せずに済んだにもかかわらず、遭難事件の約半年後に心筋梗塞で死去したというのですね」

「結果的には、そうなりますね」

中西がため息をつく。

「稲田さんが、どうしても見つけられなかった最後の一人とは考えられませんか」

「たとえそうだとしても、確かな証拠はもう残されていませんよ」

「そうでしょうね」

菅原の仮説が正しいとしても、それを裏付けるものは何一つない。しかもそれを暴いたところで、当時の軍のいい加減さを露呈するだけで、誰も注目しないだろう。

——だが、それでいいのか。このままでは、稲田さんの魂が浮かばれない。

そこまで考えたところで、菅原は気づいた。

「兵卒が亡くなれば、家族に連絡が行くと思いますが」

「その通りです。だから遭難事件の後は、各地から家族がひきもきらずやってきて、その応対で連隊もたいへんだったと聞きます」

「だとしたら稲田一等卒の家族は、連隊にやってきて遺骸と対面しているはずですよね」

「それは微妙ですね。言いにくい話ですが、当時は防腐剤も十分に普及しておらず、エンバーミング（遺体衛生保存）もなかったので、遺骸は二、三日もすれば腐敗が始まります」

中西が言いにくそうな顔で言う。

「そんなに早く——」

「はい。今とは違うんですよ」

「でも遺族が飛んでくれば、遺体に会えるのではないですか」

「それも軍次第です」

中西によると、軍が何かを隠したければ、遺族が来る前に火葬に処し、遺骨だけを遺族に渡すという。現代の価値観では考え難いことだが、当時の軍ならやりかねない。

「つまり遺骨を渡されただけかもしれないと——」

「いやいや、その可能性があるというだけです」

推論に推論を積み上げていったためか、中西が尻込みする。

「もしも遺骨を受け取っていたとしたら、いったい誰の遺骨なんですかね」

「うーん」と言って、顎に手をあてて考えた末、中西が言った。

「空の骨壺を渡されたのかもしれません」

「えっ、そんな」

「まあ、これ以上、憶測で物を言ってもきりがありません。証拠は残っていないんですから」

――いや、待てよ。

「稲田さんの故郷に行けば、何かが摑めるかもしれませんね」

「えっ」と言って中西が啞然とする。

「稲田さんは、どちらのご出身ですか」

「ここに青森県の法量《ほうりょう》と書いてありますね」

老眼鏡の中の目を細めつつ、中西が一点を指差す。

「それはどこですか」

「お待ち下さい」と言いながら、中西が青森県の地図を持ってくる。

「ここからだと距離にして四十五キロくらい南で、県道40号線を使えば一時間半ほどで着きます」

中西が節くれ立った指を這わせる。

県道40号線は「青森田代十和田線」とも呼ばれ、八甲田山の北側から東側を通り、国道102号線に接続して十和田市法量に至る。

「つまり法量というのは八甲田山の南側にあり、八甲田山にかなり近いということですね」

「そうなります。地元も同然と言っていいでしょう」

菅原は時計を見た。

――もう十五時か。

今から行っても着くのは夕方になる。

――今日は無理なので明日だな。

明日の朝一で出発すれば、優に一日は稲田庸三の子孫捜しに使える。

「ありがとうございます。それで稲田さんのご子孫を捜すヒントとなるようなものは、ほかにありませんか」

「ここでは難しいですね。法量の役場にあたる十和田市役所に行き、そこで過去の戸籍などを調べてもらい、この情報が正しいのかどうかを確かめ、稲田という名字を持つ家の住所を聞く。そこまで突き止められれば御の字だと思いますよ」

「なるほど。そうさせてもらいます」

それで自衛隊青森駐屯地を後にした菅原は翌朝、法量を目指した。

八

――ここがそうか。

市内を八時頃に出たので、十和田市の市役所には九時半頃に着いた。

市役所前で車を停め、中に入って中西の助言通りに依頼すると、最初は怪訝な顔をしていた市役所の課長も、趣旨を理解してからは積極的に調べてくれた。

早速、古い戸籍によって、稲田庸三という人物が実在していたことが確認された。さらに調べてもらうと、いまだ法量には、稲田という名字の家が四世帯もあることが分かった。

市役所から電話を掛けようとすると、課長が「私が電話してみましょうか」と言ってくれたので任せることにした。

最も可能性が高いと思われる一世帯は、課長の知人だという。しかも稲田家ではなく、近くの別の家に嫁に行った女性に電話してくれた。

「んだ、分がった。行ってもいいべが。うん、うん。ああ、んだが、いがった。へば、そうしゃべっておぐすけ」

ほとんど理解不能な言葉で会話していた課長は、電話を切るや言った。

「当たりです」

「えっ」

驚く菅原を尻目に、課長が得意げに言う。

「稲田という名字でピンと来たんですよ。そしたらやっぱりそうだった。稲田のばあちゃんの祖父の兄が庸三さんだそうです」

「ということは、稲田庸三さんの弟さんのご子孫が、まだご存命なんですね」

「ええ、もうかなりの年ですが、それほどぼけてもおらず、元気ですよ」

――よかった。

菅原は胸を撫で下ろした。

「それで、ばあちゃんの孫娘が近所に嫁に行っており、ばあちゃんと一緒に話を聞いてくれるそうです」

「それはよかった。ありがとうございます」

菅原は、課長に飛びつきたいくらいの心境だった。

「場所は、ここになります」

課長が地図を描いてくれた。


市役所から三十分ほど車を走らせると、民家が見えてきた。その前には、三十半ば過ぎくらいの女性が立っている。

すぐに菅原と分かったのか、笑みを浮かべて迎えてくれた。

「急なことで、申し訳ありません」

「いえいえ、とんでもないです。少しでもご協力できれば幸いです」

中年女性は別姓を名乗り、家の中に案内してくれた。

「失礼します」

「ああ、よぐきた、よぐきた」

居間では老婆が茶の支度をしていた。

「お手間を取らせてしまい、申し訳ありません」

「なんもなんも、気にすないで下さい。おら、暇だすけ《け》」

老婆がしゃがれ声で笑う。

自己紹介をしたり、「歴史サーチ」の説明をしたりした後、菅原が用件を切り出した。

「という趣旨で、調査を進めているんです」

「ばっちゃ、分がったが」

「おー、分がった。んだども、庸三さんは八甲田で死んでねえ」

「いえ、それはこういうことです」

何度か言葉を換えて説明した後、ようやく老婆は理解してくれた。

「んだども、おらが聞いた話では、爺《じ》様の兄《あん》ちゃは病気で死んで、爺様の父っちゃが青森さ骨っこ取りに行ったよ」

「つまり庸三さんのお父様は、遺体と対面なさっていないんですね」

「んだ。おらはそう聞いでら。爺様の父っちゃが『庸三は病気ひとづすたごどがねえぐれ丈夫だどこで、簡単に死ぬわげねえ』と怒ったと、爺様がしゃべっでださ」

「それで埋葬したんですね」

「んだ。仕方ながったんだべ」

「それで、当時の庸三さんのものなどは、何か残されていないのですか」

それには女性が答える。

「蔵のものは、長男の嫁さんが処分してしまったんですよ。それで、ばっちゃだけここに残して、一家で東京に行ってしまいました。わたしがばっちゃの面倒を見ているんですが、この家も土地も一切、寄越そうとしないんです。本当に強欲な嫁で――」

何やら一族内でトラブルがあるらしいが、菅原は巻き込まれないように話題を転じた。

「つまり、過去のものは、すべて焼いてしまったんですね」

それには老婆が答える。

「なんもなんも、写真と手紙は、おらが手文庫さ入れでだすけ、今でもあるよ」

「えっ、それは本当ですか。差し支えなければ見せて下さい」

「構わねよ」と言うと、老婆は娘に尋ねた。

「おらの手文庫、どこさあるが覚えでねが」

「いっとき、待ってろ」と言うと、女性が座を立ち、奥に向かった。

菅原が問う。

「おばあちゃん、それでお爺様は、ほかに何か庸三さんのことを語っていませんでしたか」

「んだな――」

しばし考えた末、老婆が言った。

「庸三さんは頭いぐて、根気あったず。そうへれば、炭焼きのわらすっこが山で神隠しに遭っだ時、親が『はあ、分がねえ。めっけれねえ』とあぎらめだずども、十五さなったぐれえの庸三さんが『沢を歩げば見《め》っけでくる』と山さ入って、連れ帰ってぎた。そん時、爺様は庸三さんが『沢を歩げば見《め》っかる』としゃべってだのを覚えでいだんす」

「つまり川沿いに歩けば、見つかるということですね」

「んだ。人は水のあるどこさいるってごどだべな」

その時、女性が古い手文庫を抱えてきた。

「やっと見《め》っけだよ。なぁにしに納戸さ入れだんだが」

「ああ、納戸さあっだが」

老婆が手文庫を開くと、古びた写真と手紙がたくさん出てきた。その大半は、かつての家族の記念写真のようなものだったが、その中に軍服姿の青年が写ったものがあった。

「これが庸三さんですか」

「んだ。庸三さんは兵隊さ取られだすけ、これすかねえな」

そこには精悍な一人の青年がいた。

「庸三さんは誰よりも足あ速がったず。それさ青年の部の奉納相撲《すもう》でも負けたごどながったず。爺様がしゃべってだ」

「体は大きかったんですか」

「なんもなんも、ちっちゃがったずよ」

「あっ、これは――」

その手紙は宛名が父親らしく、差出人が稲田庸三となっていた。

「読んでもよろしいですか」

「ん、いがべ」

封筒には明治三十五（一九〇二）年一月十三日の消印があった。

――ちょうど出発の十日前の手紙だ。

雪中行軍隊の出発日は一月二十三日になる。

慎重に封筒から中身を取り出すと、茶色く変色した便箋に、青い万年筆で端正な文字がつづられていた。

菅原が文字を目で追う。

そこには家族のことを気遣い、また兵営での生活について書かれていた。

――ヒントになるようなことはないか。

食い入るように読んだものの、日本の軍隊は演習計画さえ機密扱いなので、家族にもそれを伝えられない。この時代なので検閲は厳しくないが、情報の漏洩《ろうえい》は重大な罪になる。

菅原が半ばあきらめかけた時だった。

「今年から第二大隊長の山口少佐の従卒になりました。たいへん栄誉なことです」と書かれていた。

その一節に、菅原の目は釘《くぎ》付けになった。

――第一大隊の兵卒が、第二大隊長の山口少佐の従卒になるわけがない。

軍隊についていかに疎い菅原でも、それくらいは分かる。

——つまり第一大隊所属というのは、死後に改竄《かいざん》された所属なのだ。

背筋に衝撃が走る。

「どうかしましたか」

女性が心配そうに声を掛けてきた。

「あっ、いや、何でもありません」

「何かに気づかれたんですか」

「ええ」と答えつつ、菅原が疑問を説明する。

「ということは、庸三さんは八甲田山雪中行軍隊に参加していたというんですね」

「いや、あくまで状況証拠から類推した仮説にすぎません。しかし、その可能性を否定できないとは思うんです」

いかに遠い昔のこととはいえ、二人の先祖のことなので、菅原は慎重に言葉を選んだ。

女性が老婆に南部弁で説明している。

「ほーがい。すたども、こごらの人は、冬の八甲田がおっがねのはよく知ってるすけ、庸三さんのように頭いい人が、簡単に死ぬなんて考えらんねえ」

それについて、菅原はどう答えていいか分からない。

「でも、お骨をいただいてきたわけですよね」

「ほーでねえ。骨っこは、もらえながったずよ」

老婆の言葉に、再び衝撃が走る。

「えっ、どういうことですか」

「爺様の父っちゃが『骨っこだけでもけろ』と軍医さんに頼んだら、軍医さんは『伝染病の疑いがあるから、こちらで調べた上で葬ります』と答えだす」

「それは本当ですか」

「んだ。爺様がそうしゃべってだ。んだすけ、空の骨壺をもらってきたのせ」

菅原は愕然とした。

――死因は心筋梗塞ではないのか。

ここにも矛盾があった。だいいち伝染病の疑いがあったにしても、荼毘に付しているのであれば、感染を心配する必要は全くない。

「では、庸三さんの墓には――」

「なんも入ってねえって、爺様がしゃべってだな。おらが童子《わらす》の時、墓の前で一緒に手え合わせながら何回もその話ば聞いだ。おらもちっちゃがったすけ、なんも入ってねえのに、なにして拝むのが分がらながったさ。したら爺様が、『そいだば、八甲田に向かって手え合わせればいがべ』って答えたんだ。あの山ん中さ、庸三さんは閉ず込められでらずごどだべなさ」

菅原に言葉はなかった。

老婆と女性に丁重にお礼を言い、菅原はその場を後にした。

法量からの帰途は、稲田が行軍隊に参加した可能性について、頭の中で詳細に検討することに費やされた。

——稲田さんは山口少佐の従卒だったのか。

本人の手紙にそう書いてあるので、間違いないだろう。もちろん何らかの理由で、例えば稲田の体調不良といった理由で、直前になって行軍隊に参加しなかった可能性はある。だが手紙には、体調不良を匂わせるものは一切なく、何の問題もない軍隊生活を送っている様子が綴られていた。

——しかも年明けに従卒にされたばかりだ。一月二十三日前に任務を解かれたという可能性は皆無に近い。

よほどの不始末を仕出かし、山口少佐の勘気《かんき》をこうむったのなら分かるが、老婆から聞いた話では、稲田は何事もそつなくこなすタイプのように思える。

こうしたことから、稲田が行軍隊に参加していた蓋然性が高いことが明らかになってきたが、逆に参加していたことを証明するものがないのも事実だ。

だが徹底的に資料庫を探れば、何らかの証拠が出てくるかもしれない。

——時間の許す限り、あらゆる資料にあたってみよう。そうすれば、稲田さんが遭難した状況が分かってくるかもしれない。たとえ万に一つの可能性でも、あきらめてしまったらそれまでだ。

その一方、菅原の冷静な部分が囁く。

——それでも遺骨が出てくることはないだろう。もう風化しているはずだ。

広い八甲田山中で遺骨を見つけることなど、世界中の浜辺の砂から、一粒の砂を見つけるに等しい行為だ。

――だいいち、稲田さんが行軍隊に参加していたという証拠が出てきたとしても、それでどうなる。

遭難死した者が百九十九名から二百名になり、幸畑にある陸軍墓地に墓標が一つ増えるだけだ。むろん研究家や関係者にとっては貴重な発見になるだろうが、雑誌としては見開きで二ページの記事にもしてもらえないだろう。

――だが、それでもいいじゃないか。一つの魂が救われ、再び皆と一緒になれるんだったら。

この時の菅原にとって、墓標を一つ増やすことが、この上なく崇高なことのように思えた。

――そして、それを成し遂げた時、俺も人生という迷路から脱出できる。

己の置かれた苦境から脱出するために稲田を捜していることに、菅原は気づいた。

気づくと、眼前に八甲田山がそびえていた。

――稲田さん、まだそこにいるのか。鳴沢の谷をいまだにさまよっているのか。

西からの強い夕日を浴び、八甲田山は黒々とした山容を見せていた。

第三章　雪天烈風

一

横殴りの暴風雪の中、いくつかの黒いかたまりが見えてきた。橇隊に違いない。

――ようやぐ来たが。

時計を見ると正午少し前を指している。

「小峠までで、橇隊は一時間ほど遅れが出ています」

倉石大尉が山口少佐に告げる。

「そうか。この道は橇には厳しいかもしれんな」

――ここがらは、もっと勾配がきづぐなるんでねが。

兵営から田茂木野までは何度か行ったことがあるので、稲田庸三はここからの道の険しさを知っていた。

山口少佐の従卒を務める稲田は、急速に悪化していく天候に不安を覚えていた。

――八甲田の荒れ方はただでねえな。村のもんだちも、「八甲田が怒《おご》り出すたら、怒りが収まるのを待づすかね」と言ってだな。

かつて古老から聞いた話が脳裏をよぎる。

突然、前方から「昼食を取れ!」という声が聞こえた。皆が一斉に背嚢や雑嚢から食べ物を出している。

稲田も首から下げた小袋を取り出し、中に入れていた握り飯を取り出した。

――何どか食えそうだな。

冬山に入ることが多かった祖父から、「食い物は懐《ふところ》中さ入れで温《ぬぐだ》めでおけ」と教えられていたので、稲田は首からぶら下げた袋に握り飯を入れていた。それでも握り飯の外縁部は凍っており、それを解かして食べるのに時間が掛かった。

一方、ほかの隊員は食べ物を背嚢や雑嚢に入れていたので、凍り付いて食べられず、「これじゃ、石と変わらん」などと言いながら、その場に捨てている。

その時、「稲田」と呼ばれたので、「はっ」と答えると、倉石が問うてきた。

「この天候は今後どうなる」

「はっ、悪化していくと思われます」

「どうして、それが分かる」

「八甲田の天候は荒れ始めると何日も続きます。これまでは穏やかな天候が続いていたので、おそらく数日は荒れます」

　倉石が山口に向き直る。

「少佐殿、今後、天候の悪化が予想され、また橇隊の随行が困難なのは明らかなので、行軍の中止を具申します」

　山口が苦虫を嚙み潰したような顔で答える。

「私に言われても困る。それを決めるのは神成大尉だ」

「おっしゃる通りですが、随行隊は本隊の決断に従う必要はありません」

「おい、倉石」

　背後から興津大尉が口を挟む。倉石と興津は同じ大尉だが、興津は先任で年も上なので、倉石を後輩扱いしている。

「それはまずいだろう。われわれだけが兵営に戻るなど、行軍隊の兵卒に顔向けできないぞ」

「面目で判断を過つのは、愚か者のすることです」

「何だと、貴様！」

「やめろ！」

　山口が二人の間に割って入る。

　興津と倉石が犬猿の仲なのは、山口も承知している。それゆえ前夜の壮行会では、二人を山口の左右に座らせ、山口自ら酒を注ぎ、二人を酔わせて仲直りさせた。その座には稲田もいたが、最初は硬かった二人も、次第に打ち解け、最後は肩を組んで軍歌を歌うまでになった。

――気い合わねどいうのは、何やってもだめだ。

山口が不機嫌そうに言う。

「お前らは、喧嘩《けんか》をしにここまで来たのか」

「申し訳ありません」

二人が声を合わせる。

「では結論を言う。随行隊は神成大尉の決定に従う。それでいいな」

「はっ」と答えたが、倉石は不貞腐《ふてくさ》れたような顔をしている。

士官学校の成績も優秀で、山口にも目を掛けられている倉石だが、こうした際に顔に出てしまうのが欠点だ。

――倉石大尉は軍隊さ向いでねえな。

稲田の目から見ても、倉石の適性は軍隊になかった。だが津川連隊長や山口は倉石を大切に扱っていた。というのも東京の陸軍中央が、倉石の将来を嘱望しているのを知っているからだ。

「少佐殿！」と呼び掛けつつ、前方から神成大尉が走ってきた。

「すぐに出発します」

「橇隊を休ませなくていいのか」

「このくらいのことで休ませていたら、いざという時に役に立ちません」

「そうか――」

山口はまだ何か言いたそうだったが、神成に指揮を任せている手前、口をつぐむしかない。

「失礼します」と言って山口の前から去ろうとする神成に、山口が言った。

「われわれに何か伝えたいことがあれば、伝令で構わない。君は先頭を離れるな」

「はっ、次から、そうさせていただきます！」

神成の姿は、視界数メートルの暴風雪の中に瞬く間に消えた。

暴風雪は勢いを増し、立っているのもやっとの状態になりつつある。

——意見具申するべきか。

稲田は「行軍を中止すべき」という意見具申をしようかと思ったが、聞かれもしないのに、従卒が意見具申をするのはおかしい。だがこのままでは、大きな事故につながりかねない。

「少佐殿、よろしいですか」

「何だ」

「この先、さらに急勾配になります。橇隊が進むのは困難だと思われます」

「やはり、そうか」

昨年、東京から赴任してきたばかりの山口は、幸畑の陸軍墓地までしか来たことがないと言っていた。

しばし考えた末、山口が言った。

「どうにもならなくなれば、そこから引き返せばよい。そのくらいのことは、神成大尉も分かっているはずだ」

「は、はい」

稲田の立場としては、それ以上の意見具申はできない。

隊列が動き出した。だが最後尾を行く橇隊の動きは緩慢で、ずるずると遅れが出始めていた。

——これだば露営になるがもな。

このままでは、行軍隊が田代まで行き着かないことも十分に考えられる。

小峠から大峠までは、距離にしてわずか一・三キロメートルだが、勾配は次第に急になり、橇の遅れはさらに大きなものとなっていった。

先頭が大峠に着いた頃、もはや進軍できないほどの暴風雪となり、橇隊ははるか後方に置き去りにされていた。

——なすて止まねのだべ。

稲田は大休止を入れるべきだと思ったが、神成は構わず進んでいく。おそらく行けるところまで行き、そこから元気な者を選抜し、橇隊の支援に当たらせようというのだろう。その間に、残る者で野営の支度をする考えなのかもしれない。

目も開けていられないほどの横殴りの吹雪の中、行軍隊はにじるように進んでいった。時折、左手に火打山の黒い山容が見えるが、それも一瞬のことで、次の瞬間には、白い壁のような密度の濃い吹雪に閉ざされる。

——すばれるな。

歩いていると忘れていられるが、小休止などで少しでも立ち止まると、足元から寒気が這い上がってくる。

――動ぎ続げねば寒くて堪えられね。んだども動ぎ続ければ体力が消耗する。

稲田は行軍隊が陥りつつあるジレンマに気づいた。それでも上官の命令に従わねばならないのが兵卒なのだ。

勾配は大滝平から賽ノ河原にかけて少し緩やかになる。一行は小休止を挟みつつ、賽ノ河原を抜けて、按ノ木森、中ノ森を通り過ぎていく。

――まさが馬立場まで行ぐつもりが。

今回の行軍の最高所にあたるのが馬立場だが、言うまでもなく高所であればあるだけ暴風雪は凄まじくなる。わざわざそんなところで、後続の橇隊を待つなど考えられない。

馬立場の高台を風よけにし、南側の窪地に避難するつもりなのかもしれないが、馬立場は前後左右だけでなく上下からも暴風が吹き込んでくる場所なので、露営地に適していない。

ほぼ平地に近い賽ノ河原で野営することも選択肢の一つだが、神成大尉はそうしない。おそらく、過去に賽ノ河原で、二つの遭難事件があったことを知っているからだろう。

明治二十二年の冬に十二名、翌年の冬に八名の男たちが、賽ノ河原で命を落としていた。前者の集団の詳細は不明だが、後者の八名は田茂木野の若者たちで、彼らは老人たちが引きとめるのも聞かず、暴風雪の中を「田代の湯に行こう」と繰り出したという。

彼らにとって八甲田山は地元も同然で、しかも炭焼小屋の位置を正確に知っていたので、それ伝いに行くつもりでいたらしい。

出発した朝は晴天で風もなかったが、彼らが賽ノ河原に至った頃には暴風雪が吹き荒れるようになり、致し方なく彼らは賽ノ河原の炭焼小屋で一夜を明かすことにした。ところが真夜中、その小屋が吹き飛ばされたのだ。そのため彼ら全員が凍死することになる。

木造の炭焼小屋が吹き飛ばされるなど考え難く、しかもそこにずっと立っていた小屋が、たまたま彼らが泊まった一夜に吹き飛ばされるなど、不運としか言いようがない。

確かに何の遮蔽物もない平地では、風が勢いを増して叩きつけるように吹いてくるので、危険なことこの上ない。だが翌朝まで進むか引くかの判断を持ち越すなら、賽ノ河原で野営するのが妥当だろう。しかも夜を明かすためには雪壕を掘らねばならず、そのためには明るいうちの二時間は取っておきたい。

だが神成は、そんなことを少しも考えていないのか前進をやめず、十六時半頃、馬立場に到着した。小峠からは七・四キロメートルの距離だが、小峠出発が正午過ぎだったので、四時間以上もかかったことになる。しかもこの頃、橇隊の最後尾は按ノ木森にも差し掛かっておらず、先頭とは一時間余の差が出ていた。

案に相違せず、馬立場には暴風雪が吹き荒れていた。そのため神成は行軍隊を馬立場の南二百メートルほどの窪地に移動させると、橇隊の応援要員（援助隊）を派遣した。

——応援ば出すのが遅い。

すでに日は陰り、日没が迫っている。橇隊を除く全員が馬立場に着いてから援助隊を出すのは、あまりに後手に回っている気がする。

暴風雪の吹き荒れる中、稲田は喩《たと》えようのない不安に囚われていた。

二

橇隊を待つ間、稲田は仲間たちと円陣を作り、足踏みをしていた。ほかの小隊の兵卒たちも、いくつかの集団に分かれて同じように足踏みをしている。

風はさらに激しくなり、雪を巻き上げてとぐろを巻き、狂ったように空に舞い上がっていく。それを見るでもなく見ながら、稲田は前途の不安を思った。

神成大尉は指揮官として優秀だが、雪山の行軍演習の経験に乏しい。果たしてこの荒天で、的確な判断を下していけるかどうか分からない。だからといって、山口少佐が正しい判断を下していけるかというと、それも疑問だ。

そんなことをつらつら思っていると、風の合間を縫うようにして、隣の兵たちの会話が聞こえてきた。

「煙草を持っているか」

「凍っていてだめだ」

稲田の煙草は首から下げた袋に入っているので、凍っていないはずだ。稲田は袋から煙草箱を取り出し、煙草を一本抜き取って一服すると、黙って隣にいる者に回した。そのためそこにいた五、六人は、一服の煙草にありつくことができた。

少し離れた場所では、山口らが額を寄せ合って何事かを話し合っている。稲田は従卒なので、山口から呼ばれれば、すぐに行ける距離にいなければならない。

「稲田！」という声が聞こえたので、稲田は山口らのいる場所に飛んでいった。

「はっ、何でしょうか！」

「神成大尉のところに行き、『野営の支度をした方がよいのではないか』と伝えよ」

「はっ！」

これまで沈黙を守ってきた山口だが、この状況に居たたまれなくなったのか、伝言を稲田に託した。

神成らがいる場所まで行くと、神成は何人かと共に地図を広げて見入っている。

「申し上げます！」

稲田が山口の伝言を告げる。

「山口少佐に『野営せずに田代に向かいます』とお伝えしろ。それと――」

少し躊躇《ちゅうちょ》すると、神成が思い切るように言った。

「私のメンツなど気にせず、共に話し合い、判断を下してほしいとお伝えしろ」

「分かりました」と言って稲田は山口の許に戻った。

「そうか」と言ってうなずいた山口は倉石と興津を伴い、神成ら中隊指揮班のいる場所に向かった。それに稲田も従う。

厳しい状況は変わらないが、山口らが指揮に参画することになったので、稲田は少し安堵《あんど》した。

日没後の午後五時過ぎ、ようやく橇隊が馬立場に到着した。

それと相前後して、藤本曹長以下十五名の先遣隊が田代に向けて出発した。それを傍らで見ながら、あくまで神成が田代到着にこだわっているのが分かった。

このままいけば、月光も遮られた暴風雪の中、行軍隊は鳴沢に踏み入ることになる。

協議が終わり、山口が一人になった。

稲田は思い切って意見具申することにした。

「少佐殿、よろしいですか」

「何だ。構わんから言ってみろ」

「夜になってから鳴沢に入るのは危険だと思います」

「なぜだ」

「鳴沢は迷路のように複雑に入り組んだ地形と聞いています。田代へ行く道を見つけるのは困難かと思います」

「そうか」と答えつつ、しばし考えていた山口が言う。

「神成大尉が大丈夫だと言っている」

そうまで言われては、返す言葉がない。

その時、「稲田」と呼びつつ、今泉見習士官が近づいてきた。

今泉は士官学校を出たばかりの見習士官だが、身体頑健な上に性格は温厚で大人《たいじん》の風があり、将来の大物を予感させる若者だった。

「貴様は、この近くの出身だったな」

「はい、法量というこの山の南麓の村です」

「私は宮城の出身で、こちらに配属されたばかりだが、この山はいつもこんなに荒れるのか」

——そったらごども知ねのが。

稲田は唖然としたが、丁寧に冬の八甲田山の恐ろしさを教えてやった。

「そうか。四方から風が吹いてくる局地気象の地なんだな」

「はい。冬場に八甲田前岳の北側に行ってはならんと、地元の猟師から教えられました」

「ここだけが、それほど凄いのか」

「はい。そう聞いております」

稲田自身、この季節に八甲田前岳の北側に来たことはないので、何とも答えようがない。

やがて出発用意を告げる喇叭《らっぱ》が聞こえてきた。二人はそれぞれの隊列に戻り、出発を待った。

その時、随行隊の背後にいる橇隊を一瞥《いちべつ》すると、座って休んでいた者たちが立ち上がっているところだった。だがその動きは緩慢で、とても軍隊のものとは思えない。橇隊を率いる下士官でさえ、それを大声で叱咤する気力もないようだ。

すでにこれほど疲弊している橇隊が、鳴沢の複雑な地形を突破できるとはとても思えない。

馬立場から田代までは三キロメートルほどしかないので、道を間違えなければ、雪中でも二時間くらいで着ける。だがその間には、鳴沢と平沢という複雑な地形が横たわり、田代に行くルートは限られている。

すでに日は落ちていたが、時折雲間から顔を出す月光と雪明かりだけを頼りに、先頭はどんどん進んでいく。だが暴風雪は勢いを増したかのように猛り狂い、行軍隊を拒んでいるかのようだ。

一行は下り坂に差し掛かり、積雪が胸ほどの高さまである場所に出た。もはや歩くというより泳ぐようにして進むしかない。

雪溜まりを脱すると突然、停止が告げられた。振り向くと橇隊がついてきていない。伝令と援助隊らしき兵卒たちが引き返していく。

神成の伝令がやってくると、山口に告げた。

「橇隊は、五台の橇を残してほかを放棄し、薪炭や食料を背負って運びます」

「分かった。それでよい」

山口がうなずく。

ようやく到着した橇隊は、荷をばらして背負っていた。背負子《しょいこ》を持ってきていないらしく、荒縄で荷を縛り付けているだけなので、背負いにくそうにしている。

これで橇は五台になったが、ここから先の複雑な地形に対応できるとは思えない。

気づくと稲田も、足先の感覚がなくなってきている。

稲田は靴下の中に唐辛子を入れ、外を新聞紙と油紙で包んでいるので、まだ少しは感覚が残っているが、ほかの者たちは足の方を見ては首をかしげている。

――このままだば、手足が凍傷さなる者が続出する。

橇隊を待つ間、稲田は膝を高く上げて下ろすことを繰り返したが、疲れているので長くは続かない。兵卒の中にはその場に膝をついて休む者や、立ったままうつらうつらする者までいる。

稲田は腹に力を籠めると言った。

「動かないと凍傷になるぞ！」

その言葉に何人かが足踏みを始めた。だが動きは緩慢で、長く続けられる者はいない。

「随行隊、前へ！」

突然、山口少佐の号令が聞こえ、随行隊は前方に向かった。

そこには、地図をにらんでいる神成の姿があった。神成は雪明かりにかざすようにして地図を見ているが、鳴沢の複雑な地形を地勢図だけで理解するのは容易でない。

「道は見つかったか」と山口に問われても、神成は首をかしげるばかりだ。

「稲田、道は分からないか」

突然、山口から名指しされた稲田は率直に答えた。

「はっ、分かりません」

「でも、田代が近いことは確かだろう」

「はい、ここは平沢だと思いますので、田代は近いと思われます」

平沢は鳴沢の南西部に広がる同様の谷地形だが、双方の境目は定かではない。

「お前でも道を見つけられないか」

稲田はもう一度周囲を見回したが、全く手掛かりになるようなものはない。

「はい。鳴沢には来たことがないので、よく分からないであります」

「よし、神成大尉、もう一度、偵察隊を出そう。その間に、皆は野営のための雪壕を掘ろう」

「は、はい」

神成は山口の意見に素直に従った。

確かに道が見つかれば田代に着ける可能性は高いが、そうでない場合を考慮し、雪壕を掘るのは妥当な判断だろう。

山口が皆を見回すと言った。

「では、水野少尉、田中・今泉両見習士官、そして稲田、偵察隊として道を探しに行ってくれ」

突然の指名に驚いたが、何も知らない者よりは、稲田の方がましだと思ったのだろう。

「はい」という返事をしつつ、四人が整列する。

「言うまでもないことだが、無理をするな。道が見つけられなければ、深入りせずに引き返せ」

四人は「行ってきます」と言うや、行軍隊を置いて先に進んだ。

稲田が最後尾につくと、水野が「稲田は先頭に立て」と命じてきた。

「はい」と答えて先頭に立つと、背後から責任の重さがのし掛かってくるような気がした。

稲田は必死に雪をかき分けた。

三

際限なく雪は降り続き、風も唸《うな》り声をあげている。天は怒りを大地に叩きつけ、そこに蠢《うごめ》く人間たちをいたぶっているかのようだ。

——おらんどが何ばすだ。

稲田は天を仰ぎ、「俺たちが何をした」と心中で嘆いた。その時、目の端から涙が流れてきたので、それを拭うと手袋が赤くなっていた。

——なして血付いでいらのだ。

瞬きすると目がひりひりする。

——んだ。ちっちゃ雪の塊が当だり続けだすけ、眼《まなぐ》が切れだんだ。

多くの雪片が目に当たり、目の表面から出血しているに違いない。

視界は二メートルほどで、背後で雪壕を掘っているはずの本隊は、目でも音でも捉えられない。背後から三人の将校が続いているが、その体は腹から胸まで雪に埋まり、まるで立ち泳ぎをしているかのように見える。

——それでも道ば見っけねばなんねえ。

何としても田代への道を見つけねばならない。だが多少の凹凸《おうとつ》があるだけで、どこも同じような地形から、正しいルートを見つけるのは容易なことではない。

稲田は腹底に気合を入れると、再び歩き出した。

——ん、あれは水の音が。

その時、吹きすさぶ暴風雪の音の間に、わずかな川音が聞こえてきた。

——間違いね。駒込川の近くさ来てら。

自分の勘が正しいことに、稲田は安堵した。

「稲田、どうだ！」

背後から水野の声が掛かる。川音に神経を集中していたので、何度か声を掛けられ、ようやく気づいた。

「はっ、何でしょうか」

「ここはどの辺りだ」

「駒込川の河畔近くだと思います。田代街道を通らなくても、河畔に降りられれば上流に向かうだけなのですが――」

稲田の言葉にかぶせるように水野が問う。

「川は近いのか」

「あれを聞いて下さい」

水野が耳に神経を集中する。

「間違いない。あれは川音だ。そうか、河畔に降りられれば田代に着けるんだな」

「いえ――、河畔の道が途切れていることもあるので、着けるとは限りません」

水野に続いて追いついてきた田中も話に加わる。

「どうしたんですか」

「稲田によると、駒込川まで出られれば何とかなるそうだ」

水野の言葉を稲田が強く否定する。

「いいえ。河畔に下りたら下りたで、道が途切れていたら迂回せねばならなくなります」

「どういうことだ」

最後尾から追いついてきた今泉が問う。

「これだけ雪が降っていると、川は増水しています。つまり河畔の道がなくなっている可能性があるのです。そうなると、いちいち台地上まで登って迂回せねばならなくなりますが、台地上に上がれても、また河畔に降りられるとは限りません。たとえそれができたとしても、この断崖です。そんなことを繰り返していれば、多大な労力と時間を要します」

河畔の道なら容易に通れるように思えるが、川が増水していれば道がなくなるのだ。

「この川には、そういう箇所が多いのか」

水野が問う。

「はい。これだけ雪が降れば川は増水しており、道が途切れていることも大いに考えられます」

「では、どうする」

「やはり田代街道を探すべきです」

「どうしてだ。河畔の道の方が分かりやすいじゃないか」

「一か八か河畔に降りれば、われわれ四人だけでも田代に着けるかもしれません。しかし、それから本隊に戻るとなると――」

稲田は言葉を濁したが、代わりに今泉が言ってくれた。

「四人とも体力を使い切るということか」

「水野少尉殿」と田中が意見具申する。

「河畔に降りずに田代を見つけることは困難だと思います。ここは引き返しましょう」

「お待ち下さい」と今泉が反論する。

「一か八か、河畔に出て経路を探りましょう。そうすれば体力のある者だけでも、田代に着くことができます」

――そったた危険なごとができるが。

稲田が口を挟んだ。

「万が一、河畔の道が途切れていれば、迂回することになります。迂回のためには、登攀可能な場所を探さねばなりません。つまり、かなり道を引き返すことも考えられます」

この暴風雪の中、斜面をジグザグに登る道、すなわちつづら折りになった道を見つけない限り、断崖を登攀するのは不可能だ。だとすると比較的なだらかな場所に戻り、いったん台地上に出て、またなだらかな場所から河畔に戻らねばならない。むろんそれで万事がうまくいく保証はなく、台地上に出てから大きく迂回している間に、川から遠ざかってしまう可能性がある。

「増水していては、河畔の道は途切れているはずだ。河畔に出ても無駄だ」

水野が決めつけると、今泉が反論した。

「では、鳴沢の台地上で、磁石もなく目印もなく田代街道を見つけられるというのですか」

今泉を無視して田中が言う。

「引き返しましょう」

今泉が田中に反駁《はんばく》する。

「それでは偵察隊の使命が果たせません。山口少佐は、われら三人の力を信じて選抜したんです。その期待を裏切るわけにはいきません」

今泉は「三人」と言った。つまり兵卒の稲田は入っていない。だが稲田はそんなことに慣れているので、何とも思わない。

田中が強い口調で問う。

「では貴様は、この状況で田代への道を見つけられるのか」

周囲は闇に包まれ始めている上、暴風雪が吹き荒れ、視界が二メートルも利かない。

その時、先ほどから黙っていた水野が、突然片膝をついた。

「水野少尉殿、どうかしましたか！」

驚いた今泉と田中が肩を支えようとする。

「大丈夫だ。少し眩暈《めまい》がしただけだ」

水野は二人の手を払うと、一人で立ち上がった。

連隊一の屈強さを誇り、休みの日も鍛錬のために八甲田山近辺への登山を繰り返していた水野でさえ、体力が限界に来ているのだ。

――これは「山落とし」だ。

「山落とし」とは、猟師たちが冬山に入って遭難し掛かった際に襲われる症状の一つで、低体温症の初期段階を指す。その症状は人それぞれで、体の震えが止まらなくなる者もいれば、嘔吐《おうと》、頭痛、眩暈を訴える者もいる。

水野が苦しげに言う。

「無念ながら、これ以上、田代街道を探しても無駄だと思う。本隊に復帰しよう」

田中はうなずいたが、今泉は不満のようだ。

「せめて何らかの手掛かりを見つけられるまで――」

「うるさい！」

水野が今泉の肩を突いたので、今泉が転倒した。

――間違《まちが》いね。「山落とし」だ。

苛立ちを抑えられなくなり、癇癪《かんしゃく》を起こすのも、「山落とし」の初期症状の一つだ。

稲田が十代の頃、冬山で猟師が行方不明になり、村を挙げて探しに行ったことがある。たまたま稲田が加わっていた捜索隊が、その猟師の遺骸を見つけた。猟師は真っ裸になり、苦悶《くもん》の表情を浮かべていた。その白い体とは対照的な黒い顔が、少年稲田の脳裏にいつまでも焼き付いていた。その時、一緒にいた年寄りが「可哀想に。『山落とし』さとっづかまったな」と言ったのを、稲田はよく覚えている。

雪だらけになった今泉が立ち上がる。

「何をするんですか！」

「貴様は見習士官のくせに、俺に逆らうのか！」

水野が今泉の胸倉を摑んだので、田中がそれをなだめる。

「少尉殿、お待ち下さい。今泉は意見具申をしただけです」

「うるさい。戻ると言ったら戻るぞ」

水野は先頭に立ち、元来た道を引き返し始めた。しかしその方角が違う。

「稲田、前に出ろ」

田中に促された稲田は、すかさず先頭に立った。だが少しの間に足跡はかき消され、元来た道を戻るのも難しくなっていた。

――どうすべ。

だがその時、軍歌の斉唱が聞こえてきた。皆が寒さを紛らわすために、軍歌を歌っていたのが幸いした。

「あれは軍歌だ。よし、あっちだ」

水野が駆け出すと、三人もそれに続いた。

「偵察隊、戻りました！」

水野が山口と神成の前で敬礼する。

「よし、経路を報告せよ」

神成はねぎらいの言葉もなく、報告を求めてきた。それだけ事態は切迫しているのだ。

「進路は峻険で進むことは叶わず、引き返してきました」

「何だと。貴様らは田代街道を見つけられなかったのか！」

「は、はい」

「この役立たずめ！」

神成が怒りを爆発させる。こんな神成を見るのは初めてだ。

「申し訳ありません」

「命令を達成できず、一時間足らずであきらめて帰ってくるとは何事か！」

実際には二時間近く経ち午後七時を回っているはずだが、水野は反論しないで黙っている。

平民出身すなわち農民の出の神成が、かつての大名の嫡男を怒鳴りつけるなど、世が世なら考えられないことだ。

「もうよい」と言って山口が間に入る。

「こうなっては、ここに露営するしかない」

「お待ち下さい。今度は私が偵察に出ます！」

神成が名乗り出る。

指揮官が偵察に出るなど前代未聞のことなので、周囲の者たちは唖然としている。

「しかし君は――」

「お願いします。何とか見つけてきます！」

しばしの沈黙の後、山口が首肯した。

「分かった。だが無理をするな」

「ありがとうございます！」

そう言って駆け出そうとする神成の背に、山口が「待て」と声を掛ける。

山口が稲田に目を向ける。

「疲れているとは思うが、神成と一緒に行ってくれないか」

「はっ」と答えて、稲田が直立不動の姿勢を取る。

山口が小声になる。

「街道を見つけられなければ、神成は死ぬ覚悟だ。だが、ここで死なすわけにはいかない。何としても連れ戻してくれ」

「私がですか」

一度行って見つけられなかった道を見つけるなど不可能だ。だが稲田は、すぐに山口の真意を察した。

――頃合いさ見計らって連れ戻せどいうごどが。

神成が道を見つけられるとは思えないので、ほどほどのところで連れ戻せと言っているのだ。

山口が神成に向かって言う。

「稲田を付ける」

「不要です」

神成は一度もこのルートで田代に行ったことはない。つまり単独で行くということは、死ににに行くのも同然だ。

「貴様は、わしの命令が聞けんのか！」

遂に山口が怒りを爆発させた。傍らにいる興津と倉石が顔を見合わせる。

神成は数歩戻ると敬礼し、「分かりました」と答えた。

「よし、それでよい」

神成は敬礼すると、雪をかき分け始めた。稲田が慌ててそれを追う。

「大尉殿、私が先に立ちます」

神成の前に出た稲田は、再び田代方面へと向かった。

四

暴風雪が容赦なく吹き付けてくる中を、稲田と神成は懸命に進んだ。

状況は先ほどより悪化しており、突然、暴風雪がやんで月でも出ない限り、街道を見つけることは不可能と思われた。

――足がいぐねかもすれね。

足が重くなってきている。しかも膝から下の感覚がなくなり、足ではなく棒を雪中に突き刺しているようだ。

足下から死が這い上がってくるような気がする。

「どうだ」と突然、背後から声が掛かる。

稲田は周囲を見回したが、大地に多少の凹凸はあるものの一面雪だらけで、目印となるようなものは何もない。

「見当もつきません」

「そうか――。もうだめかもしれんな」

神成が独り言のように言う。

どのような危機にあっても、将校はめったなことで弱音を吐かない。とくに神成は平民出身という引け目があり、誰よりも「兵卒の模範となる将校」たらんとしてきた。だがその神成でさえ、軍人から一人の人間に戻り始めているのだ。

「大尉殿、そろそろ本隊に復帰した方がよいと思います」

「何だと。貴様は最初から戻ることを考えていたのか！」

突然、神成が切れたので、稲田は戸惑った。

「そんなことはありません」

「田代への経路を見つけるまで私は戻らん。命が惜しいなら、貴様一人で戻れ」

「お一人で探すのは無理です」

「俺は水野たちを叱責した。同じように何の手掛かりもなく戻るわけにはまいらん」

「お気持ちは分かりますが、このまま進んでも――」

「だから貴様は戻れ！」

稲田も頭が錯乱してきた。というか癇癪を起こしそうになってきた。

「嫌であります。大尉殿を本隊まで連れ帰ります」

「何だと。貴様は上官の命令に従えんのか！」

神成が稲田の外套の襟を摑むが、握力が失われているのか、すぐにその手は外れた。

「従えません。私は山口少佐殿から大尉殿の側《そば》を離れぬよう厳命されています。大尉殿が死ぬおつもりなら、私も一緒であります」

「貴様は自分を人質に取るのか。何と卑怯《ひきょう》な――」

その後に言葉は続かず、神成が膝をついた。

「大尉殿、しっかりして下さい」

「私はどうすればよいのだ」

神成が天を仰ぐ。

「大尉殿のお気持ちはお察しします。しかし一人でも多くの兵を救うのが、指揮官としての役割ではないでしょうか」

「貴様に、私の気持ちが分かってたまるか！」

「おっしゃる通り、私は一介の兵卒であります。それゆえ兵卒としての責務を全うするしかありません。でも大尉殿の辛いお立場は分かります」

稲田の胸奥《きょうおう》から感情の塊が突き上げてきていた。

「私が皆を死に追いやっているのだ。これは万死に値することだ！」

「そんなことはありません。途中で放り出すことの方が万死に値します」

「私は――、私はもう死にたいんだ！」

神成が泣き出した。

「さあ、立ち上がって下さい。皆で帰営しましょう」

「貴様は帰れると思うのか」

「はい。そう思います」

神成がようやく片膝を立て、よろよろと立ち上がった。

「貴様は、この山に詳しいんだったな」

「もちろんであります。ここの生まれですから」

八甲田の南側には詳しい稲田だが、北側はさほど詳しくない。だが今は、そんなことを言っている場合ではない。

「この天候で田代への道を見つけることは、自分でも難しいと思われます。引き返しましょう」

「ああ——」

神成が天を見上げて言う。

「天よ、私の命を差し出します。ですから兵たちをお救い下さい！」

「さあ、行きましょう！」

神成の背を押すようにして、稲田は元来た道を引き返した。


「神成、稲田、よくぞ戻った」

皆のいる場所に戻ると、山口が労をねぎらってくれた。

「少佐殿、無念ながら田代への道は見つけられませんでした」

神成が血を吐くように言う。

「分かった。致し方ないことだ。それよりここに雪壕を掘った。ここで一夜を明かし、夜が明けたら、馬立場目指して行軍を再開しよう」

「申し訳ありませんでした」

神成が肩を落とす。その悄然《しょうぜん》とした姿を見れば、もう神成に指揮が執れないのは明らかだった。

稲田は、山口と共に随行隊の許に向かった。

皆は小隊ごとに円匙で懸命に穴を掘っていた。交代が頻繁なのは、とにかく体を動かしていないと冷え切ってしまうからだ。ほかの者は樹木のありそうな場所を手で掘り返し、燃料となる木切れを拾っている。

稲田が戻った時には、五台に減った橇隊が追い付いてきており、これで煮炊きの支度ができるようになった。

体は疲れていたが、何もしないで突っ立っていると手足が凍傷になってしまうので、稲田も随行隊の雪壕掘りを手伝った。しかし割り当てられた円匙が二丁しかなく、作業は遅々として進まない。それでも午後十時頃には、何とか掘り終わったが、いくら掘っても地面が出てこないことには閉口した。どうやら厚い氷の岩盤に突き当たったようだ。

地面が出てこないと、煮炊きをするのは困難になる。

それでも寒さには勝てず、雪壕の中央付近に炉を設け、配られた少量の木炭で火を熾した。

苦労して火が点けられると、皆の顔が赤く照らし出された。どの顔にも氷片がこびりつき、老翁のように見える。

稲田の顔も似たり寄ったりなのは、言うまでもないことだ。

すぐに煮炊きの支度が始まった。とにかくこの日の早朝に兵営を出てから、大半の者の腹には何も入っていない。だが二斗炊きの銅平釜はどこかに捨ててきたので、小さな鍋で雪壕ごとに煮炊きするしかなくなっていた。

祖父に連れられて山に入った時の稲田の仕事は、小屋で煮炊きをすることだった。それゆえここでも、いつしか陣頭に立っていた。

稲田が己に言い聞かせるように言う。

「雪面で煮炊きする際は、水平をいかに保つかが鍵だ」

熱によって氷面は溶ける。だが火の強さは同じではないので、必ず平衡を欠く。そのため注意していないと、鍋が傾き、場合によっては覆る。それを防ぐには、わずかな木片で井桁を作り、その上に鍋を置き、微妙な傾きを調整しながら煮炊きするしかない。

稲田は氷面の様子を観察しながら、しばしば木片や枝を挟んで鍋のバランスを取った。そのため随行隊の飯はうまく炊け、皆はまともな食事が取れた。だが、こうした知識を備えている者は少なく、ほかの隊ではうまく炊けず、生煮えの飯をすするしかなかった。

酒も少量あったものの、一人に一口分くらいしかなく、熱燗《あつかん》にしても、とても寒さを凌げるものではない。

食事を取った後は一時的に温かくなったが、真夜中が近づくと、再び体が冷えてきた。

雪壕の上部に張る屋蓋《おくがい》用の天幕などは持ってきていないので、風は容赦なく吹き込んでくる。

つまり雪壕の中にいても、体温の低下は避けられない。そのため誰かが「一、二、一、二」と音頭を取り、皆で足踏みを始めた。だがそれを、ずっと続けるのは辛い。

足踏みは山口ら将校も行っているが、いつしか音頭を取る者もいなくなり、各自が勝手にやり始めた。中には足の上げ下げが緩慢になる者もいるので、その度に左右の者が声を掛けて膝を高く上げさせた。

「冷えるな」

隣に立つ今泉が稲田に話し掛けてきた。

「これから、もっと下がります」

「そうか。今で何度くらいだろう」

「零下十度よりも下でしょうね」

風が強いので、実際の体感温度は、その倍近く下がっているに違いない。

「貴様は、子どもの頃から冬山に入っていたらしいな」

「ええ、祖父が農耕の傍ら猟師もやっていたので、十になった頃から、よく冬山に連れていかれました」

「そうか――、では、危ない目に何度か遭っているんだろう」

「祖父は山をよく知っていたので、一度もそんなことはありませんでした」

「そうか」と言ってため息をつくと、今泉が問うてきた。

「それで、貴様の見通しはどうだ」

今泉も命の危険を感じているのだ。

「明朝までが勝負です。馬立場に戻れれば、全員、無事に帰還できます」

「どうしてだ」

「元来た道を引き返せば、体の弱った者を炭焼小屋に残しつつ、元気な者は帰営できます。それで救助隊を出してもらい、炭焼小屋に残った者たちを拾っていけばいいんです」

「でも炭焼小屋の位置など、誰も把握していない」

「賽ノ河原と中ノ森に一軒ずつあるのを見てきました。探せばもっとあるはずです」

「ということは、稲田はその二軒の位置を確かめていたのか」

「はい。小屋は街道近くに造られているので、手分けして探せば、もっと見つけられます」

今泉が感心したようにため息をつく。

「まさか、こんなことになると想定していたのか」

「いや、冬山で生きる者の習性です。祖父から『冬山さ入ったら、炭焼小屋の場所ば覚えでおげ』と教えられてきましたから」

「そうだったのか。われわれには、とてもまねできることじゃないな」

今泉は宮城県仙台市の出身で、東京の陸軍士官学校に入ったエリートだ。

「山で糧を得る者にとっては、当たり前のことです」

しばしの間、二人は互いの故郷や家族について語り合った。だがそれも尽きてくると、眠気が襲ってきた。

今泉が黙ってしまうと、疲労からか稲田もうつらうつらしてきた。それでも倒れることなく立っていたが、中には転倒しそうになる者もいる。だが立錐《りっすい》の余地もないほど皆で体を寄せ合っているので、倒れる前に傍らにいる者が支えた。

しだいに会話をする者もいなくなり、咳き込む音や鼻をすする音しか聞こえてこなくなってきた。寒さは背骨までしみ込み、居てもたってもいられない。それは皆も同じらしく、うめき声も聞こえてきた。もはや足踏みする者は少なく、立ったまま動かなくなっている者もいる。

稲田は自らを叱咤するように足踏みした。それを見た傍らの今泉も膝を高く上げて、「一、二、一、二」と声を出した。それに何人かが呼応するが、しばらくすると再び沈黙が訪れる。

——朝はまだだが。

皆、それだけを考えているに違いない。兵卒は腕時計を持てないので、時間は分からないが、依然として上空は漆黒の闇なので、夜明けまでは数時間あるはずだ。

こうなると一分どころか、一秒の経過さえもどかしい。

突然、どさっという音がした。誰かが倒れたらしい。激励の声が聞こえ、倒れた者を立ち上がらせているようだ。自分のいる位置からでは助けられないので、稲田はそちらを見ようともしなかった。

こうした無気力は、頭が回らなくなっている証拠なのだろう。だがそれが分かっていても、他人のことを案じるどころか、時間の経過以外のことを考える気がしない。

「すばれるな」

どこからか南部弁で「寒いな」という言葉が聞こえてきた。

「稲田、しっかりしろ」

今泉に勇気づけられ、それが自分の発した言葉だと気づいた。

体の芯どころか脳みそまで冷えてくるのが分かる。

――寝んな。寝ではいげない。寝れば死ぬ。

そうは思っても、頭がぼうっとして何も考えられない。

その時、突然の声に目が覚めた。

「皆、聞け！」

倉石である。

稲田は弾《はじ》かれたように直立不動の姿勢を取った。

五

倉石の大声が雪壕内に響き渡る。

「今から少佐殿のお話がある。皆、心して聞け！」

山口が咳払いすると語り始めた。

「行軍隊は田代に一泊する予定だったが、状況はこれを許さず、この地に露営することになった。だが行軍の目的は、おおむね達成できたと言える。このまま午前五時まで待機する予定でいたが、寒気は厳しく、凍傷の恐れが出てきた。それゆえ払暁《ふつぎょう》前にここを出て、馬立場に向かう」

倉石が話を引き取る。

「行軍隊は午前二時三十分、当露営地を出発し、帰営の途に就くことにする。当番はおるか！」

最前列の者が「はっ」と答える。

「今から、この旨を各雪壕に伝えよ。復唱は省略！」

「はっ、行ってまいります！」

だが伝令役の当番兵は、足が前に出ない。

「どうした！」

「足が——、足が動きません」

「何だと——。分かった。では、私が行く」

倉石は軽い足取りで梯子《はしご》を上っていく。その時、倉石の履いているゴム製の長靴が光った。

「倉石さんは長靴を履いてきたんだ。東京でたまたま見つけて買ってきたと言っていた」

今泉が自分のことのように自慢する。

——あれだば温《ぬ》げべな。

兵卒と違い、将校は服装や装備を補強することが許されている。倉石はコートの裏地まで特別に作らせていた。

すぐに出発準備が始まった。炊事道具などを再び橇に載せるか、背負うかしなければならない。それでも何もせずに立っているよりはましなので、稲田は積極的に手伝った。

やがて準備も整い、倉石から「雪壕を出よ！」という声が掛かった。

皆、足を引きずりながら雪壕を上っていく。稲田が上に出ると、各雪壕からも人が出てきた。

だがその動きは緩慢で、とても軍隊には見えない。

しかも雪壕の外は、凄まじい暴風雪が吹き荒れていた。さっきまで中も外も変わらないと思っていたが、こうして吹きさらしの地に立つと、雪壕のありがたみが分かってくる。

「行軍隊、整列！」

倉石の声に応じ、緩慢な動きながらも、兵卒たちは行軍隊形を取った。

「稲田！」と山口の声がした。

「はっ、何でしょうか」

「馬立場の方角が分かるか」

稲田は周囲を見回したが、何ら目印になるものはない。

「分かりません」

皆の命が懸かっているのだ。無責任なことは言えない。

「そうか――、困ったな」

山口がうめくように言う。

「では、昨日たどってきた道を戻るしかないな」

「昨日の道を見つけるのは、至難の業だと思われます」

「昨夜の記憶と感覚に頼るしかない」

漆黒の闇の中、足跡もない中を山勘で進むことがいかに愚かしいことか、山口にも分かっているはずだ。

「動かないことには、皆が凍傷になってしまう。分かってくれ」

言い訳がましく山口が言う。そこまで言われては、稲田も口をつぐまざるを得ない。

山口が倉石に何か指示すると、倉石の「出発！」という声とともに行軍が開始された。稲田は注意深く地面を見回しながら進んだが、昨日歩いてきた痕跡は全くない。積雪によって足跡は完全に消えている。しかも感覚的に、元来た道を引き返しているようには思えない。

その時、後方から兵卒たちをかき分けるようにして、神成がやってきた。

「少佐殿、この道は違うように感じます。私が先頭に立ちます」

神成も稲田と同じ感覚を持ったようだ。

「君に道が分かるのか」

「は、はい――」

「何か根拠でもあるのか」

「――」

「道を知らぬ者に嚮導ができるか！」

これまで神成に遠慮してきた山口の怒りが爆発した。

「申し訳ありません！」

神成が後方に戻っていく。

「あいつは何を言っている」

山口が独り言のように呟く。だが、その顔には生気がない。体調がよくないのだろう。

道が分からないにもかかわらず、責任感だけで自分が先頭に立つと言ってきた神成も神成だが、出たとこ勝負で行軍を開始した山口の判断力も鈍ってきているように感じられる。

「あっ！」

その時、すぐ前で何かが起こった。視界が閉ざされているのでよく分からないが、どうやら先頭を歩いていた誰かが転落しそうになっているようだ。

「興津、しっかりせい！」

それで転落し掛かっているのが、興津大尉だと分かった。

腹ばいになった山口が、興津大尉の腕を摑んでいるらしい。稲田は反射的に背嚢を外し、銃を雪に突き立てると、山口の傍らに倒れ込んだ。

興津は左腕を山口に摑まれ、右腕で何かを摑もうとしていた。そこに稲田が手を差し伸べたので、興津はそれを摑んだ。

稲田と山口が「せーの」という声を出して引き上げようとしたが、興津は体格がいいので引き上げられない。逆に山口と稲田の体が滑り始めた。複数の雪の塊が暗い闇の中に落ちていく。

このままでは、三人そろって崖下に落ちる。その時、背後の何者かが稲田の足を摑んだ。

「今から引っ張り上げます！」

背後で倉石の声がしたかと思った次の瞬間、稲田と山口の体は引き上げられた。続いて興津も這い上がってきた。どうやら道が細くなっているのが分からず、雪庇《せっぴ》を踏み抜いたらしい。

「ああ、すみません」

興津はその場に横たわり、右足を押さえている。

雪を払いつつ山口が問う。

「足を痛めたのか」

「はい。そのようです」

倉石が背後に向かって「永井、永井はどこだ！」と叫ぶと、永井軍医が走ってきた。

永井は興津の足を調べて言った。

「折れてはいませんが、捻挫しているようです」

山口が興津に問う。

「歩けるか」

「はい。何とか」

興津が永井の肩を借りて立ち上がる。

その時、最後尾を務めていた伊藤中尉が神成大尉を伴ってやってくると、「申し上げます」と言って意見具申した。

「このまま歩き続けても体力を消耗するだけです。いったん昨夜の露営地に戻り、日の出を待った方がよいと思われます」

神成も口添えする。

「闇の中を手探りで進めば、今回のような事故が起こります。今なら足跡が付いているので、露営地に戻れます」

山口が倉石に向かって問う。

「君はどう思う」

「すでに一時間ばかり体を動かしましたので、凍傷の危険も去ったと思われます。露営地に戻りましょう」

「よし、分かった。そうしよう」

それで道を引き返すことになった。

山口は次第に倉石を頼るようになっていた。自分の判断力に自信を持てなくなってきているのだ。

「出発！」

今度は最後尾の伊藤が先頭となり、反転行軍が始まった。最後尾となったことで、随行隊の緊張感は少し和らいできた。

この機会に、稲田は山口に「少佐殿」と呼び掛けてみた。

「ん、どうした」

「お体の調子が悪い時は、遠慮なく言って下さい。私が肩をお貸しします」

「まだ大丈夫だ」

それだけ言うと、山口は俯《うつむ》き加減で歩き続けた。

山口が「まだ」と言ったのを、稲田は聞き逃さなかった。それは「不調になってきているが、まだ歩ける」という意味に違いない。

風は少し収まったものの、雪は相変わらず降り続き、先ほど踏みならしてきたはずの道が、従前と変わらなくなってきている。

隊列は黙々と元来た道を引き返していた。

その時、列の前方から走り来る者がいる。

「申し上げます！」

現れたのは、稲田もよく知る佐藤特務曹長だった。

六

佐藤が自信を持って言う。

「自分は、この脇道に見覚えがあります」

その指し示す方向を皆が一斉に見る。稲田でさえ気づかなかったが、言われてみれば確かに脇道のようなものが見えている。

「自分は青森の生まれで、子どもの頃、叔父《おじ》に連れられ、ヤマメを釣りに田代温泉に行ったことがあります。その時、鳴沢から駒込川河畔まで下りたと記憶しています。その道の目印として、叔父が『地元の人が二本の木を植えておいた』と言っていたのを覚えています。見て下さい」

佐藤が脇道の傍らを指差す。そこには雪の重さに耐えるように、一本の木が立っていた。

「佐藤、それは確かなのだな」

倉石が強い口調で確かめる。

「間違いありません。この道を下れば田代に着きます」

山口が半信半疑で問う。

「ここから田代はすぐなのか」

「はい。ここを下った後は、呆気《あっけ》なく着いたと記憶しています」

その時、神成と伊藤が駆けつけてきた。

「どうしたんですか」

倉石が事情を手短に語る。

「それはだめです」

伊藤が強い口調で言う。

「いったん露営地に戻ると決めたのです。戻った後、日が出てから、この道が田代にたどり着けるかどうかを偵察によって確かめるべきです」

稲田もそれがいいと思った。

「いや、間違いありません」

佐藤が言い張る。

「稲田」という山口の声が聞こえた。

「貴様は、この道を知っているのか」

「知りません」

おそらく佐藤の叔父は、ヤマメを釣るために河畔に下りたのであり、田代に行くことだけが目的なら、河畔には下りなかっただろう。

山口が稲田に問う。

「だが稲田、駒込川まで出られれば、上流に向かって歩くだけではないのか」

「その通りですが、これだけ川が増水していては、河畔の道を通れるかどうか分かりません」

神成が口を挟む。

「それでは私が偵察に行きます。皆はここで待っていて下さい」

佐藤が反論する。

「この道は険しいです。いったん河畔に下りれば、戻ってくるのは困難です」

山口が沈思黙考する。だがそれは、倉石に決断を促しているようにも感じられた。

「行きましょう」

遂に倉石が言った。

「偵察など出している暇はありません。ここには雪壕もないので、偵察が戻るのを待っていたら、凍傷にかかる者が続出します」

「分かった。佐藤に任せよう」

山口が決定を下す。あたかもそれは、誰かに判断を委ねることで肩の荷を下ろしたかったかのようだ。

伊藤はまだ何か言いたげだったが、反論せずに引き下がった。

河畔に下りることが決定したので、すべての橇を放棄することになった。むろんその場に置いていくので、後で回収することもできるが、もはやこの道に戻ることはないと思われたので、輜《し》重《ちょう》隊《たい》の兵卒は最低限のものだけ背負っていくことにした。

再び行軍隊の先頭は随行隊となった。先駆けとして佐藤がその先頭に立つ。だがその道は、断崖に斜めに付けられており、とても危険な気がした。

行軍隊は断崖に付けられたつづら折りを下りつつ、徐々に河畔に近づいていった。しばらくすると、駒込川の川音が聞こえてきた。

「佐藤曹長殿」と稲田が声を掛ける。

「何だ」

佐藤が血走った目を向けてくる。

「当時、河畔の道は広かったと記憶していますか」

「ああ、広かった。貴様は何を心配している」

「これだけ雪が降っているのです。川水が溢れていれば道がなくなります」

それに佐藤は何も答えない。

――分がってらんだな。

佐藤が唯一心配しているのは、それなのだ。

やがて一行は河畔に着いた。駒込川は奔流と化していた。川音は耳を圧するばかりで、耳元で怒鳴らないと会話できないほどだ。しかも川水は断崖に迫らんばかりに流れており、狭い河原道が、かろうじて残っている。

それでも空が明るんできたことで、周囲の風景が見え始めた。後方からは弾んだ声も聞こえる。依然として雪は降り続いていたが、行軍隊全体に明るさが戻りつつあった。

「間違いない。これで田代に着ける！」

佐藤の言葉に、後方から「おおっ」「やったな」といった声が返ってきた。

佐藤は「この道だ。叔父さんと来たのは、この道だ」と喜びをあらわにしつつ、雪の降り積もったガレ場を進んでいく。

佐藤は上流に向かっていくので、稲田も安堵した。

その後、しばらく行くと、大岩が転がり、先が見通せない場所に至った。それでも佐藤は構わず大岩を上っていく。その時だった。

「あぁっ！」

佐藤の絶叫が聞こえた。

「どうしましたか」と言いつつ大岩を這い上がると、眼前に信じられない光景が広がっていた。

「なんてことだ」

佐藤が膝をつく。

信じ難いことに、川水は断崖を洗い、見事に河畔の道をなくしていた。

「どうした」

続いて倉石らが追いついてきた。

「ああ、道がなくなっているのか」

倉石が落胆をあらわにする。続いて大岩の上に這い上がってきた山口は口を閉ざし、茫然と眼前の光景を眺めている。

兵卒をかき分けるようにして前に出た伊藤が言った。

「こ、これはどういうことだ。佐藤、話が違うぞ！」

「十五年前、ここは広い河原でした」

佐藤が涙声で言うと、すでにショックから立ち直った倉石が山口に問う。

「とにかく行けるところまで行きましょう」

「それは無理です」

伊藤が進み出る。

「川水の深さがどれほどあるか分かりません。深みに足を取られれば、それでおしまいです」

大岩の上から見ると、水は膝の高さくらいにしか見えないが、実際は腰くらいの深さになるのだろう。そうなると流される者が出てくるかもしれない。

「どうする」

山口が困惑したように問うと、伊藤がすかさず答えた。

「再び台地に上がり、馬立場を目指しましょう」

その後、侃々諤々の議論の末、当初の予定通り、馬立場を目指すことになった。

「引き返すぞ！」

倉石が全軍に号令する。

事情の分からない後方の者たちは、不平不満を言っている。だが伊藤が走り戻り、兵卒に説明したので、何とか収まった。

これまで将校の言うことに唯々諾々と従ってきた兵卒たちだが、ここに来て文句を言い始めた。あからさまに敵意の籠もった視線を山口らに向けている者もいる。

――軍紀が崩れ始めだな。

上官の命令は絶対と言っても、自らの身に死の危険が迫っていると分かれば、下士官も兵卒もない。そうした組織としての危機が現実に起こりつつあるのだ。

やがて最後尾が先頭となり、行軍が再開された。あとわずかで田代ということで、気力を奮い立たせて歩いてきた面々は、足を引きずるようにして元来た道を引き返した。

ところが、うずくまって動けなくなっている者がいる。

――あれは佐藤さんでねが。

稲田は引き返して佐藤の肩を抱いた。

「曹長殿のせいではありません。もう行きましょう」

「俺の責任だ。俺が悪いんだ」

佐藤は雪にまみれた顔をくしゃくしゃにしていた。

「そんなことはありません。ここで死んでどうなるんです。同じ死ぬなら満州で死にましょう」

「満州か――」

「そうです。満州で一緒に死にましょう」

佐藤がうなずく。

「そうだったな。満州で死のう」

ようやく佐藤が立ち上がる。

佐藤を抱えるようにして立たせると、稲田は山口の近くに向かった。

依然として雪は降り続き、風も再び横殴りになってきた。

――負けでたまるが！

稲田は自らを奮い立たせた。

七

――今夜のうぢに田茂木野さ着けるが勝負だ。

そのためには、遅くとも日没前に馬立場に着いていなければならない。そして夜間行軍を強行し、田茂木野にたどり着くこと以外、全員が助かる術《すべ》はなくなっていた。

荷物の大半を捨てたとはいえ、標高差百メートルを超える断崖を登るのは容易ではない。つづら折りになった道を一列縦隊になって登るのだが、それぞれ登攀速度に差があるため、最後尾になると止まったり動いたりが頻繁になり、疲れが倍増する。

それでも最初のうちは、皆で軍歌を歌い、励まし合うことで脱落する者はいなかった。だが長らく待たされた後、隊列が動き始めると、途次に動けなくなった者がいると分かった。

そこには永井軍医らが集まり、倒れた者を何とか助け起こそうとしているが、倒れた者は青白い顔をして微動だにしない。

それを見ていた倉石が苦渋の決断を下す。

「永井、もうよい。行け」

「まだ息があります」

「息があっても動けない者はどうにもならない。後は天祐《てんゆう》に任せよう」

「医師として、生きている者を見捨てるわけにはいきません」

「馬鹿野郎！　お前は一人を助けるために皆を殺すつもりか！」

永井の気持ちも分かるが、大局的見地に立てば、倉石の言うことは正しい。

「し、しかし――」

「さあ、立て！」

周囲の兵に肩を摑まれて立ち上がった永井は、釈然としない顔で隊列に戻った。

稲田は倒れた兵の顔をちらりと見たが、とくに親しい者ではなかった。しかし顔には見覚えがある。言葉くらいは交わしたことがあったかもしれない。稲田は彼の冥福を祈るしかなかった。

「うわー！」

しばらく行くと突然、絶叫が聞こえ、誰かが滑落していく音が聞こえた。しかし視界は二メートルもないので、その姿は見えない。兵たちの間に動揺が走る。

「助けに行こう」という声も聞こえる。だがこの道を再び下り、どこに落ちたかも分からない者を見つけ、担いで断崖を登るのは不可能に近い。

倉石が「致し方ない。前に進め」と言った時だった。谷底から落ちた者の声が聞こえてきた。

「助けてくれ！」

隊列に衝撃が走る。

「おーい、動けない。手を貸してくれ！」

横殴りの吹雪の中でも、その声ははっきりと聞こえた。

稲田とて助けられるものなら助けたい。だがそんなことをすれば、道連れになるだけだ。

「行かないでくれ。誰か助けてくれよー」

その声は次第に哀訴となっていった。

隊列は止まったが、互いに顔を見合わせるでもなく、それぞれがその場に立ち止まり、黙ってその声を聞いている。

「あー、死にたくない。帰りたいようー」

耳を覆いたくなるが、もはや腕を動かすことさえ億劫《おっくう》だ。

倉石が大声で命じる。

「隊列を崩さず進め！」

行軍が再開されたが、皆の足取りは重い。

「行かないでくれよう。お願いだ。戻ってきてくれ！」

稲田は多くの兵と同じように沈黙を守った。

――おらは山口少佐の従卒だ。少佐を守ることだけば考えでいればよい。

それを逃げ道にする自分に強い嫌悪を感じた。

谷底の声は次第に聞き取りにくくなり、やがて吹雪の音にかき消されていった。

しばらく行くと隊列が止まり、何かを伝える声が聞こえてきた。どうやら永井を呼んでいるらしい。

誰かが降りてきて倉石に何かを伝えた。

倉石が「永井、先に行け」と促すと、永井は「はっ」と答え、皆をかき分けて隊列の先頭に向かった。倒れた者を見捨てるのが倉石の方針だと稲田は思っていたが、永井を行かせたのは解せない。

永井が先行するのを見届けた倉石が、行軍再開を命じる。皆は足を引きずりながら登攀を再開した。その途次、ようやく事態が分かった。

――あれは水野少尉だ！

将校の中で最も頑健そうに見え、休みの日も訓練を怠らなかった水野が倒れたのだ。水野の周囲には人が集まり、何とか助け起こそうとしている。倉石も近寄り、「水野、しっかりしろ！」と呼び掛けている。だが水野は目を閉じ、口をだらりと開けている。もはや水野が意識を取り戻すことはないように思えた。

倉石は山口の許に戻ると、「水野が倒れました。いかがしますか」と尋ねている。先ほどから稲田の少し前を茫然と歩んでいた山口は、「誰だ」と聞き返している。倉石の声が聞こえなかったから聞き返しているのか、水野が誰か忘れてしまったから聞き返したのかは分からない。

やがて倉石の言っている意味を理解したのか、山口が「そうか」とだけ言った。

「水野を置いていくということでよろしいですか！」

「えっ、誰だって」

「水野男爵のご子息の水野忠宜少尉です」

山口が苦悶の表情を浮かべる。

「仕方ない。そうしろ」

決断は下された。

稲田たちが横目で見る中、水野が横たえられ、その上に荷物を覆っていたシートが掛けられた。

「水野、起きろ！」

「水野、死ぬな！」

将校仲間が声を掛けるが、その声も空しく、水野は二度と動かなかった。

確実に断崖の頂上は近づいてきているはずだが、稲田の意識も薄れてきた。ふと背後を見ると、先ほどまでとぼとぼと歩いていた佐藤曹長の姿が見えない。

「あっ」と思って立ち止まっていると、最後尾を歩く伊藤中尉がやってきた。

「中尉殿、佐藤曹長はどうしましたか」

「佐藤は落ちた」

「落ちた――」

「構わないから先に進め」

伊藤が厳しい顔つきで、稲田の背を押す。

――まさか、自殺したのが。

田代への道を誤った責任に耐えられなくなり、佐藤は自ら死を選んだのだ。

途中、何人かうずくまるようにして動けなくなっている者がいた。だが、誰一人として声を掛けるでもなく通り過ぎていく。

一瞬、「しっかりしろ」と声を掛けようかと思ったが、もしも頼られてきたら付き添ってやらねばならない。皆と同様、稲田も見て見ぬふりをするかのように通り過ぎていった。

正午近くなってから、ようやく行軍隊は台地上にたどり着いた。一行は疲労困憊《こんぱい》しており、誰もが打ちひしがれたように、その場に腰を下ろした。

足を負傷している興津は、かなり遅れて着いた。肩を貸していた兵卒も疲弊が激しく、興津を下ろすと、その場にへたり込んだ。

この頃、朝方にも増して暴風雪がひどくなってきていた。後の倉石大尉の談話には、「風雪怒号厳寒益々暴威を加え、天地全く晦冥《かいめい》となり」とある。

この時の登攀で十名ほどが姿を消した。

やがて倉石の「行軍開始！」という声が聞こえてきた。いったん座ると二度と立てなくなると思った稲田は、今泉と一緒にその場で足踏みをしていた。そのためすぐに歩き出すことができた。しかし座っていた者の中には、二度と立ち上がれない者もいる。

立ち上がった者は、立てない者を何とか立たせようとするが、中には気を失った者もいた。声を掛けても立ち上がってこない者は、そのまま置き去りにされた。

稲田と今泉が興津を抱え起こす。

「すまない」

「一緒に行きましょう」

気づくと山口も立てないでいる。

稲田は興津のことを今泉と従卒に任せ、山口の傍らにしゃがんだ。

「少佐殿、行きましょう」

「えっ、行くのか。ああ、そうだな」

ようやく山口が立ち上がる。行軍隊中最高齢の四十六歳になる山口にとって、これだけ過酷な環境での行軍は相当堪えるのだろう。

何とか山口を立たせると、山口は「一人で歩ける」と言い、脇を支えていた稲田の手を振り解《ほど》いた。

――本当に大丈夫だが。

覚束ない足取りの山口を案じつつも、稲田は背後に退いた。

やがて行軍が再開された。倉石と神成が先頭に立つ。最後尾は伊藤が受け持った。断崖を登りきったことで、皆の間に安堵感が広がっていた。だがそうした心の隙を「山落とし」は突いてくる。

途中、二人が一人の左右の腕を取り、立たせようとしている光景に出くわした。これまで何度も見てきたので、稲田は気にもとめなかった。

その時だった。座り込んでいた兵が突然わけの分からない奇声を発すると、左手の断崖の縁に向かって駆け出した。

「危ない、止まれ！」

誰かが叫んだが兵は止まらず、そのまま絶叫を残して断崖から消えていった。

――「山落とし」だ。

続いて前方でも喚《わめ》き声が聞こえた。しばらく行くと、十メートルほど右手の深い雪溜まりの中から、両足を突き出すようにして倒れている者が見えた。腰から上は雪の中に埋まり、あがくように足だけを動かしている。だが誰も助けに行こうとしない。そんなことをすれば自らも雪溜まりにはまり、抜け出せなくなるからだ。

稲田も助けに行かなかった。誰もが、自分のことで精いっぱいなのだ。

吹雪はこれまで以上に強くなり、刺すような寒気は手足の感覚を失わせた。前を行く山口を見ると、外套の端がめくれ上がり、板のようになって凍り付いている。

慌てて自分の外套に触れると、同じようになっていた。それでも肌衣を重ね着してきたおかげで、肌に接している部分は、まだ凍っていない。

止まったり進んだりを繰り返しながら、行軍隊は馬立場を目指した。駒込川の川音は近くなったり遠くなったりするので、再び鳴沢の複雑な地形に囚われてしまったと分かる。やがて空が暗くなってきた。夜になる前に馬立場に着くなど、とても無理な状況だ。

――とんでもねえごどさなっだ。

実際は「とんでもない」どころではないのだが、稲田自身も意識が朦朧としてきており、何もかもどうでもよくなってきた。先ほどまで感じていた空腹感も消え失せ、生きたいという気力がなくなりつつあるのが分かる。

――死にたぐね。

だが死の瞬間まで、稲田は山口を支え続けねばならない。それだけが、稲田の気力を奮い立たせていた。

やがて隊列が止まり、小休止が伝達されてきた。そこは多少の窪地だったので、少しは風を避けられるのがありがたかった。

早速、山口、倉石、神成、興津、伊藤らは輪になって協議を始めた。その近くに控えた稲田は、山口の様子をうかがった。山口は疲れているのか口数も少なく、倉石らにすべてを委ねているように感じられる。

将校の間では激論が交わされていた。「皆の疲労が限界に達しているので露営すべし」と主張する伊藤に対し、「露営すれば凍死者が増えるだけだ」と倉石が反論する。

倉石が山口に言う。

「露営すると言っても、すでに鍋釜はもとより円匙も十字鍬もありません。雪壕が掘れなければ、吹きさらしの中で六〜七時間を過ごすことになります。そうなれば半数以上の将兵が倒れます」

だが伊藤は慎重だ。

「それでも道が分からない中、馬立場を目指すのは無謀です。それこそ途中で全員が倒れます」

倉石が反論する。

「座して死を待つより、それぞれが運を切り開くべきではないか」

「つまり倉石大尉は、ここで解散し、皆が思い思いの生き残り方を模索しろと言うのですか」

将校の間に気まずい空気が漂う。軍隊の解散というのは、指揮官の無能を露呈することになるからだ。

倉石は、伊藤ではなく山口に向かって言った。

「いつまでも二百人余が共に行動していれば、死の危険が高まります。たとえ解散せずとも、小隊ごとの行動を許したらいかがでしょうか」

伊藤が食い下がる。

「帝国陸軍には、これまで作戦中ないしは軍務従事中に解散した部隊などありません。そんなことをすれば、われわれの責任になります」

伊藤は「われわれ」と言ったが、実際には本来の責任者の神成と、途中から指揮権を握った山口の責任となる。

「私は解散しようとは言っていない！」

「言っています！」

倉石と伊藤が対峙《たいじ》する。状況は生きるか死ぬかになってきており、伊藤は軍隊内の序列を無視し始めていた。

「もうよい」と山口が二人の間に入る。

「皆はどう思う」

山口が問うと、神成が答えた。

「解散も一つの選択肢ですが、時期尚早だと思います」

続いて、それまで黙っていた興津が発言する。

「負傷者となって分かったのは、皆の迷惑になりたくないということです。私が足を引っ張って誰かを道連れにすれば、死んでも死にきれません」

伊藤が冷静な声音で言う。

「興津大尉殿、皆がそれを言い出せば、統制が取れなくなります。規律を守って集団行動することこそ、より多くの者が助かる道のはずです」

「しかし俺の歩く速度が遅いために、行軍全体の速度が遅くなってきているじゃないか」

沈黙が訪れた。それは皆も感じていたことだからだ。

「構わぬから俺を置いていってくれ」

興津が肺腑《はいふ》を抉《えぐ》るような声で言う。

「そんなことはできません」

　意外なことに倉石が言った。

「私が言いたいのは解散という極端なことではなく、それぞれの状況に応じて集団を作り、助かる道を模索すべきということです。例えば元気な者は馬立場から田茂木野に向かい、動けない者は近くの炭焼小屋を探すか、田代を目指してみるのも手です」

　その時、稲田は倉石の言いたいことに気づいた。

　元気な者が弱っている者を連れていくとなると、元気な者に多くの負担が掛かる。そのため元気な者も弱ってしまう。それを避けるには、弱っている者を切り捨てるしかない。だが戦友を置いていくことは軍人としてできない。そこで倉石は考えに考え、その方法を見つけ出したのだ。

　つまり小集団に分かれると言えば聞こえはいいが、弱った者に足を引っ張られ、元気な者が命を失う危険を回避しようというのだ。

「少佐殿、いかがですか」

　山口は何も答えず己の考えに沈んだ。その時間が永遠に続くかと思われた時、ようやく口を開いた。

「われわれに軍医は一人だ。集団に分かれれば、永井は最も弱っている者たちの集団に残していくことになる」

　そうなれば元気な者たちが弱った時に治療の手はなくなり、また比較的元気な永井軍医を死に追いやることにもなりかねない。

それは盲点だったのか、倉石も困った顔をしている。

山口が結論を言った。

「少なくとも今は、これまでにないほどの暴風雪が吹き荒れている。しばらくここにとどまり、暴風雪が収まるのを待とう」

結論の先延ばしとも取れるが、それは妥当な判断だった。横殴りの風に、もはや立っているのも困難なのだ。

結局、露営となったが、露営といっても前夜とは違い、その場に立って夜明けを待つだけだ。それでも倉石は、それぞれの小隊長を中心とした円を描いて立つように指示した。ちょっとした窪地にいくつもの円ができた。この状態で夜明けとなる朝の五時頃まで待つというのだ。

——夜が明けるまで六時間から七時間もある。どう考えても無理だ。

比較的元気な稲田にとっても、それだけの時間、足踏みしながら立ち続けるのは、困難を通り越して不可能に近いと思われた。

八

意識が朦朧としてきた。どのくらい時間が過ぎたのかも分からない。手足の感覚はほとんどなく、体の芯まで凍り付いている気がする。知らずに小便を漏らしてしまったらしく、男茎《おはせ》の感覚もなくなっている。

凍傷は体の先端部から始まる。手足の指と同様に危険なのは男茎だ。慌てて股の間を揉《も》むと、少し感覚がよみがえってきた。

――ああ、いがった。

その時、周囲を見回した稲田は愕然とした。立っていると思っていた者たちの約半数が倒れていたのだ。しかも倒れている者で動いている者は一人もいない。

――すまった！

近くに倒れている一人を助け起こそうと思ったが、足が動かない。慌てて足踏みを始めたが、動きが緩慢で膝は申し訳程度にしか上がらない。

山口の方を見ると、かろうじて踏みとどまってはいるものの、風に煽《あお》られて今にも転倒しそうになっている。

稲田は力を振り絞って一歩を踏み出した。ほんの数歩の距離にもかかわらず、気力を振り絞って山口の許にたどり着いた稲田は、その耳元で問うた。

「少佐殿、大丈夫でしょうか」

「ああ、何とかな」

その声は、吹雪にかき消されて聞き取れないほどだ。

「私に身をもたせ掛けて下さい」

「すまんな」

山口が稲田に肩を寄せる。それを支えるべく、稲田は足を踏ん張った。

——こったら姿勢で、夜が明げるのを待づのが。

だがその時、暴風雪が弱まってきていることに気づいた。

背後を振り返ると、倉石と神成が何か打ち合わせている。それが終わると、二人が山口の近くに寄ってきた。

「少佐殿、兵たちが体を動かさないと凍え死ぬので、行軍を再開してほしいと訴えています」

「見て下さい。すでに多くの者たちが倒れています」

二人に言われて初めて気づいたのか、山口の顔がひきつる。

「なんてことだ」

神成が懇請する。

「暴風雪も収まってきましたし、夜明けも近いと思われます。しばらくすれば、馬立場も見えてくるでしょう」

後に分かることだが、この時は午前二時から三時の間だった。雲が薄くなって、輝きが増した星明かりに雪が反射し、それが周囲を明るくしたため、夜明けが近いと勘違いしたのだ。

倉石もそれに賛成する。

「もうこれ以上、この場にとどまるのは危険です。とにかく体を動かしましょう」

山口が断を下す。

「分かった。行軍を再開しよう」

その一言を聞いた神成と倉石は、「整列しろ！」と大声で皆に告げた。これに対し、伊藤の反論はない。伊藤も致し方ないと思ったのだろう。

その場に倒れた多くの者を残したまま、行軍が再開された。しかし誰もが、足を引きずるようにしか歩けない。先頭に立った神成と倉石は、それぞれの勘を元に話し合い、進む方向を決めているようだ。

——そったらごどで、うまぐいぐはずね。

そうは思うものの、このままここにとどまれば、凍死者が増えるのもまた事実なのだ。

雪をかき分けるようにして一時間半ほど進んだが、道が次第に上り坂になっていることに気づいた。すると雲の切れ目から前方にそびえる山が見えた。

——あれは前嶽だ。

その山容は前嶽以外の何物でもなかった。それに倉石も気づいたのか、神成と何か話し合うと「回れ右！　反転せよ！」と喚いている。

「どうした」

山口がぼんやりとした顔で稲田に問う。

「どうやら前嶽を登っていたようです」

「進む方角を間違えたのか」

「どうやら、正反対に来てしまったようです」

「そうか」

山口が苦しげに天を仰ぐと言った。

「われわれは、八甲田に囚われているのだ」

顔も体も雪片で覆われているためか、山口は齢《よわい》七十を超えた老翁のように見える。

この時、神成が前嶽に向かって指揮刀を差し上げると、大声で言った。

「天はわれわれを見捨てたらしい。俺も死ぬから、全員昨夜の露営地に戻り、枕を並べて死のう」

この言葉は小原伍長の証言にあるもので、後に「天はわれらを見放した」という言葉として人口に膾炙《かいしゃ》されていく。

この言葉を聞いた者の衝撃と絶望は大きかった。先ほどまでいた露営地に戻るということを聞き、士気が著しく阻喪して脱落者が続出した。脱落と言っても、ただ遅れるだけではない。あっちでばたり、こっちでばたりと倒れていくのだ。

それまで従卒らに抱えられるようにして歩いていた興津も、遂に歩けなくなった。従卒が何とか抱え起こそうとするが、興津はその場に胡坐《あぐら》をかき、「倉石を呼んでくれ」と命じた。

「興津大尉、どうしたんですか！」

反転したことで最後尾を担うことになった倉石が駆けつけてきた。

「どうやら皆と一緒に行けるのは、ここまでだ」

「何を言っているんですか。一緒に行きましょう！」

「いや、もう歩けない。これ以上、皆に迷惑を掛けるわけにはいかない」

「あきらめるのは早すぎます。興津大尉には、お子さんが三人もいらっしゃるじゃありませんか。ご家族のためにも生きて下さい」

興津がゆっくりと頭《かぶり》を振る。

「私も家族のことを思い、ここまで歩いてきた。だが、これ以上は皆に迷惑が掛かる。ここまでとさせてくれ」

「ああ、何という――」

倉石が嗚咽を漏らしつつ言う。

「今まで反抗的な態度を取り、申し訳ありませんでした」

「何を言う。信頼し合っているからこそ、互いに反対意見が言えたのだ。だから私は君を呼んだ。家族への伝言を託すためにな」

興津は、最も生き残る可能性が高そうな倉石に遺言を託したかったのだ。

「うちは三人とも男の子だ。一生懸命勉強し、できれば軍人になり、お国のために尽くしてくれ。父と同じように見知らぬ場所に屍《しかばね》を晒すことになろうと、一点の曇りなくまっすぐ生きていれば、悔いなど全くない。俺は今、澄み切った気持ちで死を迎えようとしている。君たちと一緒に過ごせて俺の人生は――、俺の人生は素晴らしかった」

「興津大尉――」

「すまんが、そう伝えてくれ」

眉毛から下がるつららを払いつつ、興津が唇を嚙む。

「分かりました。正確に伝えます」

「興津――」

興津のことを知らされた山口が、よろよろとやってきた。

「こんなことになってしまい、すまなかった」

「何をおっしゃるのですか。此度のことは満州での戦いに生かせます。そのために死ぬなら本望です。ここで先に失礼するのは真に申し訳ありませんが、笑顔で見送って下さい」

「分かった」

そう言うと、山口は直立不動の姿勢を取った。それを見て、そこにいる者たちも山口に倣った。

「興津大尉に向かって敬礼！」

皆は動きにくい腕を何とか上に持ち上げ、敬礼の姿勢を取った。

「では、これにて――」

座したまま敬礼を返した興津は、そのままがくりと首を落とした。眠りたくて仕方がなかったのだ。

「歩兵第五連隊歌、斉唱！」

倉石が指揮刀を上下させる。それに合わせて皆が隊歌を斉唱する。

山霊（嶺）北に凝《こ》るところ、三洋潮《さんようしお》逢う港
大青森の一偉観、営庭営舎厳として

北の鎮《しずめ》の任重く、武威維《これ》揚る五連隊

動かなくなった興津に一礼し、皆は行軍を再開した。

伊藤に先導された本隊が先行してしまったので、倉石は最後尾となった随行隊を急がせた。

少し行ったところで、一体の遺骸の傍らに倒れる永井軍医の姿があった。永井は治療器具をうまく扱えなかったのか、器具を散乱させ、それをかき集めようとするかのように、手を伸ばしたまま息絶えていた。

永井は、手袋を外した両手を恨めしげに前に差し出していた。その手は真っ赤になり、火膨れしているかのように肥大していた。

――どうか迷わず成仏すて下《け》さい。

それ以外の言葉の掛けようもなく、そこを通り過ぎる者たちは一礼するか、敬礼するかして通り過ぎていく。

途中、道脇に褌《ふんどし》一丁で倒れている遺骸を見つけた。いわゆる「矛盾脱衣」であろう。稲田は「山落とし」の一種だと知っていたが、それを見た兵たちは恐怖に顔をひきつらせた。

その後も多くの遺骸を見た。中にはいまだ動いている者や、口をパクパクさせて何かを懸命に訴えている者もいたが、皆は見て見ぬふりをするかのように、その前を通り過ぎていった。

その後、前嶽を再び下って鳴沢に戻り、第二露営地にたどり着いた。そこで点呼を取ったところ、総員は六十人に減っていた。

その頃には、空が白んできていた。夜明けが訪れたことで、皆の気持ちが多少は明るくなったが、気力も体力も限界に達していた。

行方不明者の中には、道に迷ったふりをして勝手に隊を離脱した者もいた。どうやら稲田のように炭焼小屋の位置を覚えており、限られた人数しか入れないので、仲のよい者だけで向かったらしい。彼らの多くは後に救出されることになる。

誰もが暗澹たる面持ちで、その場に腰を下ろした。皆は上官の許可も取らず、勝手に背嚢を燃やし始めた。それで一時の暖を取ろうというのだ。むろんそれを咎める将校はいない。

行軍隊は、いまだ絶望の中にいた。

九

「出発用意！」

突然、倉石の声が聞こえた。

――さあ、行くべ！

気合を入れ直した稲田は、膝を上げて何度か足踏みすると、傍らの山口に告げた。

「行軍が再開されるようです。行きましょう」

ところが山口は腰掛けたままうずくまり、何の反応も示さない。

「少佐殿、立ち上がって下さい」

稲田が山口の腕を取ろうとした時だった。山口がその場にくずおれた。

「あっ、少佐殿、しっかりして下さい！」

異変に気づいた倉石と神成が雪をかき分けてやってくる。

「どうした！」

「分かりません」

倉石と神成が懸命に呼び掛けても、山口は動かない。

「永井はどこだ！」

神成の叫びに誰かが答える。

「永井軍医殿はいません」

「いませんとは、どういうことだ」

それには誰も答えられない。神成も「いない」という意味を覚ったのか、黙り込んでしまった。

倉石は山口の脈を取ろうとしていたが、手袋の間からではうまく測れない。仕方なく「失礼します」と言って瞼《まぶた》を開けてみたが、山口の眼球は全く動かない。

倉石が山口に呼び掛ける。

「少佐殿、第五連隊並びにご家族に対して、何か言い残すことはありますか！」

その言葉を近くで聞いていた者たちの顔色が変わる。大隊長が死を迎えようとしているという事態の深刻さに、誰もが気づいたのだ。

「誰か背嚢はあるか！」

稲田は自分の背嚢を下ろすと火をつけた。それに倣い、近くにいた何人かの兵も、背嚢を供出した。だが背嚢は湿っているので、なかなか燃えてこない。それでも何とか着火し、暖を取れるまでになった。誰もが、このまま山口は死を迎えると思っていた。ところが体がわずかに温まったからか、山口が体をわずかに動かした。

「少佐殿、しっかりして下さい」

「ああ、うん――」

山口は意識を取り戻したのか、周囲を見回している。

「少佐殿、大丈夫ですか！」

倉石の声に山口がうなずく。

「立ち上がれますか」

倉石が山口を助け起こそうとしているので、稲田もそれを手伝った。意識を取り戻した場合、すぐに体を動かすようにしないと、再び人事不省に陥るからだ。

二人の手を借りたものの山口は立ち上がり、皆はほっと胸を撫で下ろした。

だが山口の介抱で手間取ったため、一時間から一時間半ほどの大休止になってしまった。その間、山口の介抱に携わっていない者たちは生木を探し、背嚢を燃やして暖を取った。それで人心地ついた感はあったが、それらが燃え尽きてしまえば、もはや燃やすものはない。その先行きの不安からか、皆の表情は暗く沈んでいた。暴風雪はさらに激しさを増し、動いていても体温の低下が著しい。

意識を取り戻した山口を、稲田は懸命に介抱した。誰かが持ってきてくれたぬるま湯を山口に飲ませると、山口がため息をつきつつ言った。

「もうだめかもしれない」

「何をおっしゃるのですか！」

「いや、もう歩けないのだ」

そう言いながら山口は周囲に視線を走らせた。この時、間近にいるのは稲田だけになっていた。

「稲田、お前は元気そうだな」

「はい。まだ何とか――」

「そうか。よかった」

山口が干からびた唇を開閉させている。稲田は、すぐに何か伝えたいことがあるのだと察した。

「少佐殿、ご家族に何か伝えたいことがあればおっしゃって下さい」

稲田が耳を寄せる。

「実は、お前に伝えておきたいことがある」

「何なりと」

この時、山口が伝えたいこととは家族への遺言の類だと、稲田は思い込んでいた。ところが、それは全く予想もしないものだった。

それを聞いた時、稲田はわが耳を疑った。

「そんな重大なことを、なぜ私に――」

「誰かが真実を知っておかねばならないからだ。こんな形で多くの者を死なせてしまった責任は私にある。私はその罪から逃れようとは思わない。だが罪は、私だけにあるわけではない。私が死に、誰かが私にだけ罪をかぶせようとしたら、私から聞いた話を明るみに出してくれ」

山口は、この行軍が単なる演習ではなく、軍部が兵たちを使って凍傷の人体実験をしたのだと告げた。

事の重大さに、稲田は息をのんだ。

「この話を神成大尉たちはご存じなんですか」

「彼らも間接的には知っている。だが彼らは将校だ。軍の上層部から口止めされれば、絶対に口外せんだろう。私も関連書類を自室に取ってあるが、死ねば処分されるだけだ。だが状況証拠をつなぎ合わせれば、事実は証明できる」

稲田は二年兵の上、下士官を志願するつもりはないので、約一年後に除隊となる。その後は、故郷に帰って農業をするつもりでいた。それを山口に話してもいた。つまり軍人としてのキャリアを気にする必要がない立場なのだ。

だが真実を明らかにするために軍を敵に回すのは、かなりの度胸がいる。

稲田のような一兵卒にとって、軍は巨大で恐ろしいものだからだ。

「稲田、私だって軍人だ。軍は家族と同じだと思ってきた。むろん軍のためなら、一人で責任を負っても構わない。だが、これだけ多くの者が死んだのだ。真実を明らかにしないと、彼らも浮かばれない」

「分かりました。軍がこのことを隠そうとした場合、今お聞きしたことを明らかにします」

「そうだな。それでよい」

山口が疲れたように瞑目《めいもく》した。

——たいへんな重荷を背負わされてすまっだ。

これで稲田は死ぬことができなくなった。もしも稲田が死んでしまえば、軍の犯罪は永遠に隠蔽される。

——おらは生き残んねばなんね。

稲田は絶対に生き残らねばならないと思った。

空を見上げると、依然として風は強い。しかし雪は幾分か収まってきている。視界も確保されてきた。今いる場所が低地なので眺望は開けていないが、少し高所に出れば、田代の方向が分かるかもしれない。

——田代さ偵察に向がいたいと申し出るべが。

だが、それは言い出しにくい。

ここまで損害が拡大した原因は、「鳴沢から田代は近いが、道が分からない。それに対し、田茂木野は遠いが馬立場に向かえば何とかなる」という一点に尽きた。その二つの要素が常にせめぎ合い、鳴沢での迷走を生んだのだ。それを今更、田代への道を探してきますとも言えない。

いくらか視界が開けてきたとはいえ、いつ何時、閉ざされるか分からない上、もし田代への偵察を許されたとしても、その間、皆はここにとどまり、暖を取っていなければならない。もはや燃やすものは尽きてきている。しかも稲田は山口の従卒で、山口の面倒を見るのが仕事なのだ。やはり田代への偵察を志願するわけにはいかない。

しばらくして倉石と神成の話し合いが終わった。それに加わっていた今泉が強張《こわば》った顔で戻ってきた。

「どうしたんですか」

稲田が問うても、今泉の顔は沈んだままだ。

「もうすぐ倉石大尉殿から発表がある。それを待て」

これまでとは違う今泉の様子に、稲田は不安を抱いた。

倉石と神成が山口の許に赴く。稲田は従卒として近くにいたが、将校だけの内密の打ち合わせの場合、少し距離を置くのが慣習となっていた。そのため一歩身を引き、三人が話している内容に立ち入らないようにした。

山口は二言三言、二人に問うていたが、やがて納得したようで「分かった」と言って瞑目した。それが何らかの苦渋の決断だったのは、山口の辛そうな顔を見れば明らかだった。

山口の了解を得た倉石が、兵たちに告げる。

「皆、聞いてくれ」

生き残った六十人前後の者たちが、足を引きずるようにして集まる。

「将校たちで協議した結果、一組八名の偵察隊を編成し、一方は馬立場・田茂木野方面に通じる道を、一方は田代方面に通じる道を探索させることにした」

今に至っても方針が一定しない将校たちに、稲田は呆れ果てた。だがこれで、稲田が田代へ行ける可能性が出てきたのも事実だ。何といっても、別の方角からでも田代に行ったことがあるのは、残っている者の中では稲田だけなのだ。

「倉石大尉殿、馬立場を目指すと決めたのではありませんか。二つの偵察隊を、それぞれ正反対の方角に出すのはどうしてですか」

後方から駆けつけてきた伊藤が問うたので、倉石が演説口調で答える。

「われわれは今、苦境に立たされている。一人でも連隊に帰還させ、今回の経過を報告せねばならない」

「つまり、まだどちらに行くか決めていないということですか」

伊藤の声が怒りに震える。

「われわれは一人でも多く生き残るために、あらゆる可能性を模索せねばならない」

「しかし――」

「すでに少佐殿の承認もいただいている」

その一言で伊藤も沈黙した。

「では、偵察隊の名を告げる」

まず馬立場・田茂木野方面への偵察隊の名が告げられた。比較的元気な者ばかりだ。ところが田代方面への偵察隊の名が読み上げられた時、皆の間からどよめきが起こった。

田代方面の偵察隊は、誰かの肩に摑まって歩いているような弱った者たちばかりだったからだ。

稲田の名は、そのどちらにもなかった。稲田は山口の従卒なので当然だった。田代方面の偵察隊長には渡邊軍曹が指名された。だが渡邊は誰の目から見ても衰弱しており、とても偵察隊長が務まるとは思えない。

伊藤が怒りをあらわに問う。

「お待ち下さい。田代方面の偵察隊は、体の弱っている者ばかりと見受けられますが——」

「分かっている。だが考えても見ろ。ここから田代は近く、田茂木野は遠い。弱っている者が田茂木野に着ける可能性は極めて低い。それなら偵察隊として田代に向かった方が、生存の可能性が高いと思わないか」

ここまで探して見つからない田代への道を、体が弱っている者だけで見つけられるはずがない。倉石の言葉は「死ね」と言うに等しい。

気まずい沈黙を破るように、渡邊が発言する。

「分かりました。使命を全うすべく全力を尽くします。しかし——」

渡邊が言いよどむ。

「何だ。構わぬから言え」

「もしも田代への道を見つけた場合、それを知らせるべく、本隊に誰かを戻さねばなりません」

「その必要はない」

倉石が言い切る。

——したら、死ねってごどだべ。

遂に堪えきれなくなり、稲田が進み出た。

「私を田代方面の偵察隊に入れて下さい」

「何を言っている。貴様は大隊長の従卒ではないか」

倉石の目が驚きで見開かれる。

「田代への道を見つけるのは極めて困難です。しかし私なら見つけられるかもしれません。しかも誰かが、それを報告に戻る必要があります」

「貴様は馬鹿か」

倉石はそう呟くと、直立不動の姿勢を取る稲田の肩を摑み、自分の方に引き寄せて言った。

「貴様は死にたいのか」

それを稲田が無視したので、倉石は山口に問うた。

「少佐殿、いかがなさいますか」

「私のことは構わん。稲田を田代方面の偵察隊に編入しろ」

「分かりました」

倉石が憐れみの籠もった視線を稲田に向ける。

「稲田、そうしろ。だがここに戻っても、田茂木野方面偵察隊が先に道を見つけていれば、われわれ本隊はいないぞ」

「分かりました！」

稲田は直立不動の姿勢のまま答えた。

それですべては決まり、慌ただしく偵察隊の出発準備が始まった。

「田茂木野方面偵察隊、行ってきます！」

しばらくして、田茂木野方面偵察隊が先発していった。

「田代方面偵察隊、出発します！」

渡邊がよろよろしながら敬礼する。

「健闘を祈る！」

続いて、田代方面偵察隊が足を引きずるようにして出発した。

——天気がよぐなってきたすけ、田代さ行ぐ道を見《め》っけられるがもすんね。

風は強いが空には晴れ間も見えてきている。稲田は何としても田代への道を見つけるつもりでいた。

十

降り積もった雪の中、田代方面偵察隊は東へと進んでいた。むろん磁石が使えないので、「東だと思う方向へと進んでいた」と言う方が正確だろう。その途次、いくつもの遺骸と出会った。遺骸は未明に行軍隊がたどってきた道沿いに散乱していた。皮肉にも、それが正しい道を進んでいることの証明になっていた。

遺骸の中には親しかった者もいれば、顔を見知っている程度の者もいた。彼らに共通しているのは苦悶の表情を浮かべていることだ。凍死は苦痛しかもたらさないのだ。

——なんまいだ、なんまいだ。

稲田は口の中でそう唱えながら、あたかも彼らが見えないかのように道を進んだ。

この頃から、またしても空はどんよりと曇り始め、雪も激しく降ってきていた。そのためか遺骸は雪をかぶり始め、体の一部しか見えないものもある。

やがて興津が死んだ場所まで来た。興津は突っ伏すように横たわっていた。その近くには、ほぼ同時に動けなくなった兵の遺骸もある。二人は折り重なるように倒れていた。おそらく兵は最後の力を振り絞り、興津の近くまで行き、二人で死んでいったのだろう。

——ゆっくり休んで下《け》さい。

稲田は手を合わせると、その場を後にした。

しばらく行くと分岐らしきものがあった。見上げると、かなり雲が懸かってきているが、まだ前嶽の裾が見えている。それがこれまでとは異なることだった。

——田代さ行ぐには、前嶽を右手に見ながら進めばいい。

稲田は意を決したように、前夜と異なる道を選んだ。

その道をしばらく行くと、「稲田」という声が背後から聞こえた。

「渡邊軍曹、どうかしましたか」

「そこに自然の雪壕らしきものがある」

渡邊の指し示す先には窪地があり、座れば風が防げるほどの深さがある。

「確かにありますが――」

「俺はもう動けない。そこで少し休んでいきたいんだ」

「しかし――」

ここで休んでしまえば、道を見つけられなくなるだろう。

「分かっている。再び天候が悪化してきているし、日没前に道を見つけねばならないと言いたいんだろう」

「そうです。さもないと――」

「それは承知だ。だが俺はもう動けないんだ」

「そんなことをおっしゃらず、もう少しがんばりましょう。田代への道さえ見つかれば、また気力もわいてきます」

渡邊が首を左右に振る。

「われわれが捨てられたのは、最初から分かっている。貴様は、そんなわれわれを救おうとしてくれた。だがもうよい。ここから引き返して本隊に復帰しろ」

「そういうわけにはいきません。自ら偵察を引き受けたからには、何としても道を見つけます」

「そうか――。その覚悟があるなら何も言うまい。だが動ける者だけで行ってくれ。もしも道が見つけられたら――」

「もちろん迎えに来ます」

「いや、それよりも田代の人々と一緒に助けに来てくれ」

――そうか。その手があっだが。

今まで稲田は、皆で田代に着くことばかりを考えていた。だが田代の人々の力を借り、動けなくなった者を連れに戻ることもできるのだ。

「分かりました。一緒に行ける者だけで行ってみます」

渡邊が皆に相談すると、「まだ歩ける」という者が三人いた。

稲田が皆に告げる。

「ここにいれば、少しは風が防げる。俺と一緒に来て途次に動けなくなれば、そこに置いていくしかない。少しでも不安があれば、ここに残ってくれ」

それでも三人は一緒に行くという。

「よし、分かった。行こう！」

渡邊ら四人に一時の別れを告げた稲田らは、そのまま道を進んだ。

だが周囲の視界は再び閉ざされてきている。。前嶽の山裾はわずかに見えているが、それもいつまで続くか分からない。

稲田の心に焦りが生じ始めた。

「もう駄目だ」

先ほどから歩く速度が遅くなっていた一人が、遂に膝をついた。

「何を言っている。ここで動けなくなれば終わりだぞ！」

「でも、もう動けないんだ」

「弱音を吐くな。もう少しだ」

「嘘だ。さっきから同じところをぐるぐる回っているような気がする」

言われてみれば、確かにそんな気もする。

「いや、違う。ずっと前嶽の裾を捉えながら歩いてきた。回っているとしたら前嶽は横になったり背後になったりするはずだ」

「だったら、なぜ田代に着かない」

「かなり近づいてきているはずだ」

それは偽りではなかった。前嶽は次第に巨大になり、しかも右斜め前に見えるようになっている。感覚として田代はかなり近い気がする。

「もうおしまいだ。みんな死ぬんだ！」

その兵は自暴自棄になっていた。

「あきらめるな。立ち上がれ」

その兵が首を左右に振る。もはや立ち上がる気力さえないようだった。

「分かった。では、渡邊軍曹たちの居場所まで一人で戻れるか」

「あれから一時間半近く歩いてきている。しかも足跡も消えている。とても戻れない」

その時だった。わずかに川音が聞こえるような気がした。

——間違《まちが》いね。駒込川の近くさ来てら。このまま田代さ行ぐ道を探すが、いったん駒込川さ出て上流さ向がうが、どやすべ。

だが河畔に出れば、佐藤特務曹長が案内した時と同じ目に遭うかもしれない。

――あん時は、川端（河畔）さ下るのが早がった。ここがらだば、川沿いに田代さ行げるがもすんね。

「俺たちは死ぬんだ！」

「うるさい！」

稲田がその兵の横面をはたく。

「よし、今から河畔に下る。下れば再び登れないだろう。一緒に来る者はいるか」

一人が手を上げた。最も若い杉本だ。

「お前はどうする」

残る一人は首を左右に振った。

「分かった。お前ら二人はここにいろ。俺はこいつと河畔に下りて助けを呼んでくる」

二人のために少し穴を掘り、火を熾すのを手伝った後、稲田は杉本を連れ、つづら折りになった道を探すことにした。

しばらく行くと、それらしき道が見つかった。少し幅があり、人工的に造られた道のような気がする。

今でも夏や秋には、釣客《ちょうかく》が駒込川で釣りをした後、田代温泉に泊まると聞いていたので、どこかに必ず道があるはずだが、それがここだという確証はない。だが何かに賭けてみないことには、この苦境を脱することはできない。しかも、どこかから河畔に下りないと日没になる時間だ。

ここで勝負を掛けないと、凍死することは間違いない。

「杉本、ここを下ろう」

「はい」

稲田は杉本を従え、その道を下っていった。

やがてこの道が釣客用のものだと判明した。昨日、佐藤の案内で下った道よりも道幅が広く、傾斜も楽になってきた。

今更どうにもならないが、あの時、「まだ河畔に下りるのは早い」と思いながらも、口をつぐんだことが悔やまれた。

やがて二人は河畔に出た。

「やりましたね」

「ああ、ここまではな」

下ってきた道を見上げると、断崖がそそり立っている。

――もすも引き返すごどになっても、ここを登るごどはできぎね。

もはや田代を見つけない限り、助かる道はなかった。

「よし、行こう」

二人は不退転の覚悟で、駒込川の上流に向けて歩を進めていった。

十一

稲田の後方を歩いていた杉本が、徐々に遅れ始めた。

「しっかりしろ！」

杉本は「はい」と答えたものの、足が速まるわけではない。

――やっぱし無理だったが。

杉本を連れてきたことを、稲田は後悔し始めていた。

「うわっ！」

その時、杉本が雪に足を取られて転倒した。

「杉本、どうした！」

雪の中を泳ぐようにして稲田が戻る。

杉本は頭から雪の中に突っ込み、尻から下しか見えていない。

「杉本、慌てるな。今、雪を取り除く」

そう言うと稲田は、懸命に雪をかき、杉本を掘り出した。

「おい、大丈夫か！」

「は、はい」

杉本の顔を覆っていた雪を取り除けてやると、杉本の顔は黒々としていた。

――あん時の猟師と同じだ。

子どもの頃に見た凍死した猟師の顔も、同じ色をしていた。杉本が限界に来ていることは明らかだった。

「あ、ありがとうございます」と言いながら杉本が起き上がろうとする。稲田はそれを助けると、全身に付いた雪を払ってやった。

ところが、ようやく立ち上がったと思った杉本は再び膝をついた。

――杉本は元々、弱ってだんだ。

だから田代に向かう偵察隊に編入されたことを、稲田は思い出した。

「杉本、あと少しで田代だ。もうひと踏ん張りだぞ」

「は、はい。頑張ります」

稲田に支えられながら立ち上がった杉本は、稲田の肩を借りて一歩ずつ進み始めた。

――これはきづい。

人を支えながら歩くことは、一人で歩くことの何倍もの体力を使う。倉石が苦渋の決断を下したのも分かる気がする。

稲田がよろけた拍子に、杉本が再び片膝をついた。

「稲田さん、一人で歩けます」

「そうか。分かった。どうしても無理なら言うんだぞ」

稲田が貸していた肩を外すと、覚束ない足取りで杉本が歩き始めた。

稲田も限界に来ていた。手足の感覚がなくなったのは随分前からだが、すでに顔の皮膚の感覚も失われ始めていた。知らぬ間に排尿していたらしく、男茎の先が凍り始めているのが分かる。だが、もはやそれさえどうでもよくなっていた。

「あっ」

その時、雪明かりに照らされた眼前の光景を見た稲田は、その場にへたりこみそうになった。

「道が――、道がなくなっている」

追いついてきた杉本も絶望の声を上げる。

「ああ、何てことだ！」

河畔の道は、断崖が大きく張り出している地点でなくなっていた。おそらく増水していなければ、張り出しの下に道があるはずだ。しかしそこにあったはずの道は、凄まじい濁流に洗われていた。

「稲田さん、どうするんですか」

杉本が悲痛な声で問うてきたが、稲田にもどうしていいか分からない。

稲田の体を絶望感が包む。

「稲田さん！」

それでも、眠りたがっている脳が最後の判断を下した。

「杉本、俺は一人であの断崖を回り込んでみる。お前はここで待っていろ」

「嫌です。私も稲田さんと行きます！」

「あの濁流の中を行くのは、お前には無理だ」

ほんのわずかな距離だが、相当の水圧を覚悟せねばならない。

「じゃ、私はどうすればいいんですか」

「あの向こうの、さほど遠くないところに田代があるはずだ。俺は住民たちに助けを求める。お前はここで待っていろ。いの一番に助けに来る」

「私一人でここに残れというのですか。それは嫌です。連れていって下さい」

「あの濁流を見れば無理なのは分かるだろう。お前は歩くことさえ覚束ないんだぞ」

稲田の指差す先では、生贄《いけにえ》を待つ獣のように濁流が猛《たけ》り狂っている。

「こんなところに一人で残るなんて嫌です！」

「杉本、聞け！」

稲田が杉本の両肩を摑んで言う。

「それしか助かる術はないんだ。だから、ここを動くんじゃない」

荒い息を吐きながら恐怖と戦っていた杉本が、ようやくうなずいた。

「分かりました。必ず助けに来て下さい。私が死ねば、故郷の両親は生きていけません」

「お前は一人っ子か」

「はい。両親が年老いてから授かった子なので、大事に育てられました。だからどうしても死ねないんです」

「分かった。俺を信じろ。だが一つだけ言っておく」

「何でしょうか」

「もしも俺が濁流に流され、岩か何かに引っ掛かっても、絶対に助けに来るな」

「その時は、どうすればいいんですか」

「体力があったら、元来た道を戻れ。なかったら雪と風を避けられそうな場所に立っていろ。明日になれば助けが来るかもしれん」

だが、それが全く望み薄なのは杉本にも分かる。

「ああ、そんな――」

「しっかりしろ。お前よりも、これから濁流に挑む俺の方が辛いんだ」

「そうでしたね」

ようやく杉本が納得した。

稲田は「よし！」と気合を入れると、川に足を踏み入れた。

何とか断崖に取り付いた稲田は、その下流側を突端部目指して進んだ。

――ここが勝負だ。

断崖の上流側には直接、濁流が当たるので、その水圧は下流側の比ではない。

稲田は一瞬、銃を捨てようかと思ったが、この先、杖代わりにもなるので、背負っていくことにした。

一つずつ岩塊を摑むと、稲田は断崖に貼り付き、蟹《かに》のように進んだ。水深は腰を超えて腹のあたりまで来ている。

――こら、無理がもすんねえな。

断崖の突端部まで来ると、濁流が容赦なく稲田の体を運び去ろうとする。

――こっだらごどさ、負げでられねえ。

思っていた以上に水の力は強く、稲田の体を断崖から剝がそうとする。だが稲田は感覚のない手で必死に断崖にしがみついた。

――死んでたまるが。おらには山口少佐から託された任務がある。

自分の命だけだったら、稲田はとうにあきらめていたかもしれない。だが山口から託された使命が、稲田の心の支えになっていた。

断崖の突端部から、濁流が最も強く当たる断崖の上流側に向かおうとした時だった。

「待って下さい！」

背後から声が聞こえた。振り向くと、杉本が稲田と同じように断崖にへばり付いている。

「あっ、なんてことを――。杉本、戻れ！」

「一緒に行きます！」

「よせ、無理だ！」

轟音の中で、杉本の絶叫が聞こえる。

それでも杉本は懸命に追いつこうとしている。もはや何を言っても聞く耳を持たない。

杉本を手助けすべく、稲田は戻ることにした。

だが断崖の突端部の少し手前で立ち往生した杉本は、もはや進むことも戻ることもできなくなっていた。

「杉本、手を伸ばせ！」

その声が届いたのか、断崖にへばり付いていた杉本が手を伸ばす。

「ゆっくりだ。慌てるな」

「ああ、助けて下さい」

「よし、いいぞ。あと少しだ！」

稲田の指先が、あとわずかで杉本の伸ばした手に触れようとした時だった。

「うわー！」

杉本が激流に巻き込まれた。

「杉本！」

「助け——」

杉本の姿が瞬く間にかき消された。最後に見た杉本の目は、死の恐怖に大きく見開かれていた。

——ああ、流されでいっだ。

一瞬にして杉本はいなくなり、ただ濁流の音だけが稲田を包み込んでいた。

脳裏を占めようとする死への誘いを、山口の言葉が遮る。

「万が一、私が死に、誰かが私にだけ罪をかぶせようとしたら、私から聞いた話を明るみに出してくれ」

——おら、まだ死なれねえ。

稲田は最後に残った力を振り絞った。

「うおー！」

濁流に負けじと、稲田が大声を上げながら進む。

やがて水深が浅くなり、雪の積もった河畔にたどり着いた。

これまで憎悪の対象でしかなかった雪を、これほど愛《いと》しいと思ったことはなかった。

雪の中に突っ伏し、稲田は泣いた。子どもの頃も、これほど声を上げて泣いたことはなかった。

ひとしきり泣くと、稲田は立ち上がった。

――負けでたまるが！

銃で体を支えつつ、稲田は雪をかき分けて上流に向かった。

第四章　最後の帰還兵

一

一月二十三日、目が覚めてホテルの窓を開けると、外は白一色だった。空を見上げると、いつ果てるともなく雪が降っている。

菅原は何の気なしに第五連隊歌の一つを口ずさんでいた。

前を望めば雪の山　右も左も皆な深雪《みゆき》
吹雪に屍《かばね》を埋《うず》むとも　撓《と》ふことなく進み行け
死《しす》とも退くこと勿《なか》れ　御国《みくに》の為《ため》なり君の為《た》め

空が厚い雲で覆われているため、八甲田山の前嶽は全く見えない。だが八甲田連峰は、確かにそこに存在していると感じられた。

――俺はまた、あそこに行く。

菅原は、八甲田山に呼ばれているような気がしていた。

一月半ばに青森入りをして一週間ほど滞在する予定だった菅原だが、編集会議や離婚調停前の弁護士選定などで、結局、青森入りしたのは一月二十一日になってからだった。

――さて、社長の期待通りに取材できるかどうか。

他人事のように笑った菅原は、青森入りする直前に行われた編集会議のことを思い出していた。


菅原が思いついたことを口にする。

「どうせ行くなら、雪中行軍隊と同じ日程で青森を出発したらどうでしょう」

「だって真冬よ」

桐野は「ああ、嫌だ」と言わんばかりに眉根を寄せると、タイトスカートの足を組み直した。

だが、後方の壁際に座る社長の薄井は膝を叩いた。

「それはいい考えだ。前回の特集の写真には雪がないので、雪中行軍が行われた当時の雰囲気が伝わりにくかった。二回目の特集を打つなら、実際の行程に合わせて、現地に行ってみるのも面白いじゃないか」

副編の佐藤が口を出す。

「しかし兵隊さんたちが遭難したのと同じ季節に山に入り、無事に帰ってこられるんですか」

菅原が冷静な口調で答える。

「地元のガイドさんの話によると、防寒装備を整えてスノーシューを履けば、安全に回れるようです」

佐藤が首をかしげながら問う。

「スノーシューって何ですか」

「別名、西洋カンジキと呼ばれる雪山用の履物です。スキーと違ってスノーシューなら、森や雪原といった傾斜がなく圧雪もされていない地を散策することができるそうです」

桐野が派手なルージュに彩られた唇を尖らせる。

「だけどあなたは、そのスノーシューとやらを履いたことがあるの」

「いいえ。でもガイドさんによると、スキーの経験があれば、練習などは不要のようです」

菅原は運動神経には多少の自信がある。もちろんスキーやスノボの経験も豊富だった。

薄井の声が背後から聞こえる。

「よし、危険がないなら行ってみろ。それでカメラマンはどうする」

「大きな機材を持ち込める状況じゃないですからね。私が一眼レフで撮ってきます」

「ああ、そうしてくれるか。君の腕なら信頼できる」

菅原は報道にいたこともあり、多少のカメラの心得はある。

薄井が思い切るように言う。

「今回も、八甲田山を第一特集にしよう」

「えっ、本気ですか」

桐野がアイシャドーの濃い瞳を見開く。

「もちろん本気だよ。前回の成功は八甲田山雪中行軍遭難事件特集というのが目新しかったからだろう。しかも前回は、『計画原稿』にある服装規定という一つの謎を提示できた。今回も何か謎を見つけることができれば、必ず売れると思うんだ。むろん前の特集に劣らない謎がないと、読者は落胆して離れていく」

桐野が視線で「どうする」と問うてきた。

——人数が合わない件を出せと言うのか。

だが菅原は沈黙を守った。

その時、薄井が唐突に問うた。

「で、桐野君も現地入りするんだろう」

「えっ」

桐野が息をのんだのが、菅原の座る場所からも分かった。桐野は寒さに弱い。自分が真冬の青森に行くなど、考えてもいなかったのだろう。

「君は現地に行かずに謎を見つけるつもりか。それとも、すべてを菅原君に任せるのか」

——いい気味だ。

なぜか菅原は、桐野が困った顔をするのが好きだ。そこにサディズム的な感情があるのは明らかだった。

「でも、私にはほかに仕事が――」

桐野は明らかに動揺していた。

「そのために佐藤君がいるんだろう」

「はっ、はい。お任せ下さい」

佐藤が胸を張らんばかりにうなずく。

「前回の『計画原稿』の謎も、君が決定的なものを見つけたと言っていたね」

「ええ、まあ――」

桐野の視線が「お願いだから黙っていて」と伝えてくる。

「それなら行くべきだな。そしてまた見つけてこい」

「はい。分かりました」

桐野が観念したかのようにうなずく。むろん菅原を頼みにしているのは明らかだ。

「これで菅原君も安心だな」

「ええ、これで安心です」

皮肉たっぷりに、菅原が答える。

「よし、方向性は決まった。四月号はいつもの倍以上売ろう」

「はい」と、桐野と佐藤が声を合わせる。

それで編集会議は終わった。

桐野は動揺を覚られまいと、無理な作り笑いを浮かべている。

菅原が会議室を出ようとすると、桐野から声が掛かった。

「菅原さん、よろしくね」

「はい。こちらこそ」

菅原は不愛想に答えたが、桐野は上目遣いに媚びるような笑みを浮かべていた。


雪に覆われた青森市街を眺めながら、菅原が思い出し笑いをしていると、部屋の呼び鈴が鳴った。誰かは分かっているが、菅原はすぐに出ない。

だがしつこく鳴らされるので、周囲の部屋に迷惑が掛かるかもしれないと思い直した。

「はい。どちらさん」

「私に決まっているでしょ」

桐野の口調はつっけんどんだったが、わずかな甘えも感じられる。

チェーンを付けたままドアを開けると、桐野の半顔が見えた。むろん入念に化粧が施されている。

「ああ、おはようございます」

「出掛ける準備は終わったの」

「昨夜のうちに終わらせましたよ」

「小山田さんは何時に迎えに来るの」

「八時半です。さすがに行軍隊と同じ時間に出発というわけにはいきませんからね」

雪中行軍隊は、青森の兵営を六時五十五分に出発している。

「入っていい」

桐野が視線を合わせずに問う。

――そんな時間はないんだ。

まさかとは思うが、あの時のことがあるので冗談ではない気もする。

「話があるの」

「それは、またにしましょう」

「だって、出掛けたら帰りは夜でしょう。今夜は小山田さんも一緒の予定だし、今しか時間はないわ」

今夜は小山田を交えて慰労会を開くつもりでいた。むろんすでに小山田には伝えてある。

「そういえばそうですね」

「朝食はどうするの」

時計を見ると、七時前だ。

「もちろん食べますよ。すぐに着替えますから、先に行っていて下さい」

「分かったわ」と言って、桐野がドアを閉めた。

ホテルの食堂に人影はまばらだった。入口付近に貼られた「ねぶた祭」のポスターには、法被《はっぴ》のようなものを着た人がたくさん写っており、食堂の閑散とした様子とは対照的だった。

――真夏の一週間だけ生き返る町か。

「ねぶた祭」には来たことがないが、その時の混雑は凄まじいと、菅原は何かで読んだことがある。そこには雑誌の切り抜きも貼られていた。仕事柄、雑誌記事には目が行く。

――女ねぶた師か。

どうやら女性初のねぶた師の記事のようだが、菅原は内容を読むほど関心はない。

桐野の席にはすでにトレーが置かれていたが、グラスに注がれたリンゴジュース一杯とクロワッサンが一個だけだった。

粥を山盛りによそい、焼き魚や味噌《みそ》汁を取った菅原は、桐野の真向かいに座った。

「朝から食欲があるのね」

桐野がリンゴジュースを一口飲む。

「これから雪山に登りますからね。力を付けておきたいんですよ」

上品なベージュの塗られたネイルを光らせながら、桐野がクロワッサンをちぎって口に入れる。

だが一口食べただけで残りの大半を皿に戻した。

――東京のカフェとは違うんだ。うまいはずないじゃないか。

菅原が内心ほくそ笑む。

「ここは夏に来たいわね」

桐野が窓の外の雪景色に視線を移す。

「『ねぶた祭』の時は、たいへんな賑《にぎ》わいのようですよ」

「一生に一度は見てみたいわね」

「さっき雑誌記事を見かけたんですが、女性のねぶた師がいるようです。最近の女性は、あらゆる分野に進出し、しかも頭角を現していますね。桐野さんもそんな中の一人だ」

「お世辞はやめて」

桐野は世間話を早々に終わらせたいのか、落ち着かないそぶりで周囲を見回している。

致し方なく菅原の方から水を向けてやった。

「ところで話って何ですか」

「実は、あなたの奥さんのことなの」

菅原の箸が止まる。

「彼女が私に連絡してきたのよ」

「で、何と言ってきたんですか」

「今回の『離婚調停』のことだけど、奥さんは大げさな話にしたくなかったそうよ。でも弁護士さんたちが、どんどん進めたと言っていたわ」

――それは嘘だ。

弁護士の話だと、「離婚調停」に積極的なのは妻の方だった。

突然、食欲が失せたので、菅原は箸を置いた。

「朝からこんな話、ごめんなさい」

「いいんですよ。それで僕にどうしろと――」

「それがね、もう一度、二人だけで話し合ってみたいって言うの」

「二人だけでって――、どういうことです」

桐野が長くしなやかな指をいじり始める。

「あなたには分からないの」

「分かりません」

「じゃ、本気で別れるつもりなのね」

――冗談はよしてくれ！

頭を殴られたような衝撃が走る。

「彼女は、気が変わったとでも言ってるんですか」

「そこは私にも分からないけど――。少なくとも話し合いたいと言っているんだから、関係を修復したいという意思はあるんじゃない」

――いい加減にしてくれよ。

菅原は呆れて言葉もなかった。

「どうするの」

「どうするのって――、今更どうにもなりませんよ」

妻が気分屋なのは分かっていた。だが、こんな大切なことを気分で考えられてはたまらない。

「電話口でね、彼女が言うのよ。あなたにもいいところがあったって」

桐野の口調が同情的な色合いに変わる。

――それは錯覚だ。

夫婦というのは少し離れていると、悪い点は忘れ去られ、二人で経験した楽しかったことばかりが思い出されるという。それはノスタルジーを伴う過去の思い出と同じなのだが、心理学的に、人の脳は嫌な思い出を忘れたいという機能が働くとされるので、そうなるのだろう。

「迷っているのね」

菅原は単に妻の思考プロセスに思いを馳《は》せていただけだが、桐野はそれを「迷い」と感じたようだ。

「迷ってなんていませんよ」

すでに菅原は別れることに決めていた。

――だが少しでも関係を修復したいという気配を見せれば、「離婚調停」なんてものを取り下げてくれるかもしれない。

菅原にとって離婚はすでに前提で、その際、金銭的なもつれがなく別れられればベストだと思っていた。

「じゃ、どうするの。彼女は『離婚調停』とやらを止めているらしいのよ」

それが本当かどうかは分からない。だがこちらに来てから、とくに「離婚調停」の日程などを催促されたこともないので、本当なのかもしれない。

「少し考えてみたいんですけど」

「やはり未練があるのね」

「未練――」

「そう。あなたは彼女のことが好きなのよ」

――おいおい、決めつけないでくれよ。

桐野のような女性は思い込みが激しい。自分の直感が正しいと思うと、いくら否定しても信じてくれない。

「そんなことはありませんけどね」

「そうに決まっているわ」

吐き捨てるように桐野が言う。

――まさか、嫉妬しているのか。

一瞬、そう思ったが、桐野の感情を想像しても仕方ないので、思考をそこで止めた。

――まさに八甲田だな。

変化の激しい天候よろしく、女心の揺らぎに翻弄される滑稽な自分の姿を、菅原は見ていた。

――まさに人生は雪中行軍だな。

菅原が心中で自嘲した時だった。自分の携帯電話の音が聞こえた。

「はい。菅原です」

「小山田です。今から向かいます。時間通りには着くはずです」

反射的に時計を見ると、七時四十五分を指している。

「はい、お待ちしています」

「小山田さんね。支度もあるでしょうから、そろそろ戻った方がいいんじゃない」

「そうですね」

菅原は立ち上がったが、桐野は座ったままだ。

「私はベースキャンプ役だから一日ここにいるわ。いつでも連絡だけは取れるようにしておく」

小山田の車には高性能の無線機が積んであるので、携帯電話が通じなくても何とかなる。

「行ってらっしゃい」

そう言うと桐野は、コーヒーカップを手に取った。

それを見た菅原は「新しいのに替えますよ」と言って、桐野のために淹れたてのコーヒーを持ってきてやった。

「ありがとう。優しいのね」

「当然のことです」

「それで、仕事のことだけど――」

「分かっています。人数のことですね」

「そう。われわれは今、それしかカードを持っていないでしょ」

――われわれだと。また俺の見つけたネタを盗む気でいるのか。

だがこの場で、それにこだわっていても仕方ない。

「その通りですが、それが何か」

「記事にできそうなの」

「やってみます」

「よかった」

桐野は安堵したようだ。

言うまでもなく、この世界で「やってみます」は「できます」と同義だ。

「一つ聞いていい」

菅原の優しさにほだされたのか、桐野が甘えるような顔で問う。

「結婚て、どんな感じ」

「どんな感じと言われても、そうですね。悪いことばかりじゃありませんよ」

「そうなの」

「まさか結婚のご予定でも――」

桐野の顔に笑みが広がる。

「そうだったらどうなのよ」

「いや、別に――」

桐野が菅原から視線を外す。まだ何か言いたそうだが、それを促すのも億劫だ。

「もう、よろしいですか」

「あっ、そうだったわね。ごめんなさい」

ようやく菅原は食堂を後にした。最後に一瞥すると、桐野は両手で包むようにコーヒーカップを持ち、それをぼんやりと見つめていた。

――人生という八甲田に囚われているのは、俺だけじゃない。

おそらく桐野は、ここまでがむしゃらに生きてきた自分の半生を振り返っているに違いない。

――何が正しい選択かは、誰にも分からない。

多くの挫折を経て、菅原にも学んだことがある。

――些細な選択ミスでも、落ちた穴からは誰も抜け出せない。

迷わず一つの道を突き進める人は少ない。たとえ迷いがなかったとしても、ふとした拍子に「これでよかったのか」と思うものなのだ。それは菅原も、妻も、そして桐野も同じだ。

気づくと、いつの間にかエレベーターを降り、自分の部屋の前に立っていた。

――よし、行こう。

時計は八時五分を指していた。用を足して歯を磨くだけなら十分に時間はある。

菅原は部屋に入ると、出掛ける支度を始めた。

二

県道40号線は、夏の終わりに来た頃とは状況が一変していた。

――これが八甲田の真の姿なのだ。

スタッドレスタイヤ独特のグリップ音が耳に心地よい。

小山田が「ここが幸畑です」と言いながら、右手に見える八甲田山雪中行軍遭難資料館を指す。

「幸畑でこんなに積もっているのか」

小山田が独り言のように言う。

「例年より積雪は多いんですか」

「今年は少し多いですね。降り始めも早かったし」

資料館の瀟洒《しょうしゃ》なエントランスの屋根にも、一メートルほどの雪が積もっている。もちろんこの時期でも開いているが、その広い駐車場には数台の車しかなく、その上にも雪が積もっている。

「何かイベントはやっていないんですか」

「さすがに、この時期にはやっていませんね。内々で小規模な鎮魂祭をやるかもしれませんが」

腕時計を見ると、まだ時間は九時前だ。

「よろしいですか」と言って、菅原がカメラを示したので、小山田が急ブレーキを掛けた。

「すいません。今回の取材が写真撮影中心だというのを忘れていました」

小山田は少しバックすると、駐車場に車を入れた。

菅原は車を降りて、資料館や陸軍墓地を撮影した。会社に一つしかないプロ仕様の超高輝度ストロボを持ってきたが、意外に空は明るいので使うことはなさそうだ。

何枚か写真を撮ると、菅原は車に戻った。

「外は冷えますね」

「でしょう。これが冬の青森ってもんですよ」

小山田が笑う。

「それにしても、こうして雪中行軍隊と同じ日に、八甲田山に登ることになるとは思いませんでした」

「私も、菅原さんとまたご一緒できるとは思いませんでした」

小山田の顔に笑みが浮かぶ。

――今回も楽しい取材になりそうだな。

菅原は取材の成功を確信した。

やがて車は田茂木野に着いた。かつて救出作戦のベースキャンプとなった田茂木野だが、当時から過疎化は進んでおり、今は夏季だけ開いている売店のような家屋がロードサイドに数軒立っているだけで、人は住んでいない。ここでも数枚の写真を撮ったが、使えそうなものはなかった。

田茂木野を通り過ぎてしばらく走ると、小山田が「ここが小峠です」と言って車を停めた。車外に出た菅原は数枚の写真を撮ったが、すでに視界は閉ざされつつあり、小峠と書かれた標識以外に、ろくなものは撮れなかった。

車に戻った菅原が言う。

「天気は思ったよりひどいですね」

「それでも銅像茶屋までは車で行けますよ」

小山田が平然と言う。

「銅像茶屋には誰かいるんですか」

「この季節は閉鎖しています」

小山田のランクルは登り坂を快調に飛ばした。

小峠の少し先に「冬季通行止め」と書かれたゲートがあったが、小山田は車を降りると、構うことなくゲートを上げて車を通し、再び降車して下げてきた。

「いいんですか」

「私は特別に許可をもらっているので、ご心配には及びません」

菅原は大峠、大滝平、賽ノ河原でも車を降り、吹雪の中で何枚もの写真を撮った。とくに大滝平と賽ノ河原の中間辺りの、後藤伍長が直立で雪に埋もれていたと推定される場所の写真は何枚も撮った。

積雪に埋もれ掛かっていた「後藤伍長発見の地」と書かれた標識は、小山田からスコップを借り、周囲の雪を払いのけてから撮影した。

だが吹雪は激しくなる一方で、十五分も外にいると体の芯まで凍ってくる。さすがの小山田も菅原と一緒に外に出ることがなくなり、車の中から、菅原の撮影が終わるのを待つことが多くなった。菅原も寒さに堪えきれず、さっさと撮影を済ませて下山したい心境だった。

雪を払って車内に駆け込むと、その暖かさが身に染みる。

「すごい寒さですね」

「ええ、八甲田ですから」

時計を見ると十二時を回っている。

「飯にしませんか」

「もうそんな時間ですか」

今回は山中での昼食になることを見越し、あらかじめホテルに依頼し、二人分の握り飯を作ってもらっていた。ホテルで借りた二つのポットには、味噌汁とコーヒーが入っている。

二つの紙コップに味噌汁を注ぐと、白い湯気と食欲をそそる香りが車中に満ちた。

菅原が味噌汁を飲みながら言う。

「生き返った気分です」

「そうでしょう。青森の味噌汁は、魚介類で出汁《だし》を取っているんでうまいんですよ」

味噌汁を飲んで人心地ついたものの、これから何度か外に出なければならないかと思うと、うんざりする。

「それにしても、外は猛吹雪ですね」

「はい。それでも当時は、これ以上だったたと思います」

握り飯の入った包みを小山田に渡しながら、菅原が言う。

「こんなところに立っていたら一時間と持たないですよ」

「当時の外套をご覧になりましたね。防寒と言ってもあんなもんですからたまりません。当時の軍部は、本当に行軍隊を人体実験に使おうとしていたんじゃないですかね」

小山田が言っているのは、「計画原稿」なるものに出てくる服装規定のことだ。

前回の特集記事の焦点はそこだった。だが軍部の隠滅によるものか、記録の散逸によるものか、史料類の追跡は行き止まりとなり、確定的な結論を出すまでには至らなかった。

握り飯にかぶりつきつつ、菅原が言う。

「まあ、今となっては、すべては闇の中ですよ」

「しかし『歴史サーチ』で菅原さんが書かれた記事では、『これが真実だ』という風に断じていましたね」

「そこは雑誌ですから」

菅原は笑ってごまかそうとしたが、小山田は真顔のままだ。

「当時の軍部は何を考えていたんですかね。兵隊さんたちのことなんて、虫けら同然に思っていたんでしょうね」

雑誌を読んだ人の中には、小山田のように、当時の軍部に怒りを感じた者も多くいたはずだ。

――だが、すべては断ち切られている。

事件後、軍部は一切の書類を破棄したに違いない。

――つまり、そこから先はデッドエンドなんだ。

力強い咀嚼《そしゃく》音をたてながら、小山田が問う。

「軍部が軽装を命じた件は、あれ以降、何の進展もありませんでしたか」

「はい。もう一歩、踏み込んだ情報なり史料なりがほしかったんですが、事件後、すべて消し去られたらしく、何も見つかりませんでした」

東京に戻った折、菅原は国会図書館に行き、関連する文献や史料に当たったが、雪中行軍隊の「服装規定」については、全く見つけられなかった。

「つまり今となっては、真相にたどり着くのは難しいと——」

「そういうことになります。しかし、われわれの仕事は真実を突き詰めていくことではなく、面白い記事を書くことです。もちろん蓋然性が高くなければ、読者は見向きもしませんが、一文でもあれだけはっきりと残っていれば、読者は納得します」

それが雑誌の売れ行きに表れたのは、言うまでもない。

「それと、もう一つの謎がありましたね」

小山田が水を向けてきた。

「二百人と百九十九人の件ですか」

「そうです。人数が一人合わないと言っていましたね」

「実は、その件の方に、私は興味があるんです」

菅原が法量に行った時のことを語ると、小山田は握り飯を置いて耳を傾けた。

「そんなことまでしたんですか」

「ええ、もちろん今の段階で雑誌記事にはできません。ですから今回も、八甲田山雪中行軍隊と同じルートをたどることが特集の主眼なんです。でも——」

「でも、何ですか」

一人足りない件について、小山田も興味があるようだ。

「法量に行き、遺族や遺品を当たったところ、様々な状況証拠が出てきました」

菅原がそれらについて語る。

「菅原さんは、その稲田さんという方が、この山のどこかに眠っているとお考えなんですね」

「考えているだけではありません。今回の記事で、これまでの取材過程を書くつもりです。そうすれば反響があり――」

「なぜ、そんなことをするんですか」

小山田が菅原の言葉にかぶせてきた。これまで一度としてなかったことだ。

「なぜと言われても、読者が関心を持つことだからです」

「そんなことをすれば、真冬の八甲田に入る者が増えます」

「それは、われわれの関与するところではありません。だいいち稲田さんの謎を解こうとするなら、真冬には来ないでしょう」

握り飯を一つ残したまま、小山田が車を発進させた。これまでになく荒っぽい。

――彼の気分を害するようなことを、俺は言ったのか。

菅原には、さっぱり分からない。

「それで菅原さんは、稲田さんとやらが行方不明になったという確証を摑んでいるのですか」

菅原は「そこまでは摑んでいません」と言い掛けて躊躇した。

――ここで、そんなことを言えば、歴史雑誌に対する信頼がなくなる。だいいち、前回あれだけ熱心に史料を渉猟してくれた小山田が、やる気を失うかもしれない。

菅原が言葉を選んで言う。

「法量に手紙が残っていたんです」

「どんなことが書かれていたんですか」

「雪中行軍隊に参加するということです」

実際は状況証拠を積み上げただけだが、その蓋然性は高かった。だが菅原が小山田に対して嘘をついたことに変わりはない。

重い沈黙が垂れ込める。

「あっ、按ノ木森ですね。停めていただけますか」

小山田が急ブレーキを掛ける。

それを不快に思いながら、菅原は外に出て撮影した。

——今、小山田が俺を置いて出発したら、間違いなく俺は死ぬな。

菅原はそんなことを思ったが、ここで置き去りにされても一本道なので、田茂木野には帰り着けるだろう。田茂木野に人はいなくても、避難小屋らしきものはあった。また道路に沿って歩けば、銅像茶屋にもたどり着ける。その途次に除雪車や地元の車が通りかかる可能性もある。

——何を馬鹿なことを考えているんだ。小山田には俺を殺す動機がないだろう。

菅原は安心して写真を撮り続けた。

三

その後、小山田はどうしたわけか上機嫌になり、これまでと変わらず笑顔で接してきた。

――気分屋なのか。

言動や感情に一貫性がなく、山の天気のように晴れたり曇ったりを繰り返す人がいる。社会人となってから、先輩記者にそういう人がいた。朝まで飲んで親しくなり、いい関係が築けたと思い、翌日ある質問をしたら、「そんなことは自分で調べろ」と突き放されたことがある。それで距離を取ると、今度は笑顔で「飲みに行こう」と誘ってくる。

――そういう人種は何と言ったっけ。

よくテレビに出てくる認知神経科学者の顔が脳裏に浮かぶ。

――そうだ。サイコパスだ。

「ところで――」

そこまで考えていたところで、突然、小山田が尋ねてきた。

「上司の桐野さんと仲がよろしいんですね」

「えっ、いや、そんなことはありませんよ」

予想もしなかった言葉に、菅原は動揺を隠せない。

「そうですか。仲がよさそうに見えるけどな」

「ど、どうしてですか」

「よく視線を合わせて合図のようなことをやっているでしょう」

「ああ、そのことですか。それはですね――、取材などで『もう十分』とか『もう少し突っ込んで』とか、そういうやりとりの習慣が、われわれにはあるんですよ」

新聞記者の場合、先輩と後輩でその手のやりとりがないこともない。

「そうでしたか。お邪魔じゃないかと心配していたんです」

「やめて下さいよ。僕は妻帯者ですよ」

——離婚調停中だがな。

菅原は自分に向けて皮肉を言った。

「確かにお二人を見ていると、上司と部下の関係だと分かります」

「そうでしょう。しかも桐野は僕の妻の友人なんですよ」

「えっ、そうなんですか」

小山田は、多少なりとも桐野に好意を持っているらしい。だが東京という大都会を体現しているかのような桐野に、気後れしているのは明らかだった。

ようやく銅像茶屋に着いたが、雪も風もいっそう激しくなっていた。もちろんほかに客はいない。駐車場の積雪は凄まじく、建物の屋根しか見えない。その屋根にも優に一メートルは雪が積もっている。

だが街道には、たまに除雪車が入るらしく積雪はないので、その脇に車を停められる。

「ひどい状況だな」

車を降りた小山田が、銅像茶屋を見ながら言う。

「こんなことは珍しいんですか」

「ええ、これは激しい方ですね」

小山田が白い歯を見せて笑う。

「さて、では銅像まで行ってきます」

「分かりました。その間に僕はスノーシューの用意をしておきます」

今回の取材では、宿営地の写真を撮る必要があった。そのため小山田に頼んで、スノーシューを借りてきてもらった。

菅原は一人で銅像のある馬立場まで登った。

――後藤伍長、また来ましたよ。

後藤は相変わらず青森市街と青森湾を眺めていた。

――あなたは立派に役割を果たした。でももう一人、役割を果たそうとして果たせなかった人が、この山のどこかにいるんじゃありませんか。

雪中行軍隊の象徴となり、銅像まで建てられた後藤を思うと、その存在さえ消された稲田が不《ふ》憫《びん》でならない。

そこで何枚か写真を撮った菅原は、小山田の待つ場所に戻っていった。

「さあ、準備ができましたよ」

すでにスノーシューは地面に置かれていた。

「雪は深そうですね」

「まあ、何とかなるでしょう」

小山田の指導で、菅原はスノーシューを履いてみた。

「どうですか」

「スキーより動きやすいんですね」

「もちろんです。冬のハイクが目的のものなので、とても歩きやすくできています」

菅原が履き心地を確かめる。

「いい感じです」

「では、行きましょうか。二つの露営地を回ってここに戻りますから、一時間から一時間半ほどの行程になります。大丈夫ですか」

「もちろんです。歩き出せば体が温かくなりますから、寒さも気にならなくなるでしょう」

インナーからコートまで、菅原は最新の防寒服をそろえてきたので、歩き出せば体は温まるはずだ。ゴーグルもあるので、目も傷めないで済む。

銅像茶屋の駐車場近くにある小道から、二人は雪原の中に入った。夏の終わりに一度来たことのある道だが、その時とは様相を一変させている。

菅原は小山田の背後に付き、懸命にスノーシューを滑らせた。スノーシューは、雪面では滑らせ、何か障害物がある場所では足を引き上げて歩くのだが、スキーに比べてはるかに軽く動かしやすい。

それでも慣れないので要らない力が掛かってしまうのか、早くも足首が疲れてきた。

――どうせ一時間かそこらの間だ。

菅原は足首の疲れを我慢して、懸命にスノーシューを滑らせた。

吹雪は依然として激しいが、写真が撮れないほど暗くはない。途中、県道を横切ることになったが、積雪がひどくて道が見えない。どうやら除雪されているのは銅像茶屋までらしい。

「除雪車もここまでは来られません。ただし八甲田・十和田ゴールドラインと呼ばれる103号線は除雪が行われているので、青森と八戸の間は、真冬でも行き来ができるようになっています」

国道103号線とは、八甲田山の西側を迂回していくルートのことだ。

「それでは冬の間、田代は雪に閉ざされているんですね」

「今はそうなります。それでも住民がいる間は道路を除雪してもらっていたのですが、今は誰も住んでいないので、やってもらえません。あっ、もうすぐ第二露営地です」

小山田は白い歯を見せて笑うと、先に進み始めた。さすがにスノーシューに慣れているらしく、小山田はどんどん先を行く。時折、待っていてくれるが、それも少なくなり、菅原はその背を懸命に追い掛けた。

——こんなところで置いていかれたんじゃ、たまらない。

やがて小山田の背が吹雪で見えないほどになってきた。どうやら十メートルほど距離ができたようだ。両足首の疲れから来る痛みは腓腹筋《ひふくきん》まで上ってきている。おそらく明日は、筋肉痛に悩まされることだろう。

「小山田さん、待って下さい！」

菅原の声が聞こえたのか、小山田が立ち止まる。菅原は必死にスノーシューを滑らせたが、アップダウンが激しくリズミカルにはいかない。そのため足全体の疲れがひどくなってきた。

ようやく小山田に追いついた。

「あれ、菅原さん、きついですか」

「はい。慣れないもので足首が悲鳴を上げています」

「これで行軍隊やわれわれ地元民の苦労が、少しは分かったでしょう」

「そうですね」

小山田の言い方が上から目線だったので、菅原は少しむっとした。

「もうすぐ第二露営地です。がんばりましょう」

小山田が先に立って滑り出す。

——万が一、一人になっても戻ってこられるのか。

わずかな不安が兆す。これほどの猛吹雪だと、小山田とはぐれることも考えられるからだ。

周囲を見回しても、同じようなブナやダケカンバの林が出てくるだけで、風景に変化はない。

——かれこれ一時間は経つんじゃないか。

銅像茶屋の駐車場から第二露営地までは、一キロもないはずだ。

少し高い場所で小山田は立ち止まり、周囲を見回している。それに追いついた菅原が問う。

「どうかしましたか」

「少し迷ったようです」

——冗談じゃない！

菅原は、小山田が「雪の中でも全く問題がない」と言うからガイドを頼んだのであり、今更迷ったと言われても困る。

だがこうなってしまえば、菅原は小山田に頼らざるを得ない。

「大丈夫でしょうか」

「はい。何とかなると思います」

小山田が再び滑り出す。

菅原は、次第に体が冷えてくるのを感じていた。

――確かに行軍隊の気持ちが、ようやく分かってきたな。

その不安と心細さは尋常ではない。だが行軍隊には、心強い仲間が二百人以上もいたのだ。それに比べて、菅原には小山田以外に頼みとする者はいない。

小山田が怪我をしたり、歩けないほど体調が悪くなったりした場合、どうしたらいいかまでは考えていない。そうなれば小山田もろとも遭難することになる。

――馬鹿なことは考えるな！

自らを叱咤しても、不安は波のように押し寄せてくる。

少し高い場所に出た小山田が、十メートルほど後方を行く菅原を手招きする。

――朗報に違いない！

小山田の様子からそれを察した菅原は、足首が痛むのを堪えて、懸命に追いついた。

「見つけましたよ。これが第二露営地です」

そこは以前に来た時とは全く違い、雪に覆われていた。しかも雪中行軍隊が露営した当時は広い窪地だったが、今はブナの叢林《そうりん》となっており、当時のイメージは全くない。

それでも二人は、そこに向かって下っていった。

「ああ、よかった。それにしても、どうして第二露営地と分かったんですか」

「あのブナの老木です」と答えて、小山田が一本のブナの木をスティックで示した。

「あの筋骨隆々とした枝ぶりを見て下さい。ほかの木とは違うでしょう」

ブナの木は下方から枝分かれする。若木はすらっとしているが、老木だと老人の筋張った指のようにごつごつしている。

「なるほど。これは特徴的ですね」

「こいつが枯れてしまったら、私だって冬場に第二露営地を見つけられなくなりますよ」

小山田が笑みを浮かべる。

菅原は仕事を思い出し、カメラを取り出すと、ブナの老木をうまくファインダーに収めながら、その辺りの叢林を片っ端から撮影した。第二露営地にはランドマークとなり得るブナの老木があるからいいようなものの、ほかの場所にはそれがない。後で写真を整理する際、細心の注意を払わねばならない。というのも少しでも場所を間違えると、必ずクレームが入るからだ。

現金なもので、死の危険が遠のいたとたん、仕事のことが頭に浮かぶ。

「ありがとうございました。これで結構です」

「じゃ、第一露営地に行きましょう」

時計を見ると、二時半を回っている。

「この雪で第一露営地を見つけられますか」

「はい。第二露営地が見つけられれば、位置関係が頭に入っているので大丈夫です」

小山田が磁石を見つめながら言う。

最新の時計や磁石は、密閉性が高いので凍る心配がない。

だが吹雪は依然として激しく、菅原の足首も腫れてきているようだ。

「これだけ悪天候だと、第一露営地に行けなかったと言っても編集長には責められません。ここまでで結構です」

「どうしてですか。ここまで来て引き揚げるのですか」

小山田が少し鼻白む。

「はい。もう十分かと思います」

「それでは、私がガイドとしての使命を全うできません」

「いや、そういう問題ではなく――。ガイド料は全額お支払いしますから」

「そんなことは言ってませんよ」

どうやら小山田の気分を害してしまったようだ。

「すみません。そういうつもりで言ったのではないんです。じゃ、第一露営地に行きましょう」

それを聞いた小山田が、無言で先に立つ。

――参ったな。

菅原は、これまでになかったほどの居心地の悪さを感じていた。

だが小山田は菅原のことなど気にもしていないように、どんどん進んでいく。ここで小山田を見失ってしまっては遭難する。菅原は懸命にその背を追った。

四

空は白一色で大地との境目が分からない。風も横殴りに吹き付け、雪片が容赦なくゴーグルに貼り付く。植林された樹木があるおかげで、かろうじてホワイトアウトは免れているが、夜になれば全く視界が閉ざされるだろう。

――ここまでやる必要はない。

そうは思うものの、背後を振り返ることなく進んでいく小山田に、「もう戻りましょう」とは言いにくい。

――そうだ。少しリラックスさせれば気分が変わるかもしれない。

「小山田さん、少し休憩しませんか」

「休憩ですか。日没が迫っているんですよ」

――それはこっちのセリフだ！

怒りを抑えて菅原が言う。

「ほんの五分だけです。そうだ。熱いコーヒーでも飲みませんか」

「まだコーヒーがあったんですか」

「はい。ありますよ」

小山田が近くにある倒木に座ったので、菅原もそれに倣った。

菅原は手袋を外すと、かじかむ手でポットの蓋を開け、紙コップにコーヒーを注いだ。強風の中だが、一瞬だけ熱い湯気が漂う。

礼も言わずにカップを受け取った小山田は、三口ほどでコーヒーを飲み干した。保温性能にも限界があるので、ほどよい温かさなのだろう。

菅原もコーヒーを口にした。

――うまい。

心地よい温かみが胃の腑に広がり、気持ちも落ち着いてきた。

小山田が問うてきた。

「食べ物はありますか」

「少しなら」と言いながら、菅原が差し出すカロリーメイトを小山田がかじる。カロリーメイトは一袋二本入りなので、もう一本を菅原が食べようとすると、小山田が「もうありませんか」と問うてきた。一瞬、躊躇した菅原だったが、小山田の気分を害することを恐れ、「どうぞ」と言って残る一本を差し出した。

「もう一杯コーヒーをいただけますか」

「もちろんです。これで最後ですが」

小山田はカロリーメイトを流し込むように、二杯目のコーヒーを飲んだ。

「うまかった」と言いつつ、小山田が立ち上がる。

「もう行くんですか」

「もちろんです。天気もこんなですからね。さっさと済ませましょう」

「は、はい」と答えつつ、菅原は自分のコーヒーを飲み干した。

——これで食べ物もコーヒーもなくなった。

あとわずかで第一露営地のはずだが、食べ物と飲み物がなくなったことで、菅原は少し不安になった。

小山田は相変わらずどんどん進んでいく。一方の菅原は慣れないスノーシューのおかげで、ますます足首の痛みがひどくなってきた。

それから十分ほど進んだが、小山田の速度は落ちない。スノーシューに慣れているからか、段差なども難なく登っていく。

——まいったな。

小山田は一切振り向かない。そんな態度に疑問を抱いたが、呼び止めようとしても無視されるのではないかという恐れが先に立ち、どうしても声が掛けられない。

遂に小山田との距離が二十メートルほどに広がった。横殴りの吹雪の中、小山田の姿は黒点のようにしか見えない。だいいち「すぐです」と言っていた第一露営地に、いつまで経っても着かないのだ。

さすがに身の危険を感じた菅原は、大声で「小山田さん、待って下さい！」と叫んでみた。

だがその声は、吹雪の音でかき消された。

――まずい！

もはや疑惑は事実となりつつあった。

――どうして俺を置いていくのだ。

小山田の気分を害するようなことが多少あったとしても、こんな仕打ちを受けるほどのことをした覚えはない。

「待ってくれ！」と怒鳴りつつ、慌てて後を追おうとした拍子に、片足のスノーシューが外れてしまった。

――しまった。

菅原は舌打ちしながら急いでスノーシューを履き直そうとしたが、最初に装着した際は小山田の手を借りたので、履き方がよく分からない。足を置くプレートにも瞬く間に雪が積もり、懸命にそれを取り除けてから足を乗せた。

――これでいいのか。

何度か足踏みをして装着できたと分かったが、顔を上げると小山田の姿は完全に消えていた。

――どこに行った。

死の恐怖が波のように押し寄せてきた。

――なぜだ。俺が何をしたというんだ！

喚き出したい衝動をかろうじて抑えると、菅原は「冷静になれ！」と己を叱咤した。

だが周囲は白一色で、自分がどこにいるのかさえ分からない。ただ右前方のやや小高い場所に、ブナの大木が一本だけ立っているのが目に入った。

——確か小山田は、あのブナの左側を回っていった。

記憶を手繰り、最後に見た小山田の姿がブナの左側に消えていったことを思い出した。

——行ってみるか。

懸命にスノーシューを滑らせてみたが、少し高い場所に登っても、小山田の姿は見えない。はるか遠くにカラマツの樹林が見えるだけで、眼前には雪に覆われた大地が広がっている。

——どこに行ったんだ！

小山田は菅原を置き去りにしたのだ。

——元来た道を引き返すか。

それ以外に助かる方法はないように思われた。

体を反転させた菅原は、スノーシューの跡を目印に、元来た道を引き返し始めた。だが十分もしないうちに、痕跡は識別できなくなった。しかも直線の道を来たわけではないので、記憶と勘に頼るしかない。

——行きあたりばったりか。俺の人生と同じじゃないか。

確かに菅原は、何かを目指したり、明確な目標を持って生きてきたわけではない。政治経済分野の新聞記者になりたいというのも、子どもの頃からそう思ってきたわけではなく、大学四年になり、皆と同じように進路を決めねばならない時に思いついたようなものだ。

――何事もそんな感じで過ごしてきた挙句の果てが、この袋小路か。

菅原は情けなさから笑い出したくなった。

しばらく行くと、道が分岐しているような場所に突き当たった。

――確か、こっちだったな。

わずかな記憶を頼りに、菅原は懸命に元来た道を引き返そうとした。だがその道は途絶え、分岐らしき場所まで戻らざるを得なかった。ところが今度は、分岐していた場所が見つからない。

小山田とはぐれてから、かれこれ一時間近く経ったが、今自分がどこにいるのかさえ分からなくなった。

――これが鳴沢か。

菅原は雪中行軍隊同様、鳴沢に囚われ始めていることに気づいた。

――今、何時だ。

空は徐々に暗くなってきている。時計の針を見ると、三時五十五分を指していた。日没まで、あとわずかしかない。焦る気持ちを抑えつつ、菅原は勘の赴くまま闇雲に進んだ。しばらく行くと記憶に残る風景が現れた。

――やったぞ！

菅原はブナの大木を叩いて喜んだ。

だが、それがいつの記憶か分かった時、菅原は愕然とした。

——これは小山田を見失った時のブナではないか！

頭が混乱する。なぜ自分が元いた場所にいるのか、理由が分からない。

——そうか。これが環状彷徨《リングワンダリング》か！

かつて小山田から聞いた話がよみがえる。

「環状彷徨という現象です。ホワイトアウトした中で方向感覚を失い、真直ぐに進んでいると思っても、実際には左右どちらかに偏ってしまい、結局は円を描くように回ってしまう現象のことです」

——なんてこった！

絶望がじんわりと頭をもたげてくる。

——しまった。磁石を見るべきだった。

山に慣れていないので仕方ないが、磁石を頻繁に見ていれば環状彷徨には陥らなかったはずだ。

——どうしてだ。どうして俺がこんな目に遭わねばならないんだ！

今置かれた状況を呪ったところで、誰も助けてはくれない。だが菅原は呪わずにはいられなかった。

——やはり小山田はサイコパスなのか。

ブナの大木に寄りかかりながら、小山田が菅原を殺す理由を考えたが、全く思い当たらない。

少し気持ちの行き違いはあったかもしれないが、さしたることではないだろう。むろん都会人とは違うので、その少しに小山田は深く傷ついたのかもしれない。だが菅原と小山田は、この取材が終われば生涯会わない可能性が高い関係なのだ。にもかかわらず菅原を置き去りにしたということは、サイコパスとしか考えられない。

——まさか桐野か。

よもやとは思うが、桐野にほのかな恋情を抱いていた小山田が、菅原に嫉妬心を抱いて殺そうと思ったとは考えられる。

——桐野だったら、熨斗《のし》を付けてくれてやるのに。

しかし菅原を殺したところで、桐野の気持ちが小山田に靡《なび》くとは限らず、逆に菅原を介して生じていた関係が、菅原の死により消えてしまうことくらい分かるはずだ。

——では、どうして俺を殺すんだ。小山田に責任はないのか。そうか。小山田は俺と「はぐれた」と言えば責任は問われない。

小山田の立場なら、何とでも言い逃れができる。つまり道義的責任は問われても、法的責任は問われないことになる。

強風に押されるようにして、菅原はブナの根元にくずおれた。

涙が出てきた。子どもの頃に戻ったような気がした。

——ああ、死ぬんだな。

幼い頃に住んでいた団地や両親の顔が思い出される。そうした記憶が走馬灯のようによみがえると、死が近いと聞いたことがある。

——このまま生きていても、ろくな人生じゃない。

菅原には自分の将来が見えていた。会社に残っても平社員のままか、せいぜい副編集長止まりだろう。他社に移っても今以上の待遇は期待できない。思い切ってキャリアチェンジを図ろうにも、何かに秀でているわけでもないので、頭角を現すのは難しい。

――しかも妻とは離婚寸前で、子どももいない。

よく考えると、これからの人生に希望が持てることは、何一つないのだ。

――ここで死ねということなのか。

新聞の社会欄に掲載されるはずの小さな記事には、「雑誌記者、冬の八甲田山中で取材中に遭難死」と書かれるはずだ。

――それですべては終わりだ。俺のことを思い出すのは両親くらいになる。

かつて銅像茶屋の「鹿鳴庵」で見た名前だけで写真のない兵卒のパネルのように、菅原を知る人の間でも記憶は次第に薄れ、やがて消え去っていくのだ。

――例えば十年後、誰かから「菅原という編集者を覚えているかい」と問われた時、桐野は何と答えるのだろう。

その時の台詞を、菅原はありありと思い描けた。

「そういえば、そんな人もいたわね」

菅原は笑い出したい気分だった。

――誰かを捕まえたら、八甲田は放さない。

まさに八甲田山は牢獄《ろうごく》だった。だが考えてみれば、人は生まれた時から徐々に作り上げられていく人間関係に囚われ、やがてがんじがらめになっていくのではないだろうか。それは桐野も菅原も同じだ。

——小山田もそうなのか。

ふと小山田のことが頭に浮かんだ。

——奴だって何かに囚われている。人間関係か。いや違う。そうか、この山か。

小山田は八甲田山に抱かれる地に生まれ、毎日この山を眺めながら生きてきた。その愛は尋常なものではないだろう。そんな小山田が、愛する山に菅原を置き去りにする理由が分からない。

——俺の死体が八甲田を汚すことに抵抗はないのか。いや、八甲田への生贄のつもりなのか。

寒さは体の芯まで染み込み、手足の感覚もなくなりつつある。次第に思考も混乱し、なぜ自分がここにいるのかさえ分からなくなってきた。

——雪中行軍隊の気持ちにでもなれと言いたいのか。

だが菅原には、小山田からそんな罰を受ける理由はない。

その時だった。耳を圧するばかりの吹雪の音の間に、川音が聞こえる気がした。

小山田が言っていた言葉がよみがえる。

「田代は駒込川の上流にある」

——駒込川をさかのぼれば、助かるかもしれない。

田代には廃屋でも避難できる建築物があった。温泉もわいているので、救助隊がやってくるまで、そこで過ごせるかもしれない。

——そうか。小山田は湯小屋の中に缶詰が置いてあると言っていたな。よし、田代を目指そう。生きる気力が少しわいてきた。たとえ迷路に迷い込んだような人生だろうと、こんな寒さの中で死ぬことだけは真っ平御免だった。

「よし！」と言って気合を入れると、片膝が立った。ブナの大木にしがみつきながら全身を起こす。続いて大木から手を放し、一歩を踏み出した。

猛烈な吹雪の中、川音のする方角を聞き分けながら、菅原はスノーシューを滑らせた。

やがて断崖絶壁に出た。その下方から濁流の音が聞こえてくる。

——どうやって河畔まで下りるんだ。

駒込川は断崖の下を流れていた。断崖に沿って歩けば、少なくとも田代には近づける気がした。かつて小山田の案内で田代に行ったことがあるので、菅原は台地の上から田代に行く道があるのを知っている。

——もしかしたら、このまま歩けば田代に着けるかもしれない。

甘い考えが頭をよぎる。だが断崖は必ずしも川に沿っているとは限らない。断崖の上をさまよっているうちに、川から遠ざかってしまうことも考えられる。

——やはり、河畔に下りなければだめだ。

だが雪中行軍隊さえ見つけられなかった台地上の田代街道を、この積雪の中、菅原一人で見つけられるとは思えない。

——やはり河畔の道しかない。しばらく進めば、河畔に下りる道が必ずあるはずだ。

そう思った菅原は、駒込川の音を確かめながら断崖の上を進んだ。

——俺もこの山に囚われてしまったんだな。

行軍隊の兵卒たちの絶望が分かってきた。

ぼんやり歩いていた次の瞬間、菅原は転倒した。ところが転倒しただけでなく、雪と一緒に滑落していくのだ。

——あっ、滑る！

しばらく滑ったところで尻の下の雪が止まった。

——よかった。

仰向けからうつ伏せに体を反転させて立ち上がろうとした時だった。

「あっ！」

足掛かりがないことに気づいた。

かろうじて上半身は雪の上にあったが、下半身はぶらぶらしている。

——雪庇を踏み抜いたのだ。

それが分かったところで今更どうにもならないが、菅原は断崖沿いに進んだことを悔やんだ。

——ここで転落死するのか。

死の恐怖が、じわじわと込み上げてくる。

——焦ってはだめだ。

断崖の縁に足を掛けて這い上がろうとしたが、足が重い。

——そうか。スノーシューを履いているので足が上がらないのだ。

その時、左足のスノーシューが、流れ止めだけでぶら下がっているのに気づいた。

——これなら足を掛けることができるかもしれない。

菅原が手掛かりを探そうと雪の中をまさぐると、岩らしき凹凸を摑むことができた。

続いて左足を持ち上げようとしたが、スノーシューの重さで十分に上げることができない。

——やはり外さなければ。

菅原は左足を振ってみたが、外れる気配はない。スノーシューは、流れ止め一つで菅原の足とつながっていた。

——仕方がない。

もう一度足を上げてみたところ、何とか岩の縁に足が掛かった。だがスノーシューの重さで、それ以上は上げられない。

菅原は手を伸ばすと、流れ止めを外した。それでスノーシューは脱落し、左足が軽くなった。

——よし、これでいい。次は右足だ。

左足の先で右足のスノーシューを押してみたが、きっちりと装着されていて外れる気配はない。

——とにかく左足だけでも上げないと。

雪の縁に掛かった左足を、さらに上に移動させる。これで靴の底が岩場をしっかりとグリップした。続いて菅原は、力を振り絞って体を引き上げた。だが右足のスノーシューが邪魔になっている。

――何とかしないと。

右手を伸ばせるだけ伸ばすと、スノーシューの留め金と流れ止めに手が触れた。

――外れてくれ。

祈るような気持ちでさらに右手を伸ばし、スノーシューを外した。

――よし！

スノーシューは雪面を滑っていくと、瞬く間に断崖から姿を消した。一つ間違えば滑り落ちていくのは自分だったのだ。背筋がぞっとする。

安全な場所まで何とか這い上がった菅原は、断崖からの転落を免れた喜びに浸った。

だが、これで助かったわけではない。気を取り直した菅原は、力を振り絞って立ち上がった。

――雪庇には注意しなければ。

雪には粘着力があり、信じ難いほどオーバーハングした雪庇を作る。そのため断崖に近づくと、その縁の部分が分からなくなる。

雪庇を恐れた菅原は、断崖とおぼしき場所から離れて歩いた。

だが台地の凹凸によっては、断崖の縁付近まで近づかざるを得ない箇所もあり、心臓が縮み上がるような思いで進んだ。

――足が痛い。

足首の痛みはひどくなっており、足を引きずるようにしてしか歩けない。

――これでは日没までに田代に着くのは無理だ。

そう思った時、断崖に下りの道が付けられているのに気づいた。

――これは河畔に下りる道なのか。

台地から河畔に下りる道があることを小山田が話していたのを、菅原は思い出した。

――そうか。雪中行軍隊は、台地のどこかから河畔に下りたのだったな。これがその道なのか。

左手には、ダケカンバの大木が二本屹立している。それは何かの目印のようにも感じられるが、全くの偶然かもしれない。この道のようなものが途中で途切れてしまえば、台地上まで引き返さねばならない。そうなると体力的に限界に達し、台地上で動けずに夜を迎えることになるだろう。

――一か八か、運を天に任せるしかない。

このまま台地の上を進んでも、埒《らち》が明かない。少し進んでから、思い直して同じ道に戻ろうとしても、暗くなれば見つけられないことも考えられる。

――行こう。

そう決意した菅原は、その坂を下ることにした。そこは急な坂道でつづら折りになっていた。

「スノーシューがあれば」とも思ったが、逆に、こんな道で使うのは危険この上ない。

吹雪は依然として激しく、空は黒ずんできている。前方も見えにくくなり、視界が閉ざされ始めていた。

菅原はヘッドライトを点けた。ぎりぎりまで電池を節約していたのだが、これ以上ライトを使わずにいると、足を踏み外す危険がある。

――小山田め。

道を下り始めたことで足の痛みも弱まり、気力が少し回復したのか、小山田に対する怒りが沸々とわいてきた。だが小山田は小山田で懸命に道を見つけようとしていて、背後に気を配るのを忘れてしまったのかもしれない。登山では、そうしたことがよくある。菅原が無事に帰ることができて小山田を訴えても、おそらく法廷で有罪になる見込みは低いだろう。何と言っても小山田には、菅原を殺す動機がないのだ。

やがて駒込川の轟音が近づいてきた。暗がりの中をのぞくと、わずかに川面が見える。言うまでもなく駒込川は激流と化していた。

——こいつは凄い流れだな。

しばらくの間、それを菅原はぼんやりと眺めていた。

はっとして気づくと、周囲は闇に包まれていた。何分間ぼうっとしていたかは分からないが、時計を見ると五時半を過ぎている。

——どうしたんだ。まさか低体温症か！

死は足元まで迫ってきているのだ。

——しっかりしろ！

自分で自分を叱咤すると、大声で歌を歌いながら坂を下った。本来なら雪中行軍隊の歌った軍歌を歌いたかったが、思い出せないので平井堅やＥＸＩＬＥの曲を口ずさんだ。

幸いにして台地の陰に入ったので、風もなく積雪も三十センチほどだ。温度計を見るとマイナス十五度を指している。雪中行軍隊の遭難時よりはるかにコンディションはいい。しかも菅原の着ているウエア、着けている手袋、履いている靴などは最新のものなので、体はしっかり守られている。

菅原は、それらの装備に勇気づけられるように道を下った。

――着いたか！

ようやく河畔のガレ場に着いた。むろん雪が積もっているので、ガレ場と言っても、足裏に感じるのは積雪だけだ。

駒込川は轟音を立てて西に向かって流れている。

――本当に上流に向かえばいいのか。

その時、空腹を覚えた。だが唯一の非常食は、小山田に食べられてしまったので、今はない。

――仕方ない。行こう。

菅原は、すきっ腹を忘れるようにして上流へと向かった。


いつしか周囲は暗闇となっていた。

菅原はヘッドライトだけを頼りに、河畔のガレ場を上流に向かった。平場なので斜面よりも雪が深く、膝の高さに達するところもある。

時折、思い出したように強風に見舞われ、なぎ倒されそうになる。それを懸命に堪えて、菅原は進んだ。

寒さは脳の芯まで冷やし、頭もぼんやりしてきた。誰かの声が背後から聞こえるような気がする。それらは、さほど親しくなかった子ども時代の友人や、ビジネスで何回か会っただけの知り合いのものだった。

自分でも忘れていたような人の声が聞こえてくるのは、脳内の一部が不規則に活動し始めている証拠なのかもしれない。

——これは低体温症の症状の一つなのか。

断続的に幻聴が聞こえるということは、低体温症が少しずつ進行しているということだ。

——だめだ。しっかりしろ！

菅原は再び知っている限りの歌を歌った。歌詞を思い出せない箇所は、ハミングでごまかした。

雪は腰の深さになり、次第に雪の中を泳ぐように進まざるを得なくなった。

——行軍隊の人たちも、こんな感じだったんだろうな。

彼らの苦労がしのばれる。それでも行軍隊は一人ではなかった。心強い仲間が周囲にいたのだ。

——だが俺は一人だ。

凄まじい孤独感が押し寄せてくる。

——考えてみれば、俺はいつも一人だった。

見栄っ張りで自分の弱さを隠すように生きてきた菅原にとって、肚を割って話し合える友などいない。

何もかも嫌になってきた。このまま生きてこの山を出られても、ろくな人生は待っていない。無為に生き、そして無為に死を迎えるだけだ。

——もう終わりにしてもよいのではないか。

人生百年時代の今、三十七歳で人生を終わらせるのは確かに早すぎる。だがこの先、何かが待っているという人生でもないのも事実なのだ。

——終わらせても惜しくはないな。

何か肩の荷が下りたような、胸底に溜まっていた澱が一掃されたような不思議な爽快感に包まれた。

その時だった。

「うわっ！」

雪の中で転倒した。厳密には雪の底が抜け、どこかに転げ落ちたようだ。尻や足に冷たい感覚が走る。今度は駒込川に流れ込む小川に落ちたらしい。

気づくと小川の中に座り込んでいた。一瞬にして全身がずぶ濡れになってしまった。いくら完全防水のウエアとはいえ、隙間からしみ込んできた冷水がアンダーウエアを濡らす。

——しまった。これはいかん。

慌てて立ち上がった時だった。視界の端に何かが捉えられた。

——あれは何だ。

菅原はゴーグルを外すと、視界の端に捉えられたものが何かを確かめようとした。

——あれは灯りじゃないか。ま、まさか田代に着いたのか！

はるか彼方に灯りが明滅している。だが今は、田代元湯にも新湯にも人は住んでいないはずだ。

——いや、間違いない。あれは灯りだ。つまりあそこに、誰かいるということだ。

雪に遮られているためか、それはおぼろげにしか見えないが、灯りなのは間違いない。

——助かった。俺は田代に着いたのだ！

菅原は歓喜に咽《むせ》びながら、懸命に雪をかいて進んだ。

やがて田代元湯の廃屋が見えてきた。かつて小山田と共に来たことがあるので、見覚えがある。

だが元湯に人の気配はない。どうやら灯りは新湯のものらしい。

——確か、吊り橋を対岸に渡るんだったな。

ヘッドライトを上に向けると、吊り橋らしきものが見えた。田代元湯の廃屋を通り過ぎた菅原は、河畔から吊り橋の上に這い上がり、そこを渡った。そして対岸の河畔に下り、田代新湯らしき場所に見える灯りを目指した。

——だが待てよ。あの灯りの下には、誰がいるんだ。

むろん小山田の可能性はある。だが菅原とはぐれた後、小山田は車に戻ったと思うのが妥当だろう。何と言っても小山田は、この辺りの地理に精通しており、車を停めた場所に戻ることなど容易だからだ。

——だとしたら誰だ。炭焼きか猟師か。

だが、そこにいるのが誰であろうと、あそこに避難しない限り、菅原が助かる術はない。

灯りを目指し、菅原はにじるように進んだ。

そこは、かつて小山田が案内してくれた湯小屋だった。

──ああ、助かった！

菅原は二重になっている戸を開け、倒れ込むように中に入った。

そこにいる人物は、ランプの傍らで、火挟みらしきものを持ち、囲炉裏の火を熾していた。

「助けて下さい」と言いつつ室内に這っていくと、「ようこそ田代の湯へ」という声が聞こえた。

──小山田か。

ゴーグルを外すと、眼前にいる男は、やはり小山田だった。

「よかった。小山田さん──」

菅原は天にも昇る気持ちだった。

「よくぞたどり着けましたね。さすが最新の技術で作られたウエアと靴だ」

小山田がおどけたように言う。

頭が混乱し、小山田の言っていることの意味がよく分からない。

「手足が動かないんです」

「そうですか。そいつはたいへんだ。さあ、こちらで温めて下さい」

「ありがとうございます」

小山田が親切そうに言ったので、菅原は手足を囲炉裏に近づけた。

温かさが体の芯まで染み通り、菅原は生き返った心地がした。それと同時に、さっきまでぼんやりしていた頭も回復してきた。

「菅原さんは生命力がある。ここまでたどり着くなんて奇跡だ」

「ええ、たいへんでした」

「おかげで、私はこれから一苦労ですけどね」

依然として小山田の言葉の意味が分からない。

「何が一苦労なんですか」

「遭難死すればよかったものを、これからあなたを外に連れ出して殺さねばならなくなったからです」

「えっ」

菅原が絶句する。

その時、小山田が背後から何かを取り出した。

「念のためですが、これは猟銃です。逃げようとしたら撃ちます」

逃げたくても足が動かない。何とか立ち上がれても、動きが緩慢なので、撃たれるのは間違いない。

「待って下さい。私には何のことだか、さっぱり分かりません」

「あなたは深入りしすぎた。だから死んでもらいます」

「なぜですか。どうして私が死なねばならないのですか」

小山田が高笑いする。

「しょうがない。この世の思い出に教えてあげましょう」

そう言うと、小山田は語り始めた。

五

稲田は這いずるようにして田代元湯にたどり着いた。だが田代元湯のどの家屋にも灯りは点いていない。あまりの暴風雪に、元湯の住人たちは新湯の人々と一緒にいるのだ。

新湯らしき灯りは対岸に見える。どうしようかと思っていると、吊り橋が見えた。河畔から這い上がり、その吊り橋を何とか渡った稲田は、灯りに向かって懸命に雪の中を進んだ。

——やっぱし、集まってらんだ。

会所らしき建物の中には、明らかに複数の人の気配がある。

稲田は戸の前までたどり着いたが、その引き戸を開けることができず、叩くしかなかった。

「誰か、助けてくれ」

稲田は声にならない声を上げ、必死に助けを求めた。

しばらくすると中で気配がし、「誰か外さいるんでねが」「戸ば叩ぐ音がすてらでば」といった会話が聞こえてきた。

——ああ、助かったじゃ。

突然、戸が開くと「おおっ！」という驚きの声がした。

「兵隊さんだ！」

「たいへんだ。みんなこっちさ来い！」

出てきた人たちが稲田の体を持ち上げ、中に運び込んでくれた。

――これで生ぎられる。法量さ帰《け》えれる。

田代の人々は凍傷の治療法をよく知っているのか、すぐに暖かい場所には運ばない。まず雪を落とし、外套の上から体をさすってくれた。手袋でも靴でも衣服でも、すぐに脱がすと急激に体温が上がり、凍傷がひどくなるからだ。

稲田は感涙に咽び、「ありがとう、ありがとう」と繰り返した。

――したどもおらには、これからやんねえなんねえんごどがある。

ようやく人心地ついた稲田は、回りにくくなった舌で、懸命に仲間のことを伝えた。

「われわれは、青森の兵営から来た第五連隊の雪中行軍隊です。ここから鳴沢に至る諸所で多くの仲間が立ち往生しています。どうか彼らを助けるのを手伝って下さい」

何度も聞き返されながら、稲田は懸命に事情を語った。

「んだば、兵隊さんたちが道さ迷って助けを待ってでらってごどだが」

「そうです。すぐに助けに行かないと、皆死んでしまいます」

稲田が上体を起こして訴える。

「とにかく急いで支度をして下さい」

「そいで兵隊さんたちは、どこさいるのだが」

「鳴沢の台地の上に六人います。少し足を延ばせば、六十人余が助けを待っています」

「えっ、そったらにいるんだが」

「大多数は歩けるので、ここに誘導するだけで結構です」

田代の人々が顔を見合わせる。

「分がりあんすた。兵隊さんは、ここで休んでいで下《け》さい」

そう言うと、男たちが会所から出ていった。出発の支度をしに行くのだろう。

――これで、何人助けられるべか。

稲田は救助に関する様々なことに考えをめぐらせていたが、いつまで経っても男たちは戻ってこない。

強い睡魔を払いのけながら、稲田は待った。だが二十分ほど経っても動きはない。

たまらず近くにいる中年女性に声を掛けた。

「すいません。皆さんの支度はまだですか。まさか先に行ったなんてことはありませんよね。私がいないと仲間のいる場所にたどり着けません」

「ちょっぎま（少しの間）待って下さい」というと女性は出ていった。囲炉裏の周りでは、数人の子どもたちが不思議そうな顔で稲田を見ている。

「おじちゃんは兵隊さんだ。怖くないよ」と優しく話し掛けたが、子どもたちは囲炉裏の反対側へと逃れた。おそらく稲田の形相が恐ろしいからだろう。子どもたちと一緒にいる老人が、「おっかながんな」と言って子どもたちを落ち着かせている。

しばらくすると男たちが戻ってきた。先ほどの姿と変わらないので、稲田は呆気に取られた。

「支度はどうしましたか。早く行きましょう」

逸る稲田を抑えるように、庄屋らしき男が言う。

「この吹雪で、外さ出るのは無理だ」

「えっ、どういうことですか」

「こっだら時に出だら、おらんども死んですまいます」

——助けに行げねってごどが！

稲田は愕然とした。

「何を言っているんですか。私の仲間たちは今、生死の境をさまよっているんですよ。私が先頭に立ちますので、一刻も早く救助隊を出して下さい」

「兵隊さん、そったら無茶言わねで下《け》さい。この吹雪の凄さは、ここさ住むおらんどが一番よぐ知《す》ってんだ」

——そうが。救助さ出るずのは、死と隣り合わせだのが。

稲田は一計を案じねばならないと思った。

——こうなったきゃ、脅すすかね。

稲田が声を荒らげる。

「貴様らは軍人を助けるのを拒否するのか！」

突然豹変《ひょうへん》した稲田の口調に、男たちの顔が驚きに包まれる。

庄屋が泣きそうな顔で言い訳する。

「いやいや、そっだごどでね。こんきひどいど、わんども遭難すます」

——よす、今度は情にすがるべ。

稲田は弱々しい声音に戻ると、頼み込むように言った。

「お願いです。私の後についてきて下さい。今ならまだ間に合います」

庄屋が首を左右に振る。

「勘弁すて下《け》さい。こったら吹雪では、誰も助げられね」

稲田の胸底から怒りが込み上げてきた。

——仕方《すかだ》ねえな。

「お前らの気持ちはよく分かった。私が帰営し、このことを軍の幹部に伝えたら、お前らはどうなると思う。救助活動を拒否した罪で逮捕されるだけでなく、新聞報道によって全国民から叩かれることになるんだぞ」

庄屋の顔色が変わる。

「そ、そっただごと言われでも——」

「日本国民として恥ずかしくないのか」

「ああ、堪忍すて下《け》さい」

「お前らは非国民として未来永劫《えいごう》、吊るし上げられる」

「どうが許すて下《け》さい。この天気で外さ出るのだげは勘弁すて下《け》さい」

稲田の怒りが爆発する。

「では、俺の仲間はどうなる。このまま死ねと言うのか。貴様らは帝国軍人を見捨てるのだな！」

「ああ、どうが――」

土下座する庄屋の背後から、庄屋の背を叩く者がいる。

「待って下《け》さい、皆してどやすが決めます」

「分かった。早急に決めろ」

稲田が居丈高に言うと、男たちは別室に引き取っていった。

じりじりと時間が過ぎる。この間も仲間が息を引き取っていくかと思うと、居ても立ってもいられなくなる。

――何やってらんだべ。

稲田が怒鳴ったためか、老人や子どもは部屋の隅に固まり、恐怖に身を縮めている。

稲田は後ろめたさを感じながらも、「これ以外、方法はないのだ」と自分に言い聞かせた。

やがてがらりと戸が開いた。男の一人が何か言うと、子ども、女、老人らが部屋から出された。

庄屋が青白い顔で稲田の前に座ると、男たちもそれに倣った。

「助げに行ぎあんす」

「そうか。よかった！」

稲田は涙が出るほどうれしかった。

――みんな待ってろよ。

稲田は体も温まり、気力が充実してきた。

「よし、行こう！」

だが稲田が立ち上がろうとしても、男たちは立ち上がらない。それを見た稲田の苛立ちは頂点に達した。

「何をやっているんだ。早くしろ！」

男たちが顔を見合わせる。その表情は暗く、切羽詰《せっぱ》まったものがある。

胸底から嫌な予感が突き上げてくる。

――ま、まっさが！

次の瞬間、男たちがのしかかってきた。稲田は何が起こったのか分からず、身をよじって逃れようとしたが、弱っている体では何もできない。稲田は瞬く間に組み伏せられた。

「おい、何をする！」

「兵隊さん、堪忍すて下《け》さい。こうするすかねんだ」

庄屋の手が首に掛かる。

「貴様ら、俺を殺するつもりか！」

「堪忍すて下《け》さい！」

「貴様ら、何をしようとしているのか分かっているのか！」

「お願いだ。死んで下《け》さい」

「やめろ！　俺には伝えねばならないことがあるんだ！」

首を絞められた稲田は、声が出せなくなった。それでも何とか声を絞り出した。

「待て。俺を殺してもいいから、話だけでも聞いてくれ！」

「堪忍すて下《け》さい。どうが堪忍すて下《け》さい」

庄屋が泣きながら力を籠める。

意識が次第に遠のいていくと、耳の奥から祭りの笛太鼓の音が聞こえてきた。続いて視界が開けてくると、生き生きとした緑に包まれた故郷の田園が見えてきた。

——ああ、帰《けえ》れだのが。

次の瞬間、周囲が明るくなると、稲田は故郷に帰っていた。

六

「つまり、あんたのご先祖たちが稲田さんを殺したのか」

小山田が薄ら笑いを浮かべる。

「そういうことになるね」

それですべての謎が解けた。稲田一等卒は田代にたどり着いたにもかかわらず、田代の人々に殺されたのだ。

——その動機は、外に出れば二重遭難になる恐れが大だったということか。

田代の人々は、地元民だからこそ八甲田山の怖さを知っていたのだ。

「それで、稲田さんの遺骸をどこに埋めたんだ」

「村の鎮守の裏側さ」

「せっかくここまでたどり着いた稲田さんに、なんてことをしたんだ」

「冗談じゃない！」

突然、小山田の顔が憤怒《ふんぬ》に引きつる。

「あの時、稲田とやらの言葉に従っていたら、田代の男たちも全員死んでいた。つまり俺もこの世に存在しない。だから勇気をもって人を殺したご先祖様たちに、俺は感謝している！」

「人を殺しておいて感謝しているだと。そんな考えは間違っている！」

なぜか菅原も熱くなってきた。こんなことは、これまでの人生で一度もなかった。

――俺は人との諍《いさか》いを避けてきた。

何かにむかつくことはあっても、菅原は口喧嘩さえしたことはなかった。感情に任せた諍いは、疲れるだけで何ら得るものがないからだ。

小山田が言い訳がましく言う。

「あの時、救助に行かず、稲田だけを助けていたらどうなったと思う。生還した稲田は軍部に言いつけ、ご先祖様たちを逮捕させるだろう。そして田代は非国民の村というレッテルを貼られ、国民から糾弾されるのだ」

「だからといって、人を殺していいわけにはならない」

「当時を知らないから、そんなことが言えるんだ。一つ間違えば、雪中行軍隊遭難の全責任を田代が負わされたかもしれないんだぞ！」

その通りかもしれない。だが菅原は、殺人という行為だけはどうしても容認できない。

「それからずっと、田代の人々は、この秘密を守り通してきたわけだな」

「そうだ。このことは村だけの秘密にされてきた。その場にいた女や子どもを含めた十一人は村から出ることを許されず、中には、一度として青森に行くことすらできずに死んでいった者もいる」

「そんなことまでしたのか」

「そうさ。互いに監視しないと、必ず誰かが口を割る。現に遭難事件後、ご先祖様をはじめとした村の男たちは、第五連隊に連れていかれて厳しい尋問を受けたという。それでも誰も口を割らなかった。だからこの話は、事件後に生まれた者たちにも一切知らせなかった。ただ庄屋の惣領にだけは、口伝《くでん》で伝えられてきたんだ」

「なぜだ」

「祖父は死に際、親父と俺を呼び出し、『いつか、雪中行軍隊の人数が一人足りないことに気づく奴が出てくる。その時のために、お前らはこの山のガイドとなり、この秘密を守っていけ』と言い残した。幸いにして祖父の代では誰も気づかず、親父の代でもそんな間抜けは出てこなかった。ところが俺の代で出てきちまった」

小山田が憎悪にたぎった目を菅原に向ける。

――それが俺だってことか。

「だがどうして軍部は、一人足りないことを隠蔽したんだ」

「そんなの当たり前じゃないか。『一人だけ遺骸を回収できませんでした』などと発表してみろ。当時の軍部でも国民から叩かれる。だから犬まで使って必死に捜した。だが、ご先祖様たちが穴を掘って埋めたんだから見つかるわけがない。それで結局、稲田とやらは行軍隊にいなかったことにされたんだ」

「そこまでは分かった。だがどうして俺を殺す。このことがばれても、君が罰せられることはないはずだ」

少し手先が動くようになってきた。回復してきたのだ。

「祖父《じい》さんは遺言として、『この秘密を永遠に守り抜け』と言い残したんだ」

「だからと言って、俺を殺すほどのことでもあるまい。約束する。必ずこの秘密は守る」

「だめだ。守ると言って守った奴はいない」

「あんたは人殺しになるんだぞ。見つかれば重罪だ」

「ははは」と高笑いした後、小山田が勝ち誇ったように言う。

「殺人というのは見つかるから罪になる。この冬山でお前とはぐれ、お前が凍死したことにすれば、俺は道義的責任は問われても、刑法上の責任は問われない」

つまり小山田にとって、これは「ばれる心配のない殺人」なのだ。

「小山田さん、君は教師だろう。良心を取り戻せ！」

「何だと」

小山田の顔に驚きの色が走る。

「一緒に笑い、一緒に汗を流した生徒たちの顔を思い出せ」

「何を言う」

小山田は明らかに動揺していた。

——ここが突破口だ！

「小山田さん、あんたを信じて付いてきた生徒たち一人ひとりの顔を思い出してみろ。みんな、あんたを慕っていたはずだ。俺を殺せば、たとえばれなくても、あんたは生涯、生徒たちに顔向けできないことになるんだぞ」

「うるさい！」

小山田が両耳を押さえて天を仰ぐ。

「小山田、考え直せ。君の先祖の重荷を、なぜ君が背負わねばならない。君はこの山に囚われているんだ。すべてを暴露して楽になれ」

「ああ——」

小山田はその場に両手をつき、首を左右に振った。

「いや、俺は故郷の名誉を守り抜く」

「なぜだ」

「俺にはそれ以外、拠《よ》って立つものがないからだ」

——そういうことか。

小山田にとって、唯一の誇りは八甲田山中で生まれ育ったことであり、それを失えば何も残らないのだ。

「あんたにとって八甲田は聖地なんだろう。その大切な八甲田を、俺の死体で汚してしまっていいのか」

「もう俺の先祖が汚してしまったんだ。今更、山の神に許しを請うわけにもいかない」

――こんなサイコパス野郎に殺されてたまるか。

菅原はサイコパスの御し方を懸命に思い出そうとした。

――確かサイコパスは「他者に冷淡で、良心の呵責や罪悪感がない」はずだ。だとしたら同情に訴えてもだめだ。指弾だ。指弾しかない。

「あんたは囚われているんだ」

「何だと。何に囚われているんだ」

「この山にさ」

「そ、そんなことはない」

「小山田、考えてみろ。田代の人々はもう離散して、新たな生活を始めている。君だけが、いつまでも故郷の名誉に囚われている。もうその必要はないんだ！」

「何を言う。俺にとって、ここは大切な故郷だ。この八甲田の山懐に抱かれた田代の地こそ、この世で最も美しい場所なんだ」

小山田が遠い目をする。その瞳には、八甲田の自然の中で生きてきた己の軌跡が、はっきりと映し出されているに違いない。

「俺を殺しても、ずっと君は、この山に囚われていかねばならないんだぞ」

だが小山田は、聞く耳を持たないとばかりに強く首を左右に振った。

「話はそこまでだ。お前を縛って外に放り出す。明日の朝になれば、冷凍された遺骸が一丁できあがりだ。それを鳴沢のどこかに置くだけで、秘密は永遠に守られる」

小山田がロープをしごきながら迫ってくる。

——もはや逃れる術はないのか。

手先はわずかに動くが、これだけ弱った体で、体格的に勝る小山田に抵抗しても勝てるはずがない。

——何とか助かる術はないのか。そうか！

一つだけ方法を見つけたが、それがうまくいくかどうかは分からない。

——チャンスは一度だけだ。どうか故障していないでくれ。

「さあ、お前の好きな兵隊さんたちと同じ死に方をさせてやる」

小山田が正面に来た時、菅原は胸に下げたカメラのシャッターを切った。次の瞬間、部屋の中はすさまじいストロボの閃光《せんこう》で満たされた。

菅原は目を閉じたので、閃光を見ないで済んだが、小山田は真正面で見てしまったようだ。

「うおー！」

小山田が両目を押さえる。

「ああ、俺の目に何をしたんだ！」

暴れ回る小山田から身をかわした菅原は、何とか立ち上がった。

「どこだ。菅原、どこにいる！」

小山田は目を押さえて、その場で手足を振り回している。

――殺すか。

一瞬、そんな思いが心をよぎる。

――いや、ロープで縛ろう。

菅原は小山田を組み伏せると、背後に手を回そうとした。

「この野郎！」

だが小山田は暴れて手がつけられない。遂に服を摑まれて格闘になった。

――こいつに勝つのは無理だ。

体力的にも限界に達していた菅原は、小山田の手を振り払った。

「菅原、どこにいる！」

小山田はしきりに目をこすっている。少しずつ視力が回復してきているのだ。

――どうする。

猟銃に視線が行く。

――正当防衛だ。

一瞬そう思ったが、人を撃つことなどできない。

「菅原め、殺してやる！」

立ち上がった拍子に、小山田は囲炉裏に踏み入り、火の粉が散った。火の粉は乾燥した毛布に降り掛かり、瞬く間に火がついた。

「うわー、熱い。何をしたんだ！」

叫ぶ小山田を無視して菅原は外に飛び出した。外は相変わらず吹雪が吹き荒れている。

——どうする。

猟銃を持ち出さなかったのが悔やまれる。だが、もう戻ることはできない。

——それでも、ここから離れれば死ぬだけだ。

ディアトロフ峠事件の若者たちの失敗が思い出された。

そのため菅原は、外に積み上げられている薪束《まきたば》の陰に隠れた。

その時、ほぼ同時に小山田が飛び出してきた。頭にはライト付きのヘルメット、手には猟銃を持っている。その背後の湯小屋からは黒煙が上がり始めている。

「菅原、そこにいたのか！」

小山田は瞬時に菅原を見つけた。もう視力は回復したようだ。

次の瞬間、猟銃の轟音が響き渡った。

——なぜだ！

物陰に隠れたつもりでいたが、すぐに見つけられた。

——そうか。蛍光塗料だ！

菅原のウエアには蛍光塗料が塗られており、遠くからでも目につきやすい。遭難時の配慮が裏目に出てしまったのだ。しかも火災によって、周囲は昼のように明るくなってきた。

小山田が再び銃を撃つ。菅原を殺せても、銃撃された跡が残ってはまずいと思うが、すでに理性を失った小山田にとって、そんなことはどうでもよいのだ。

菅原は元来た道を引き返すように逃げた。

背後から小山田の「待て！」という声が聞こえてくる。振り向くと、小山田とは三十メートルも離れていない。

――足首が痛い。

急に走ったので、足首の痛みがひどくなってきた。

それでも何とか、元湯側に渡る吊り橋にたどり着いた。

それを渡っていると、背後から銃声が轟いた。振り返ると、小山田は吊り橋の向こうで狙いをつけている。

菅原は反射的にその場に伏せた。

頭上を銃弾がかすめていく。だが腹ばいになったので、弾を当てにくくなったはずだ。

次の瞬間、吊り橋が激しく揺さぶられるのに気づいた。

吊り橋から落とされれば、下は濁流だ。それで一巻の終わりとなる。菅原は懸命に這いずり、吊り橋を渡り切った。

それを見た小山田が、今度は吊り橋を渡り始めた。

――どこかに道具はないか。

木の枝を見つけた菅原は、それを吊り橋に叩きつけた。だが折れたのは、腐っていた枝の方だった。

吊り橋にしがみ付きながら、小山田が銃弾を放つ。それでも菅原は新たな枝を見つけると、吊り橋を支える縄に叩きつけた。

——切れてくれ。

だがその願いも空しく、吊り橋は傾きもしない。

——仕方ない。

菅原は吊り橋を壊すことをあきらめ、再び走り出した。

漆黒の闇の中、ヘッドライトのほのかな灯りだけを頼りに、菅原は走った。やがて元湯の廃屋を通り過ぎた。隠れるには絶好の場所だが、小山田はここが地元なのだ。間違いなく見つかる。近くの藪に飛び込もうにも、足跡が残るのですぐに分かる。

——走るしかない。

背後から小山田の怒号が聞こえる。どうやら吊り橋を渡り切ったようだ。

再び銃声が轟く。近くの木に当たったのか、枝の上の雪が、大きな音をたてて落ちてきた。

痛む足を引きずりながら、菅原は河畔のガレ場を走った。背後からは「待て！」という絶叫と共に銃弾が飛んでくる。

——もう走れない。

足首の痛みは限界に達していた。

――一か八かだ。

小山田の銃が何度目かの火を噴いた。

「うわっ！」

菅原は撃たれたふりをして仰向けに倒れた。すぐ横には濁流が流れている。

小山田が息を切らしながら、ゆっくりと近づいてくる。

「この野郎、てこずらせやがって！」

小山田は猟銃を背に回すと、死んだふりをしている菅原の胸倉を摑もうとした。

――今だ！

次の瞬間、逆に小山田の肩を摑んだ菅原は、巴投《ともえなげ》を食らわせた。

「うわー！」

小山田が濁流に落ちる。手足をばたつかせて河畔に戻ろうとするが、瞬く間に濁流にのみ込まれた。暗闇に消える最後の瞬間、小山田の視線は死の恐怖に包まれていた。

――この山で死ねるんだから本望だろう。

小山田の姿が視界から消え、一瞬にして菅原は一人になった。

――嫌いだった柔道が役に立つとはな。

菅原は立ち上がると、燃える田代新湯の湯小屋を見つめた。

――これでは新湯には戻れない。

元湯の廃屋に戻るという手はあるが、戻ったところで窓が壊れた吹きさらしの家屋の中では一晩も越せないだろう。元湯の温泉施設は壊されているので、湯舟に浸かって助けを待つこともできない。

――やはり台地に登り、鳴沢を突破するしかないのか。

絶望的な気分が脳裏を占める。

――だが、やらなければ死ぬだけだ。

菅原は重い足を引きずりながら河畔を歩き、つづら折りの登り口に着いた。

――こんなところを登れるのか。

台地上に出るまでに、残るすべての体力を使い切ることになるだろう。

時計を見ると、八時十五分を指している。まだまだ夜は長い。

「よし、行くぞ」と気合を入れて、菅原は登攀を開始した。

菅原は懸命に登った。だが足の痛みはひどくなるばかりで、最後の方は這いずらねばならなかった。

それでも台地上まで登り、二本のブナの大木の根元に着いた。うれしくて涙が出てきた。だが、これで助かったわけではない。

菅原は磁石を頼りに北へと進路を取った。だが鳴沢は複雑な地形をしており、そう簡単には北に向かわせてくれない。駒込川本流に流れ込む小川もかなりの水量があり、場所によっては大きく迂回せねばならなかった。

もはや意識は朦朧とし、思考が断続的に途切れる。

——しっかりしろ！　北だ。北に向かうんだ。

何度目かに磁石を探った時だった。

——磁石がない！

ポケットの中に入れてあったはずの磁石が消えていた。慌ててほかのポケットも探ったが、磁石は忽然と姿を消していた。

——落としたのだ！

意識が朦朧としている中で頻繁に磁石を確認したからか、落としたのに気づかなかったのだ。

——ああ、俺はなんて馬鹿なんだ。

鳴沢の台地の上で、菅原は進むべき方向を見失った。

——これでおしまいだ。

その場に膝をつくと、体が自然に倒れた。もはや動くこともできない。

——天はわれを見放した、か。

菅原は薄ら笑いを浮かべると、目を閉じようとした。

その時だった。

眼前に人が立っているのに気づいた。

その黒い人影は、何も言わずにただ立っている。すでにヘルメットのライトの光は弱くなり、その顔かたちまでは判別できない。

——今でも冬山に入ることがあるという炭焼きか猟師か。きっと田代新湯が燃えているのに気づいてやってきたのだ。

菅原は最後の力を振り絞って声を出した。

「た――、助けて下さい」

人影は何も言わず体を反転させると、その場から去ろうとした。

「待って下さい。道に迷ったんです」

菅原の声に影が立ち止まる。

――あっ！

上半身を起こした菅原は、その後ろ姿をはっきりと見た。

――ま、まさか。

人影は鉄砲を担ぎ、背嚢を背負っていた。

――俺は何を見ているんだ。

その兵卒は何も言わず歩き出した。

菅原もつられるように歩き出す。もはやそれ以外、菅原に取るべき道はなかった。

その兵卒は、行進しているかのように規則正しく歩を進めた。雪は膝の高さまであるはずだが、兵卒は浮いているかのように苦もなく進んでいく。

ふと雪の上を見ると、足跡がない。

――ああ、そういうことか。

菅原は、もうどうとでもなれという気分になっていた。

やがて兵卒の進む先に、雪の小山が見えてきた。

兵卒はその前で立ち止まると、菅原を促すように半顔を見せた。

その顔は青白く無表情だったが、瞳は黒々と澄んでいた。

——なぜ、それが見えるんだ。

暗闇の中、淡いライトで一瞬照らしただけなのに、なぜか菅原には、兵卒の顔が細部まで分かった。

だが、ここで止まった意味までは分からない。

——これが何だというのだ。

ぼんやりと眺めていると、何かが雪に覆われているのだと分かった。

——まさか、これは炭焼小屋か！

雪の中を泳ぐように進むと、庇《ひさし》に守られた戸の上の部分が見えた。菅原は懸命に雪をかき、半身が入るほど戸を開けることができた。中には飲料水や缶詰が置いてある。

——ここで救援を待てば助かる！

中に入ろうとした菅原は、兵卒のことを思い出して振り向いた。

兵卒はまだそこに立っていた。だが次の瞬間、ゆっくりと踵《きびす》を返すと、背を向けて歩き出した。

「稲田さん！」

兵卒が立ち止まる。

「稲田庸三さん、ですね」

兵卒は何も答えない。

「ありがとうございました。あなたの遺骨の場所も聞き出せたので、皆さんのいる幸畑に葬らせていただきます。これで皆さんと――」

菅原の瞳から大粒の涙がこぼれる。

「皆さんと一緒になれます。雪中行軍隊二百十一名がもう一度、勢ぞろいできるんです！」

次の瞬間、稲田は向き直ると直立不動の姿勢で敬礼した。

菅原も慌てて答礼する。それを見て手を下ろした稲田は笑みを浮かべると、回れ右をして歩き出した。

菅原が声の限り叫ぶ。

「稲田庸三一等卒、これで任務は完了です。本隊に復帰して下さい！」

やがて稲田は闇の中に消えていった。

菅原はその漆黒の雪原を、いつまでも見つめていた。

エピローグ

幸畑の陸軍墓地に建てられた「稲田庸三」と書かれた真新しい墓標を撫でながら、菅原は涙を堪えていた。

——お疲れ様でした。皆と一緒に、ここでゆっくり眠って下さい。

墓標の下には、納められたばかりの稲田の骨壺がある。

納骨の儀が終わり、僧侶や関係者が三々五々去っていく。

稲田の親戚にあたる老婆と孫の女性が、頭を下げながら言う。

「こいで庸三さんの霊も浮がばれる」

「ええ、その通りです。これですべて終わったのです」

「ばっちゃ、もう行《い》ぐべ」

老婆と女性は一輪の花を置くと、何度も頭を下げながらその場を後にした。

続いて前に出てきた中西が、しみじみと言う。

「あなたのおかげで、雪中行軍隊が全員そろいました。稲田さんはもちろん、皆がどれほど喜んでいるか、私には分かります。本当にありがとうございました」

「いや、私は何もしていません。すべては稲田さんのおかげです」

「いつか、また遊びに来て下さい。尤《もっと》も私の定年までは、いくらもありませんが」

そう言いながら中西は花を置くと、「では、お先に」と言って歩き去った。

その場には、菅原と桐野だけが残された。

「菅原さん、もう行こう」

「そうですね」

菅原が立ち上がる。青森にも菜の花の咲く季節だが、八甲田の山麓には、冬の余波のような冷たい風が吹いていた。そのため桐野はコートの襟を立て、ポケットに手を突っ込んでいる。

駐車場に向かって歩き出すと、桐野が唐突に言った。

「社長に辞表を出したんだって」

「ええ、出しました」

「どうしてなの」

「もう何物にも囚われたくないんです」

「離婚も成立したって言ってたわね」

「はい。幸いにして元妻も慰謝料の件を取り下げたので、その後の話はスムーズに進みました」

「いよいよ、あなたも独身なのね」

——そう。俺は何物にも囚われない独身だ。

菅原は清々しい気持ちに包まれていた。

「これからは自由な生き方ができます。こうした生き方が選択できたのも、稲田さんと八甲田山に眠る英霊たちのおかげです」

「そう。それはよかったわね」

「短い間でしたが、ありがとうございました」

桐野は何も言わない。

「桐野さん、東京に着いたらお別れですね」

「そうなの」

桐野の言葉が何か引っ掛かる。

「お別れ、じゃないんですか」

「どうも、そうはいかないようよ」

「えっ、よく分かりませんが、どういうことですか」

「私、妊娠したの」

「――――」

「もう堕ろせないのよ」

ハンマーで後頭部を殴られたような衝撃が走る。

「と、ということは――」

「私たち、結婚した方がいいみたい」

菅原が歩を止めると、八甲田からの吹き下ろしが通り抜けていった。
――人生という「囚われの山」からは、決して逃れられないのか。
菅原は、八甲田のなだらかな山容を茫然と眺めていた。

終

【主要参考文献】

『八甲田山　消された真実』伊藤薫　山と溪谷社
『生かされなかった八甲田山の悲劇』伊藤薫　山と溪谷社
『雪の八甲田で何が起ったのか　――資料に見る〝雪中行軍〟百年目の真実』川口泰英　北方新社
『知られざる雪中行軍　――弘前隊、二二〇キロの行程をゆく』川口泰英　北方新社
『八甲田山から還ってきた男　雪中行軍隊長・福島大尉の生涯』高木勉　文藝春秋
『八甲田雪中行軍遭難事件の謎は解明されたか』松木明知　津軽書房
越境する近代9『凍える帝国　八甲田山雪中行軍遭難事件の民俗誌』丸山泰明　青弓社
『ドキュメンタリー八甲田山　～世界最大の山岳遭難事故～』（DVD）
『奇跡の生還へ導く人　極限状況の「サードマン現象」』ジョン・ガイガー　新潮社
『空へ　悪夢のエヴェレスト　1996年5月10日』ジョン・クラカワー　山と溪谷社
『死に山　世界一不気味な遭難事故《ディアトロフ峠事件》の真相』ドニー・アイカー　河出書房新社
各都道府県の自治体史、論文、論考、事典類、ムック本等の記載は省略させていただきます。

【付記】

本書は、軍事ライターの樋口隆晴氏と作家の蒼井凜花氏の協力なくして書き上げることはできませんでした。この場を借りて、両氏に御礼申し上げます。また現地取材に同行いただいた間山元喜様、および「八甲田山雪中行軍遭難資料館」で様々な資料を提供いただいた奥瀬俊文様にも深く御礼申し上げます。

著者

装　画	浅野隆広
装　幀	泉沢光雄
地　図	近藤　勲
南部弁指導	橋本淳一

この作品は、「中央公論」二〇一九年一月号より一一月号まで連載された「凍てつく山嶺」を改題、大幅に加筆・修正をしたものです。

この作品はフィクションであり、実在の人物や団体とは一切関係がありません。また、実在する銅像茶屋は二〇二〇年五月時点で営業を休止しています。

伊東潤

1960年、神奈川県横浜市生まれ。早稲田大学卒業。『黒南風の海――加藤清正「文禄・慶長の役」異聞』で「第1回本屋が選ぶ時代小説大賞」を、『国を蹴った男』で「第34回吉川英治文学新人賞」を、『巨鯨の海』で「第4回山田風太郎賞」と「第1回高校生直木賞」を、『峠越え』で「第20回中山義秀文学賞」を、『義烈千秋　天狗党西へ』で「第2回歴史時代作家クラブ賞（作品賞）」を受賞。近刊に『茶聖』がある。伊東潤公式サイト　https://itojun.corkagency.com/ツイッターアカウント　@jun_ito_info

囚《とら》われの山《やま》

2020年6月25日　初版発行

著　者　伊《い》　東《とう》　潤《じゅん》

発行者　松　田　陽　三

発行所　中央公論新社

〒100-8152　東京都千代田区大手町1-7-1
電話　販売　03-5299-1730　編集　03-5299-1740
URL http://www.chuko.co.jp/

ＤＴＰ　平面惑星
印　刷　大日本印刷
製　本　小泉製本

Published by CHUOKORON-SHINSHA, INC.
Printed in Japan　ISBN978-4-12-005314-6 C0093

伊東　潤の本

走　狗

伊東　潤

西郷隆盛と大久保利通に見いだされ、幕末の表舞台に躍り出た川路利良。警察組織を作り上げ、大警視まで上り詰めた男が見た維新の光と闇。〈解説〉榎木孝明

中公文庫

最果ての決闘者

逢坂　剛

記憶を失い、アメリカ西部へと渡った土方歳三を狙う刺客。その正体は美しき女保安官と元・新選組隊士――。全てを喪った男は、大切な者を守り抜き、記憶を取り戻すことができるのか！

単行本

中央公論新社の本

歌舞伎町ゲノム

誉田哲也

新宿の街にあるひとつの都市伝説。巣くう毒虫どもを仕置きするという集団が存在するという。その名を「歌舞伎町セブン」。その彼らの元に舞い込む、数々の依頼とは……。シリーズ最新作。

単行本

中央公論新社の本

北条氏康

二世継承篇

富樫倫太郎

偉大なる祖父・早雲、その志を継いだ父・氏綱。関東制覇という北条一族の悲願を背負う三代目は、いかなる道をゆくのか。信玄・謙信との死闘に彩られた生涯を描き出す新シリーズ第一弾！

単行本

中央公論新社の本

静かなる太陽

霧島兵庫

明治三三年五月、清国公使館駐在武官として北京に赴任した矢先、柴五郎陸軍中佐は北清事変に巻き込まれてしまう。欧米列強公使館と連合し、寡兵で数万の敵と対決する地獄の籠城戦が始まる！　書き下ろし歴史小説。

単行本

中央公論新社の本

アウターライズ

赤松利市

東北、独立――。それは、未曽有の大災害直後に行われた。『鯖』『ボダ子』『犬』の鬼才が書かずにいられなかった被災地のその後。衝撃の感動作！　書き下ろし小説。

単行本